JN330265

御用船帰還せず

相場英雄

幻冬舎

御用船帰還せず

目次

装画　渡邊ちょんと
装幀　片岡忠彦

序章　消失・その壱

早馬で届いた書状を読んだ瞬間、全身が粟立《あわだ》った。目の前に、湧き上がった怒りで小刻みに震える自分の両腕が見えた。

力任せに紙を引きちぎりたい。だが、西郷隆盛《さいごうたかもり》はなんとか思い止《とど》まった。

「こんやちゃ、ほんのこて、にょんじゃが」

奥歯を嚙み締めた途端に、思いが口を衝《つ》いて出た。

「いかがされました？」

廊下に控えていた江戸勤番の若い藩士が言った。

「この者は、本当に知恵が足らん、そう言ったのだ」

書状を藩士に差し出したあと、西郷は腕を組んだ。

「数々の拷問にも口を開かず……権田《ごんだ》村の河原にて斬首して候……」

若い藩士が小声で書状を読み上げたのち、顔を上げた。眉根が寄っている。頷《うなず》き返したあと、西郷はゆっくりと口を開いた。

「小栗忠順《おぐりただまさ》を殺してしまえば、御納戸金《おなんどきん》の在りかはわからぬ。絶対に斬るなと申し付けたが、功を焦った園部《そのべ》藩士が先走ったようだ」

書状には、早くから官軍に加わっていた丹波の田舎侍の名前が記されていた。どこかで伝令が行き違いを起こしたのか。それとも手を下した者による独断か。いずれにせよ、後々きっちりと処分を下さねばならぬ。咎《とが》め以上に、小栗の死は痛恨の事態だと言わざるを得ない。

「やはり、江戸城御金蔵《おかねぐら》の分銅金《ふんどうきん》は上野介《こうずけのすけ》殿が持ち出されたのでしょうか？」

「そう考えねば、辻褄《つじつま》が合わぬ。それ故、絶対に殺してはならんと言ったのだ」

懸命に舌打ちを堪《こら》え、西郷は言葉を絞り出した。

慶応四年閏《うるう》四月八日（一八六八年五月二九日）、西郷は三田の薩摩藩邸の居室で江戸詰めの藩士を下がらせ、ゆっくりと目を閉じた。

約一月《ひとつき》前の勝海舟《かつかいしゅう》との会談を経て、江戸城に無血入城できた。西郷らごく一部の幹部は直ちに御金蔵へ駆け込んだが、中身は空だった。まだ関東諸国と奥州すべてを制圧したわけではない。江戸入りは、維新の一里塚にすぎない。

〈拙者、御金蔵のことは全くあずかり知らん〉

会談の途中、なんども水を向けたが、勝の口から肝心の情報が出てくることはなかった。勝が御納戸金の隠匿を指示したのか。幕臣として、最後の抵抗を試みたと読むべきなのか。はたまた、最後の勘定奉行だった小栗上野介忠順の独断かもしれない。徳川家康《とくがわいえやす》の再来と恐れられた慶喜《よしのぶ》が秘《ひそ》かに命じた可能性もある。様々な思いが西郷の胸の中で渦巻く。

〈拙者、ご政道で頭がいっぱいで、台所の事情は本当に知らん〉

勝海舟は伏し目がちに言った。

一九個の分銅金、三六〇万両分の御納戸金はどこに、誰の指示によって持ち出されたのか。

官軍に寝返った関東諸国の大名や配下の者たちによれば、小栗忠順は老中によって御役御免を申し渡されたあと、上野国《こうずけのくに》（群馬県）権田村に引き籠もった。

しかし、一連の処分とその後の小栗の行動は迫り来る官軍の目を欺くためのものだったとの説が有力だ。調べてみると、老中の命《めい》の数カ月前より、小栗に近い者たちが馬や船を用立て、上州方面に荷を運んでいたとの情報が集まった。

御納戸金を隠匿し、官軍への反抗を企てている……そんな見立てが続々と西郷の元に入った。江戸城の無血開城で恭順の姿勢を見せているが、実は、慶喜が反抗の機会をうかがい、小栗に御用金の隠匿を指示した……様々な噂が西郷を悩ませた。

噂が真実ならば、官軍が奥州に向かった直後、西郷らは旧幕臣たちに背後を襲われる恐れがある。些細《ささい》な噂や流言の類いであれ、潰しておく必要がある。

西郷は信頼できる部下に荷の行方を徹底的に探すよう厳命した。武蔵や上州のいずこに運ばれたか、所在は依然としてつかめていない。廻船《かいせん》問屋を中心に調べを進めさせると、たしかに複数の千石船が小栗配下の名義で調達されていた。だが、肝心の行方は戦の混乱によって途絶えた。

西郷は低く唸《うな》った。旧幕臣の反攻を警戒しなければならないが、官軍側の懐事情も日々切迫の度合いを強めている。このままでは、来るべき奥州勢との決戦に向け、兵糧が尽きてしまう。

〈奥州の武士は手強《てごわ》く、頑固だ〉

勝が言い放った言葉が、西郷の頭蓋の奥に響く。奥州での戦いは必ずや長期戦となる。兵糧ごときを理由にご維新を止めるわけにはいかない。なんとしても三六〇万両の御納戸金の行方を調べねばならない。

「手練《てだれ》の間者《かんじゃ》を一〇名、至急江戸市中に放て。幕府の勘定方を中心に徹底的に調べさせよ」

西郷は再度若い藩士を呼びつけ、低い声で告げた。

指示を出したあと、西郷は取り寄せておいた幕府勘定方の古い書物をめくり始めた。小栗を始め、歴代の勘定奉行の履歴と主な功績を綴《つづ》ったものだ。

外様の薩摩藩にまで、名声が轟《とどろ》いた奉行が並ぶ。元禄《げんろく》期の奉行の名の上に、乱暴に斜線が引かれていた。西郷は目を見開き、その箇所を凝視した。薄い墨汁の下に〈荻原重秀《おぎわらしげひで》〉という名が残っていた。

第一章　抜擢

一

天和《てんな》二（一六八二）年二月。

越後屋などの大店《おおだな》や小間物屋、油問屋がひしめく日本橋の表通りの喧騒《けんそう》を掻《か》き分け、勝部《かつべ》真次《しんじ》郎《ろう》はゆっくりと通りを進んだ。

大通りの店先を冷やかして歩くと、ほどなく河岸近くの稲荷神社を中心に、小ぢんまりした店が集まる小網町《こあみちょう》に行き当たった。

河岸近くの鰻屋《うなぎや》・喜代松《きよまつ》に入る。真次郎は顔なじみの店の手代らに目をやり、二階の小さな座敷に向かった。

畳に腰を下ろすと、女主人の一人息子で五歳になったばかりの金之助《きんのすけ》が香の物を運んできて、丁寧なお辞儀をした。邪気のない表情と仕草に自然と頰が緩む。香の物と金之助の笑顔を当てにぬる燗《かん》を喉に流したとき、段梯子《だんばしご》を上る足音と微《かす》かな声が聞こえた。

「待たせたな」

襖《ふすま》が開くと、額が広く、瞳の大きな若い侍が姿を見せた。寒風に晒《さら》されていたのだろう、両頬と高い鼻梁《びりょう》がほのかに赤味を帯びている。入れ替わりに金之助が下がった。

「彦《ひこ》様、僭越《せんえつ》ながら先にやっておりました」

真次郎は頭を下げ、膳の猪口《ちょこ》を取り上げた。

「まま、駆け付けなんとやらで」

若い侍が床の間を背に腰を下ろすと、真次郎は猪口を手渡した。

「思いのほか、御座之間《ござのま》は寒かった」

「それなら、体の内側から温めるのが一番で」

腰を浮かした真次郎は腕を伸ばし、相手の猪口に酒を注《つ》いだ。

眼前の若侍は、荻原彦次郎《ひこじろう》重秀、二五歳。綺麗《きれい》に剃《そ》り上げた月代《さかやき》が青々と照っている。真次郎より八歳年下だ。幕府の台所ともいえる勘定奉行所の若き官吏で、父の種重《たねしげ》とともに二代続けて勘定所に召し出された。父と違うのは、重秀が異例の速さで勘定（現在の課長級）に出世したことだ。

重秀はあっという間に猪口を空にした。すかさず真次郎は酌をする。

「それで、上様はどのようなお方でしたか？」

二杯目を飲み干した重秀は天井を仰ぎ見た。

独断、傲慢、短気……第五代将軍・徳川綱吉《つなよし》については、様々な風評が真次郎のような無役の旗本にも漏れ聞こえてきた。初めて将軍に御目見《おめみえ》した重秀はどんな印象を抱いたのか。

「まごうことなき奇人だな」

短く言うと、重秀は口を真一文字に結んだ。

先代将軍・家綱《いえつな》は「左様せい様」と呼ばれた。政務のほとんどを老中や奉行連に任せきりだった。だが、綱吉は違った。自ら事細かな政務に口を出し、ときには老中を怒鳴り散らすほどだと聞いた。重秀の言う奇人とは、まさに噂通りだということだろう。真次郎の頭の中に、面長で目が吊り上がった男の顔が浮かんだ。頷いていると、重秀が強く首を振った。

「真次郎、なにか勘違いしておらぬか?」

「は?」

「奇人と申したのは、褒め言葉だ」

真次郎は首を傾《かし》げた。眼前の重秀はまっすぐに自分を見据えている。

「幕府開闢《かいびゃく》から八〇年、ご政道にあちこち綻びが出ている。上様は継《つ》ぎ接《は》ぎが限界に来ていることを敏感に察知しておられるご様子だった」

「幕府の危機と奇人とは、どうつながるのでしょう?」

「先の公方様や取り巻きたちのように、己の領地と俸禄《ほうろく》を守ることだけを考える家来ばかりだと、幕府が潰《つい》えてしまうとお考えだ」

そう言うと、重秀は猪口を差し出した。真次郎は慌てて酌をした。

重秀と出会ってから早二〇年になる。いつもぶっきらぼうな口ぶりだが、今はとりわけその傾向が強い。奇人・綱吉に初めて会ったことで、重秀は興奮しているのか。真次郎は様子をうかがいながら、さらに酌をした。

「俺に似ている」

四杯目の燗酒《かんざけ》を喉に流し込んだあと、重秀は無愛想に言い放った。

真次郎はもう一度、重秀の顔を覗《のぞ》き込んだ。ふざけているわけでもなく、気負っている様子もない。いつもの重秀の顔に相違ない。

たしかに綱吉はまだ三七歳と若い。だが、仮にも日の本で一番の権力者である将軍だ。自分と最高権力者が似ていると、重秀は事もなげに言ってのけた。

「まごうことなき奇人と彦様が、どう似ているのでしょう？　上様が直接、なにかお命じになったので？」

真次郎が訊《き》くと、重秀は猪口を手に一献を勧めた。両手で受け取ると、重秀が酒を注ぐ。

「具体的なご下命を頂戴したわけではない。ただ……」

「なんですか？」

「〈余とともに、存分に壊せ〉と仰せつかった」

重秀はようやく口元に笑みを浮かべた。真っ黒な瞳が鈍い光を発している。真次郎は身を乗り出して、訊いた。

「壊すとは、様々なご政道のしがらみのことでしょうか？」

「俺はそう受け取った」

大きく頷き、重秀は言い切った。

「先般の仕事が評価されたということですね？　やはり彦様の見立ては正しかった」

「左様。近いうちに、勘定組頭（局長級）に引き上げる旨、お達しを頂戴した」

重秀が低い声で言った。両手で猪口を持ちながら、真次郎は固まった。

目の前の重秀は薄《うっす》らと笑みを浮かべるのみで、上気している様子はない。元々物事に動じることのない男だ。将軍との対面を経て、さらに腹が据わったのは間違いない。

四〇、五〇代の平勘定が居並ぶのが幕府の中枢・勘定奉行所だ。弱冠二五歳にして、しかも有力旗本の家柄ではない重秀が、今の職務に就いているだけで十分に異例なのだ。それが一気にごぼう抜きで組頭になるという。

異例ずくめの中でも、将軍自らが昇進を内示した。驚くなという方が無理だ。目の前の猪口が小刻みに揺れ始めたのがわかった。こみ上げてくる様々な思いを真次郎が抑えていると、重秀が口を開いた。

「どうした、嬉しくないか？」

真次郎は慌てて首を振った。

「父君の種重様は、失礼ながら勘定奉行支配の下役のままでおられます」

真次郎の頭の中に、たおやかな笑みを浮かべる壮年の男の顔が現れた。荻原十助《じゅうすけ》種重だ。重秀の父であると同時に、真次郎の恩人でもある。

特別優秀という評判は聞かないが、そつのない実務に定評があり、周囲の人望も厚い。その種重を、息子である重秀が易々《やすやす》と追い抜くという。嬉しいという気持ちを飛び越え、反応することができないのが正直な気持ちだった。

「だから上様は奇人だというのだ。親子の立場が逆転しようが、そんなことは一向に気にされない。存分に壊せと言うからには、もっと大胆なことを企図されているはず。それより、内祝いだ。飲んでくれ」

重秀が顎をしゃくった。

真次郎は慌てて酒を飲み干すと、猪口を重秀に戻した。

幼少の頃から算術を手ほどきしてくれた父に対し、重秀は今も強い尊敬の念を抱いている。種重から直接聞いたが、重秀は想像以上に呑み込みが早かったという。理解度のほかに、独自の解釈を加える術《すべ》を覚えてから、重秀のこなす実務の量は他の勘定らを圧倒するようになったと、種重が嬉しそうに語ったことがある。

無役の旗本である真次郎の耳にも、種重のみならず、他の勘定方や幕府の他の役職に就く者たちから頻繁に重秀の異才ぶりが伝わってきていた。

「おめでとうございます」

膳をよけると、真次郎は畳に両手をついた。再度、胸の奥からこみ上げるものがあった。平伏したまま洟《はな》をすすると、頭上から重秀の声が響いた。

「この程度で泣かれては困る。真次郎には、さらに辛《つら》い仕事を頼むことになる。頼んだぞ」

「一所懸命働かせていただきます」

顔を上げると、重秀が相好《そうごう》を崩した。やはり重秀も緊張を強いられていたのかもしれない。互いに頷き合っていると、座敷の外側から艶のある女の声が響いた。

「そろそろ入ってもよろしゅうございますか？　せっかくの鰻が冷めてしまいます」

「構わん。入れ」

真次郎の声に襖が開き、丸髷《まるまげ》の年増女《としまおんな》が笑みを浮かべていた。

喜代松は鰻を丸ごと串刺しにした蒲焼《かばや》きで評判になった。てきぱきと皿を並べると、店の主人であるお多恵《たえ》は重秀に酌をした。真次郎はお多恵を手招きしたあと、重秀の異例の出世が決まったことを明かした。

「そりゃ、おめでとうございます」

お多恵が両手を畳につく。重秀は首を振った。

「真次郎、大げさだと申したはずだ」

重秀はいつものぶっきらぼうな口調で言うと、皿にずらりと並んだ鰻を平らげた。

「お祝いに、これからどちらかに繰り出しますか？」

おどけた調子でお多恵が水を向けた。だが、重秀は要《い》らぬ、と言ったきり黙り込んだ。その後、三合ほど酒を飲み、重秀は座敷を後にした。

二

若き勘定所幹部を喜代松の玄関で見送ったあと、真次郎は二階の座敷に戻った。

「真さん、随分嬉しそうじゃないか」

重秀の膳を片付けながら、お多恵が言った。

「沼田城の一件だ。あれが万事うまくいったことが、彦様の出世につながった」

「あたしなんかでも、少しはお役に立てたのかい？」

「もちろんだ」

年増とはいえ、お多恵はまだ二六だ。はにかむような若い女の顔だったが、かえってそれが艶《なま》めかしい。花街《かがい》で一番の人気芸者だった経歴は伊達《だて》ではない。

「それより、酒の追加だ」

真次郎が空の銚子《ちょうし》を振ると、お多恵は小首を傾げた。

「新たなご下命はないのかい？」

「今宵はない。だからもう少し飲ませろ」

お多恵は襖を開け、階下の若衆に追加の酒を頼むと、声を落とした。

「それで沼田城の件は難しかったのかい？」

お多恵が急に表情を変えた。深川の元売れっ子芸者から、真次郎率いる勘定方の隠密組織・微《び》行《こう》組の一味の顔になって言った。真次郎は声を潜め、微行組頭領の顔でお多恵を見た。

「表面上は何事もなかった。ただ、家老の一派が裏で小賢《こざか》しいことをしてくれた」

昨年、天和元（一六八一）年（延宝《えんぽう》より改元）に沼田藩の取り潰しが決まった。

藩主の暴政に加え、江戸の両国橋の架け替え工事を命じられたにも拘《かか》わらず、丸太や人足の手配が滞ったことが直接の原因だった。表向きは将軍職就任直後だった綱吉の専断とされたが、内実は全く違った。

重秀が勘定所の正規の使者として沼田城の受け取りに派遣される一月前、真次郎は材木問屋の手代に化け、沼田藩の内情を町中で探った。

同藩江戸藩邸で藩主に不満を抱く向きから事前に聞いていた通り、藩は検地をごまかした上で、石高を意図的に高くし、農民を苦しめていた。加えて、同藩で取れた材木の一部を上方《かみがた》の問屋に横流ししている事実もつかんだ。

微行組の仕事は素早く確実だが、決して手妻《てづま》（手品）ではない。静かに水面下に潜り、事情を知る者たちから丹念に話を聞き、動かぬ証拠を着実に積み重ねていく。微行組を秘かに組織したばかりの頃、重秀はこうした仕事を〈事前調べ〉と名付けた。

真次郎らは横流しの証文の写しを何十枚と入手し、問屋側の分も現地で手なずけた間者に命じて取り寄せておいた。

不正蓄財に走り、藩政を蝕《むしば》んでいた家老一味に対し、正規の使者として重秀が証拠の証文を突きつけた。

バレるはずがないと高を括《くく》っていた家老一味は悪事の露呈に震えあがった。ぐうの音も出ず、抗《あらが》うことを諦めた。重秀はこうした事実を上役である勘定奉行に伝え、これが綱吉に報告された。

世間では綱吉の専断とされたが、微行組が秘かに集めた数々の動かぬ証拠が、沼田藩のお家取り潰しの引き金となったのだ。

一連の厳しい処分についての事情は、その後じわじわと他藩に伝わる。これが重秀の狙いであり、綱吉が認めた新たなやり方だった。重秀が考え出した事前調べの効果が、また一つ実証された。

勘定奉行経由で重秀の存在を知った綱吉が、若い官吏を異例の速さで取り立てる背景には、きちんとした理由があった。だが、真次郎が考えた以上に出世の階段を上る時機は早かった。

お多恵の酌を受けながら、真次郎はあの忙しかった月日を思い浮かべた。

「沼田藩の江戸留守居役だけど、口が軽かったこともよかったよね」

手酌で酒を飲み出したお多恵が言った。

江戸留守居役は、他藩の同役の者と始終酒席を交え、情報を交換するのが任務だ。この際、お多恵の弟子筋にあたる芸者が沼田藩の不正の一端を聞き及んだ。

「さすがにお多恵の人脈だ。あれが端緒になった」

「襖の外でちょっとだけ聞いていたけど、真さん、泣いていたみたいだったね」

お多恵はくすりと笑った。

「そりゃ、嬉しいからな。俺だって旗本の端くれだ」

真次郎は重秀の父・種重と荻原の家に救われた貧乏旗本だ。真次郎の祖父の代まではごく普通の知行取りの身分だったが、父の代で困窮の度合いが深まった。

旗本は通常、米を石高という形で幕府から支給され生計を立てている。このうち、百姓を直接支配して年貢として米を得る知行取りは少々特殊な立場だった。決まった石高を支給されるよりも、知行取りの方が旗本としての位が高いとされたが、現実問題として、勝部家の場合はこの立場が生活を苦しめることになった。

勝部家の知行地、管轄する水田は北関東と奥州の境に位置する辺境にあった。一〇〇石分だったが、度々冷害や洪水被害に見舞われ、五〇石に届かない年が続いた。

真次郎の父が重い胸の病を患い、一家の困窮はさらに極まった。このとき、手を差し伸べてくれたのが重秀の父だった。期限を設けず、利子も要らないと言い、種重は多額の金子《きんす》を勝部家に用立ててくれたのだ。

旗本という身分を隠し、吉原や深川で得意の柔術を使って用心棒まがいの仕事をこなして糊口《ここう》を凌《しの》いでいた真次郎は、荻原家に一生頭が上がらない。猪口の酒を飲み干し、真次郎は口を開いた。

「のんびりできるのは今のうちだ」

「彦様、次は勘定組頭かい？」

「上様直々のお達しだそうだ。そうなれば、沼田藩のお取り潰しどころか、もっと大きな仕事が微行組に下りてくる」

「わかったよ。あたしも荻原の家に世話になって、こうして人並みにおまんまを頂戴してる。死ぬ気で働くさ」

「頼んだぜ。それにしても死ぬ気ってのは大げさだ。縁起でもない」

真次郎が言うと、お多恵は弾《はじ》かれたように笑った。

お多恵も貧乏旗本の娘だ。弟の仕官に伴う金を両親が工面できず、花街に身を投じた。勘定所の同僚と酒を飲みに来た種重が思いやり、お多恵の実家に金子を用立てたと聞かされた。武家の俸禄制度が行き詰まり、大商人の勃興で勢いを増す商業経済との矛盾を真次郎とお多恵は肌身で感じて育った。それだけに、互いの意図するところは多くを語らずともわかり合える。

真次郎が手酌で酒を飲んでいると、お多恵が煙草盆を引き寄せ、煙管《きせる》を差し出した。

「一服どうだい？」

「ありがとうよ」

煙管を受け取ると、真次郎は刻み煙草を火皿に詰め、小さな火鉢に顔を寄せた。体中を温かい血が巡っているのがわかる。煙草が酒とともに体中に染みる。掌《てのひら》を上に向け、吸い口と雁首《がんくび》の間にある竹製の羅宇《ラウ》を握る。もう一服煙を吸い込むと、お多恵が口を開いた。

「伊達に吉原で用心棒してたわけじゃないね。煙草喫《の》んでいる姿は画《え》になるよ」

お多恵が笑みを浮かべたとき、段梯子を上る小さな足音が襖越しに聞こえた。

「おっかさん」

お多恵が襖を開けると、廊下にくりんと大きな瞳を輝かせた金之助が座っていた。

「どうしたんだい？」

売れっ子芸者や微行組の遣《や》り手ではなく、母親の声音でお多恵は言った。

「裏木戸から霊岸島《れいがんじま》のおじ様が来られました」

そう聞いた途端、お多恵の頬が赤らんだ。真次郎は金之助を座敷に呼び寄せると、お多恵に言った。

「金坊は任せろ。行ってきな」

真次郎の言葉に、お多恵は一人の女の顔で頷いた。

三

小網町の喜代松を後にした重秀は、馬喰町《ばくろちょう》にほど近い武家屋敷を目指し、ゆっくりと歩き始めた。

小網町から半丁も行かぬうちに、道の両脇に提灯《ちょうちん》の灯《あかり》が目立ち始める。最近、上方者たちが始めた陰間《かげま》茶屋が一〇ほど軒を連ねる芳町《よしちょう》の一角だ。

店の名入りの提灯を提げた若衆たちが、道行く人間を値踏みするように眺めている。

「旦那、いかがですか?」

菱《ひし》形の印をつけた提灯の男が重秀に歩み寄ってきた。

「要らぬ。身共、衆道（男色）は嗜《たしな》まぬ」

ぶっきらぼうに返答すると、聞こえよがしの舌打ちが聞こえた。重秀は気にせず、軒にある格子を通し、それぞれの店の様子をうかがった。

重秀が生まれる前年に発生した明暦の大火を機に、一大遊郭の吉原は浅草の郊外に移転した。

この芳町の陰間茶屋は吉原ほどの煌《きら》びやかさはないが、花魁《おいらん》と見まがうばかりの化粧を施し、着飾った陰間たちの姿を見ることができる。

客引きの広間には、一夜の相手を物色する中年の商人のほか、頭巾で顔を覆った僧侶たちの姿もある。武士の生活が年々困窮する一方で、この一角には豪華絢爛《けんらん》という言葉がふさわしい世界が広がっている。その根源を自分の目で確かめたい。重秀は目を見開き、店や客たちの様子を観察した。

「侍の客はおらんのか?」

三軒目の店先で、重秀は客引きの若衆に訊いた。

「へえ、このところほとんどお見かけいたしません。旦那はいかがで?」

「いくらだ?」

「一刻(二時間)で一分(四分の一両)、一晩の買い上げでしたら三両から五両ほどです」

肩をすぼめた若衆が愛想笑いをした。

「要らん」

強い口調で返すと揉《も》み手が止まり、若衆が狐につままれたような顔で重秀を見上げた。重秀は構わず店の中を見続けた。

顔見せ用の広間には裕福そうな商人が数人おり、熱心に細見《さいけん》(案内書)をめくっている。高価な着物に身を包んだ商家の内儀らしき人影もちらほら目についた。

わずか一刻の間、着飾った男たちを愛《め》でることで、重秀の屋敷に勤める女中の二月《ふたつき》から三月《みつき》分の金子が吹き飛ぶ計算だ。

諸藩との連絡を密にするという名目で、多額の経費が認められている雄藩の江戸留守居役や江戸家老、上席の旗本でもなければ気軽に店に上がることはできない。

好き者の商人や、陰間たちの洒脱《しゃだつ》な世間話に興じる商家の内儀は惜しげもなく金を茶屋に落としている。陰間茶屋に集う様々な客たちを眺めながら、重秀はさらに考えた。

江戸幕府開闢から既に八〇年が経過した。もはや戦が起きる気配は微塵《みじん》もない。だが、依然として侍が社会の頂点に居続けている。

将軍綱吉は、もはや合戦の準備など必要ないと御城坊主《おしろぼうず》に語ったとされる。戦が存在しない以上、侍の本分である武人、武官としての生業《なりわい》はなくなる。大半の侍は口を開け、幕府が供する俸禄を待つのみだ。果たしてこのままでよいのか。

自分はどうだ。身分こそ侍だが、熱心に剣術の修行をしたことはない。父の言いつけで算術を学び、合理的なものの見方が出来上がった。

勘定所に詰める他の平勘定たちは、位が上とされる町奉行や寺社奉行など他の奉行所への転出を願う者が多く、腰掛け的な気分が強い。重秀に対し、異例の昇進だの綱吉の寵愛《ちょうあい》を受けたおかげだの、妬《ねた》み嫉《そね》みの言葉を囁いている。

重秀自身からみれば、大した働きもせずに俸禄を受け取り続ける方がよほどおかしい。仕事もろくにせず、身分だけ高い。そのくせ、大店の商人たちが豪遊することは面白くない。こんな気分でいる侍という階層そのものをなくした方がよいのではないか。

顔見せの広間で嬌声をあげる陰間や商人たちを眺め、重秀は胸の内側から湧き上がる自身の不穏な考えに立ち尽くした。

侍という身分がなくなったらどうするか。いや、侍だの商人だのという区別がなくなれば、自らがやりたいこと、自分に向いている仕事に就けばよいのだ。

自分は商人になる。算術を駆使し、多くの知己を得て、日の本のあちこちを訪ね歩き、その土地の産物を仕入れ、江戸で売る。利鞘《りざや》を稼ぎ、さらに船を仕入れ、店構えも大きくする。

重秀自身、陰間や吉原での遊びに興味はない。ただ、そこに集う人、商う者たちの道理を見つめ、その極意を学ぶことは、世の民を養うという幕臣本来の仕事に通じるのではないか。

世の中の金子の流れを分析し、その先に再度投資される様を見つめることが今はなにより必要だ。少年の手を握り締める脂ぎった商家の老人を見つめながら、重秀は思いを巡らせた。

四

鰻の肝の炙《あぶ》りを当てに、真次郎はゆったりと喜代松で酒を飲み続けた。傍らでは、大きな茶碗を持った金之助が飯を食べている。

「真次郎おじさん、訊いてもいい？」

口元に米粒をつけた金之助が首を傾げている。

「なんだ、金坊？」

「霊岸島のおじ様は、なぜいつも裏木戸から？」

猪口の酒を飲み込んだばかりの真次郎は、むせた。

「霊岸島の旦那は、偉いお人だ。普通なら、もっと大きなお店《たな》に行かれる人だ。恥ずかしいのかもしれんな」

咳《せ》き込みながら真次郎が答えると、金之助はさらに訊いた。

「霊岸島のおじ様は、お侍より偉いの？」

くりくりとした大きな目で見つめられ、真次郎は答えに窮してもう一度むせた。

「おじ様のことは、また別の機会だ。もう遅いから、ご飯を済ませな」

苦りきった顔で言うと、金之助は渋々頷いた。

金之助は器用に大人の箸を操る。お多恵の躾《しつけ》が行き届いている証拠だ。小さく息を吐き出し、真次郎は考え込んだ。

金之助はまだ五つだ。なぜ裏木戸から霊岸島のおじ様が喜代松に上がるのか、その真意はまだ知らなくともよい。いずれお多恵の口から本当のことを知らせるのが筋だろう。

金之助が食事を済ませたことを確認すると、真次郎は襖を開け、階下の若衆を呼んだ。

「金坊、男だから一人でも寝られるよな？」

「あたぼうよ」

出入りの野菜売りか酒屋の真似なのだろう。金之助が威勢のよい言葉を吐いた。だが、瞳には少しだけ寂しげな影が浮かんでいる。

「おっかさんは旦那と大事なお話をしているはずだ。ちゃんと寝るんだぞ」

もう一度念を押すと、金之助は素直に頷き、若衆とともに段梯子を下っていった。

座敷に座り直し、真次郎は再び手酌で酒を飲み始めた。

〈霊岸島のおじ様は、お侍より偉いの?〉

金之助の言葉が胸に引っかかった。霊岸島の旦那は、金之助が言う通り確かに偉いお人だ。だが、世の中の定めでは、身を持ち崩した旗本にも劣る商人という身分にある。わずか五歳の子供に幕藩体制の急所を衝かれた恰好《かっこう》だ。

鰻の肝焼きを齧《かじ》っていると、階下から座敷に歩み寄る人の気配があった。

「入れよ」

真次郎が言うと、静かに襖が開いた。髷《まげ》を町方風の小銀杏《こいちょう》に結い、中肉中背、着流し姿の稲葉平十郎《いなばへいじゅうろう》が口元に笑みを浮かべていた。

「彦様は帰られたのか?」

「半刻《はんとき》(一時間)ほど前にな。色々とめでたい話があった。まずは一献」

真次郎が猪口を差し出すと、平十郎は相撲取りのように手刀を切った。

「めでたい話ってのは、勘定組頭のことか?」

さすがに耳が早い。真次郎は感心しながら口を開いた。

「平十郎は、いつ彦様の話を聞いたのだ?」

「夕刻だ。勘定所にいる叔父から聞かされた。嫌味交じりに、おまえもさっさと仕事を見つけ、精々励め、そう言われて参った」

うまそうに猪口を空けると、平十郎は声をあげて笑った。

やはり、綱吉が重秀へ下した前代未聞の内示は、江戸城内で大名や老中の案内役となる御城坊主あたりから、たちまち周囲に漏れ伝わったのだ。当事者でもある勘定所は、大騒ぎになったはずだ。

平十郎は真次郎より二つ年下の三一歳。元旗本であり、微行組の一員だ。父親は寺社奉行を務めていたが、賂《まいない》をもらったとの濡《ぬ》れ衣《ぎぬ》を着せられ、改易の憂き目に遭った。父が職を失った瞬間から幼かった平十郎を含め、家族は困窮を極めた。真次郎が吉原や深川など遊郭や花街で飯の種を探したように、平十郎は得意の剣術を売りにして、小銭を稼ぐ生活を強いられた。

やがて平十郎は日本橋界隈《かいわい》の大店を巡り、米や油を運搬する際の用心棒を務めるようになった。町方風に結った小銀杏は、大店の番頭や手代に威圧的な雰囲気を感じさせぬよう、気遣っているのだ。一方、平十郎は画師《えし》としての顔も持つ。剣術が生活のためならば、画筆を持つときは、純粋に己の心を解き放っているように真次郎には思えた。

「金坊は？」

「もう寝たよ。それに、今晩は久々に霊岸島の旦那がお見えだ」

真次郎の言葉に、平十郎は肩をすくめてみせた。膳を引き寄せると、平十郎は炙った鰻の肝を口に放り込んだ。

「金坊に痛いところを衝かれたよ」

「なんのことだ？」

「霊岸島の旦那とお侍はどちらが偉い、そう訊かれたのさ」

低い声で告げると、平十郎はたちまち笑い出した。

「それで、どう答えた？」

平十郎の問いかけに、真次郎は頭を振った。

侍とどちらが偉いのかという根本的な問いには、答えられなかった。子供だけに邪心がない。その分だけ、答えに窮したと真次郎は明かした。

「教えてやればいいじゃないか。侍なんぞより、大店の主人の方がずっと偉いとな」

平十郎は平然と言い切った。真次郎は即座に同意できるほど、頭が柔らかくない。

「しかしな……」

「だってそうだろう。侍だ旗本だといっても、自分の家族さえまともに食わせていけぬ。一方で、霊岸島の旦那は違う。惚《ほ》れた女に店を持たせて、子供までもうけ育てさせている。偉いのはどちらかなんて言わずもがなだ」

平十郎の言う理屈はわかる。三十路《みそじ》を過ぎた侍二人が、決まった御役さえ得ることができず、用心棒として町民から日銭を稼いでいる。

重秀の密命により、真次郎は微行組という組織を隠密裏に動かし、平十郎は副長格として活動している。ただし、肝心の運営資金は、離れでお多恵を抱いている霊岸島の旦那が出しているのだ。士農工商という身分制度を敷いた家康がみたら、腰を抜かすような惨めな状態にあるのは間違いない。

「〈渇しても盗泉の水を飲まず〉って言ったのは孔子様だったかな……俺たちはどうなる？　いかがわしい泉の水で腹が膨らんでるぜ」

吐き捨てるように平十郎が言った。真次郎は、子供の頃の記憶を辿《たど》った。

貧乏旗本の子弟が集まり、学問所で孔子の言葉を学んだ。〈渇しても盗泉の水を飲まず〉のくだりも薄らと覚えがある。

地方を旅した孔子が〈盗泉〉という泉の側を通った際、喉が渇いていたにも拘わらず〈盗〉という語感を嫌って、〈名を聞いただけで身が穢《けが》れる〉と言ったとされる逸話を聞かされた。

若い儒臣は、孔子の行動を讃《たた》えながら、〈たとえどれほど苦しいときが来ようとも、侍は絶対に不正を犯してはならぬ〉と言い切った。

今の自分は、子供の頃の教えとは正反対の場に身を置いている。たしかに平十郎の言う通りだ。

「自力で食えない侍なんて、とっとといなくなりゃいいのさ」

今までの軽口とは明らかに口調が違った。平十郎はじっと猪口を睨《にら》んでいる。平十郎は将棋の腕前にも定評があった。何十手も先を読む力があるからこそ、侍の社会が行き詰まっていることが見越せるのだ。今、口を閉ざしているのは、社会の変質を素早く見つめている証左だ。

黙り込んだ平十郎を見ながら、真次郎は腕を組んだ。綺麗事《きれいごと》ばかり言っていては、江戸では暮らしていけぬ。そんな理屈はわかり切っている。だからこそ、この綻びが目立つ制度をひっくり返そうと重秀は懸命に汗をかき、真次郎ら微行組もそれを必死に支えているのだ。

「あいすいません」

二人が黙り込んでいると、廊下から若衆の声が響いた。

「入れ」

真次郎が言うと、頭を低くしたまま若衆は言葉を継いだ。

「そろそろ炭を落としますが、稲葉様の分の蒲焼きはいかがいたしましょう?」

「もらおう。それに銚子を三本ほど持って参れ」

平十郎は普段の軽口に戻っていた。

「炭を落とすということは、霊岸島の旦那が最後に食されるという意味だな」

真次郎が訊くと、若衆が再び、へい、と応じた。真次郎は平十郎と顔を見合わせた。

「お相伴にあずかるとしよう。俺も少し脂気が出てくるかもしれん」

平十郎が苦笑いした。真次郎は天井を仰ぎ見ながら、喜代松が結んだ縁に思いを巡らせた。

霊岸島の旦那こと河村瑞賢《かわむらずいけん》は齢《よわい》六五で、金之助は還暦目前で作った子だ。瑞賢は紀伊国屋や越後屋の主人や番頭連のように派手ではないが、月に二、三度の割合で顔を出し、しばしお多恵とともに時を過ごす。

他に女はいないと聞くが、娘以上も歳《とし》の違うお多恵を一人の女に変えるだけの胆力を今も持つ。

明暦の大火の直後、木曽でいち早く大量の材木を買い付け巨万の富を得た豪商であり、酒田から大坂までの西廻《にしまわ》り航路のほか、奥州の天領米を江戸に運ぶ航路を拓《ひら》き、羽州米のために航路を確立した日の本一の御用商人だ。

五

猪口の酒を舐《な》めながら、真次郎は記憶を辿った。

六年前、真次郎が重秀とともに初めて喜代松を訪れた際、瑞賢とは知らずに一つの座敷を共にし、小料理と酒を楽しんだのが微行組結成のきっかけとなった。

〈武門で飯が食える時代は、あと二〇年もすれば終わりまする〉

重秀が放った言葉に、たちまち瑞賢の目の色が変わった。

〈武門でなければ、いかような世の中になりましょうか？〉

〈商人中心の、金子が人を動かす世になりましょうぞ〉

勘定所に召し出されて二年目、重秀が一九歳の頃だった。あの晩を真次郎は鮮明に記憶している。

重秀は酔って大言を吐いたのではなかった。初めて会った人間は一様に驚くが、重秀は行動だけでなく、発する言葉の一つひとつにも極力無駄を省く。周囲に勘定所の上役がいたら、発言は問題視されていただろう。

金子が人を動かす世になる。重秀は虚飾を排してそう語った。黙って話を聞いていた瑞賢が鷹《おう》揚《よう》な口調で訊いた。

〈されば、お侍はどうなりますか？〉

〈帳面が読めない者は、百姓や大工の見習いをせざるを得まい〉

河村瑞賢と重秀の問答は半刻ほど続いた。

真次郎は二人の奇妙なやりとりに耳を傾け続けた。互いに声を荒らげるようなことはなく、簡潔な重秀の言葉に、瑞賢が質問を加えるというやりとりが進んだ。

〈随分とお若いのに、世の流れと物の道理をよく理解されておりますな〉

酒を重秀に勧めたあと、ようやく瑞賢が素性を明かした。

八丈縞《はちじょうじま》の着物や繊細な細工が施された煙管から、いずこかの大番頭だとは推量していたが、真次郎が予想した以上の大物だった。真次郎は慌てて非礼を詫《わ》びた。だが、重秀は当代一の豪商の名を聞いても一切臆することがなかった。

〈いかようにすれば、幕府が行き詰まることがなくなるとお思いか？〉

重秀は一介の町人に真剣な顔で尋ねた。

〈幕府や雄藩の無駄を排し、無能なお役人を一掃することでございましょうか〉

瑞賢は淡々とした口調で、刺激の強いことを言った。真次郎は思わず周囲を見回した。瑞賢ほどの大物商人が幕藩体制を公然と批判したのだ。奉行所の隠密廻《おんみつまわり》にでも聞かれたら、一大事だ。

ただ、目の前の二人に動じる様子はなかった。

〈それがしも同感。勘定所などは、袖の下をもらうことに腐心するか、他の奉行所に移る算段ばかりで、たわけ者の巣窟でござる〉

眉一つ動かさず、重秀は言った。

〈しからば、重秀様が大鉈《おおなた》を振るわれるしかありますまい。しかし、重秀様は若い。いや、若すぎましょう〉

瑞賢が言うと、対面の重秀が身を乗り出した。

〈このままでは公儀の台所は破産してしまう。周囲のことなど気にしておれば、幕府瓦解の日が存外に早まってしまう〉

〈そこまでの危機感をお持ちとは〉

瑞賢の声色が一段と低くなった。すると、重秀が目を見開いた。

〈どのようにすればよいか？〉

〈与えられた仕事だけでなく、自ら申し出て新しき仕組みを作られてはいかがでしょう〉

〈ある程度考えていた。ただ……〉

このとき、初めて重秀は言い淀んだ。もっと過激なことを言い出すのではないか。真次郎がひやひやしながら見つめていると、重秀はようやく口を開いた。

〈無能な役人や各地で袖の下ばかりを狙う輩《やから》を処分するには、明確な証《あか》しが必要となる。一介の平勘定にはすべてを見つけ出すのは無理というもの〉

〈でしたら、手前がお手伝いをいたしましょう〉

瑞賢は袂《たもと》から小さな俵形の紙包みを取り出し、重秀の前に置いた。

真次郎は息を呑んだ。五〇両をまとめた包金《つつみきん》だ。貧乏な旗本にとって滅多にお目にかかれる代物ではない。だが、重秀は微動だにしない。

〈勘定所にあなた様のような聡明なお方がいらっしゃるとは驚きです。金子は足りなければご指示くださいませ〉

重秀は強くこれを固辞した。

〈袖の下は要らぬ〉

〈違います。この金子で荻原様がお考えになる、働きやすい、いや、有能な勘定方を揃《そろ》える土台を作るのです〉

重秀が首を傾げると、瑞賢は即座に言葉を継いだ。

〈我々商人は、自分で商いの畑を耕します。そのためには、暇《いとま》と金子が必要です。ご政道も一緒です〉

瑞賢は気負った様子もなく、淡々と言った。

商いを耕す。随分と面白い例えをするものだと真次郎は感じ入った。

〈耕すと申したのは己の才覚で動き、危険を承知の上で働くという意にございます。金子を使えば、暇を短くすることもできましょう〉

瑞賢の言葉に、重秀は黙って頷いた。

〈伺いまするに、勘定所はその道の手練が少ないご様子。手前どもの目からみましても、今後は幕府のお台所は次第に困窮していくはずでございます〉

瑞賢の瞳の奥が、鈍い光を発しているように真次郎には見えた。先々を見通す重秀の話に、この老練な商人はしっかりとついてきている。

〈なぜ、そなたにもそのようなことがわかる？〉

〈入り、つまり幕府の収入に翳《かげ》りがみえるからにございます〉

各地の金山や銀山の産出量が減り始めているのは商人のみならず、旗本や幕臣であれば誰でも知っている。一方、豪商が多数勃興し、無数の商品を売り捌《さば》いている。この間、商品の受け渡しを担う金貨や銀貨が少なくなるのは自明だと瑞賢は説いた。

〈まずは、幕府の入りの部分を早急に見直すことが最善かと存じまする〉

〈それがしも、ずっとそのことを考えていた〉

そう言うと、重秀は表情を全く変えずに包金に手を伸ばし、五〇両の大金を無造作に袂に入れた。

真次郎は秘かに二人の様子をうかがっていた。重秀は特段威張った様子を見せない上、全く気負ったところがない。瑞賢にしても、若い侍を頭ごなしに手なずけようとしているわけではなく、かといって勘定所に取り入ろうとしているのでもない。それでも両者の間には、目に見えぬ張りつめた糸のようなものがある。真次郎はそう感じた。

六

真次郎が喜代松の天井を睨み、六年前を思い返していると、段梯子を忙《せわ》しなく駆け上がってくる足音が響いた。

「危ねえ、あと少しで鰻にありつけねえところだった」

着流しで銀杏髷《いちょうまげ》の若い男・源平衛《げんべえ》が襖を乱暴に開けながら、言った。

「源平衛、まずは挨拶が先であろう」

薄笑いを浮かべながら平十郎が言うと、源平衛は渋々襖の横に座り、頭を下げた。

「外は寒かったろう。まずは飲め」

真次郎は猪口を源平衛に差し出した。すると、いつの間にか源平衛の手に真次郎が使う猪口が載っていた。

「俺を相手に手妻をやっても仕方あるまい」

思い切り声を落として言うと、源平衛が満面の笑みを浮かべた。

「こう寒いと、腕が鈍っちまうんでね」

源平衛は手酌で酒を飲み始めた。

人呼んで〈手妻の源平衛〉。

歳は真次郎より五つ下の二八歳。明暦の大火で両親を失い、深川界隈で他の孤児とともに盗みで生計を立てていたならず者上がりだ。

七年前、吉原近くの日本堤で泥酔した船宿の客が真次郎に絡んできた。周囲に野次馬が集まる中、真次郎は得意の柔術で締め上げ、追い払った。

この際、野次馬に交じっていた源平衛が目にもとまらぬ早業で真次郎の懐の巾着を抜き取った。間一髪のところで源平衛の手首をつかみ、真次郎は巾着を取り戻した。

源平衛が初めてスリに失敗した瞬間だった。悔しがる源平衛をなだめすかし、船宿に誘った。当初は警戒していた源平衛だったが、酒が回るうちに類い稀《まれ》な手妻を披露した。

深川や浅草、あるいは日本橋など、江戸の民が多数集まる場所には源平衛のような仕事師が自然と吸い寄せられてくる。真次郎自身、過去になんどもスリに遭いかけたが、いずれもすんでのところで被害を食い止めた。柔術で培った技術が役に立ったのだ。相手がどのように飛び込んでくるか、真次郎は相手の一瞬の筋肉の動きを見て、対応する術に長《た》けていた。ただ、源平衛の場合は、ならず者が発する不穏な気配が一切なかった。

〈おいらは、食うや食わずでガキの頃から鍛えられたんだ。巾着頂戴しますってな気配は一切合切消してから仕事にかかるんでさ〉

すっかり観念した源平衛はあの日、項垂《うなだ》れながら言った。

源平衛が優れているのは、スリに及ぶ前段階で、相手の注意を完全に逸《そ》らすところにあった。ドブに石を蹴り込み、大きな音を立てた隙に懐に手を入れる。あるいは喧嘩《けんか》を煽《あお》りながら、周囲の関心が完全に騒動に向かっている最中に獲物を巧みに見分けるのだ。

うまそうに酒を飲む源平衛に向け、真次郎は口を開いた。

「近々、彦様が勘定組頭に取り立てられる。上様から直接賜ったそうだ」

真次郎が言うと、予想外に源平衛は顔を曇らせた。

「いかがした?」

「いや、出世が早すぎやしねえかと思ってね」

その点については真次郎も同感だった。

勘定所には二〇〇名もの侍が詰めている。勘定所に勤める侍は、寺社奉行や町奉行の侍より一段低く見られてきた。その劣等感の中で、異数の出世を果たしている若い侍がいる。妬み嫉みが湧かない方がおかしい。それにも増して重秀は周囲の雰囲気を察し、相手を気遣うということを一切しない。

〈無駄なこと〉

かつて重秀に年長者としてそれとなく注意を促すと、たったひと言、いつものぶっきらぼうな言葉が返ってきた。

「ほら、これだからさ」

懐から一枚の紙を取り出して源平衛が言った。真次郎はその紙を手に取ると、たちまち顔をしかめた。

〈上様は醜男《ぶおとこ》もお好み〉

紙には、細い筆で画が描かれていた。額の広い重秀と思《おぼ》しき若い侍が、将軍綱吉の傍らに横たわる汚らわしい構図だ。

若い侍の横には、〈彦〉の文字。その下には別の画がある。綱吉の横には一目で美顔とわかる侍がいる。〈吉〉の字が見える。

「彦様と柳沢吉保《やなぎさわよしやす》様ってことらしいね」

舌打ちしながら、源平衛が言った。

「柳沢様がどうかは知らんが、彦様は、たとえ上様であろうが、求められてもこういうことをするお方ではない」

「そんなこたぁ知ってるよ。でも、世間は好き勝手言うもんだ」

重秀と同様に、柳沢吉保も異例の出世を遂げている。重秀が言うように、綱吉は前例や年齢、家柄など一切関係なく、能力のみで自分の周囲を固め、幕政改革に乗り出そうとしている。城中で旧態依然としたしきたりに安穏としてきた輩には面白いはずがない。

商人が急速に勢力を伸ばす一方、侍の社会は幕府開闢以来八〇年もの間、全く変わりがないのだ。綱吉が早急に幕府の改革に乗り出した本質的な意味合いを理解しようともしない幕臣たちが、出世組を妬むのは人間が集まる組織の通弊そのものだった。

「これはどこで手に入れたのだ？」

「御納戸口《おなんどぐち》のところでね、歳取った役人からちょっとばかりね」

源平衛は厚みのある財布を手の上に載せた。溜息《ためいき》を吐《つ》いたあと、真次郎は源平衛に言った。

「金子は十分に渡しておろう」

「定期的に仕事しないと腕が鈍っちまう気がしてさ……」

「町奉行にでも見咎《みとが》められたら、どうする」

「岡っ引きや同心風情にバレるほどヘボじゃないよ」

「万が一ということがある。金子だけならばよいが、大名や大店の証文が入っていたりしたら大事になる。おぬしだけでなく、ひいては微行組につながり、彦様の危機を招くこともあろう」

「わかったよ」

「彦様が勘定組頭になられた暁には、もっと大きな仕事がくる。そのときに、おぬしを欠くわけにはいかんのだ」

昨年の沼田城収公《しゅうこう》の事前調べの際、微行組はその本領を発揮した。

真次郎は商家の手代に変装して江戸や沼田城下に潜入し、お多恵は深川や吉原の人脈を通じて同藩内部の不正を聞き出した。平十郎は沼田藩と密取引を実行した上方の商家の用心棒を斬り倒した。

源平衛は、密取引の動かぬ証拠となる証文を藩の役人や商家から抜き取り、お多恵が写しを取ったのちに元通りに返すという離れ業をやってのけた。誰一人欠けても達成できない微行組の大仕事だった。

「ここまでおいらなんかを買ってくれる人はいなかったからな。誰かのために仕事をする。これ、心持ちがいいんだ」

真次郎の言葉に照れ笑いしながら、源平衛は言った。明暦の大火によって魚屋だった両親が焼け死に、親戚の間をたらい回しされる間、源平衛は同じような境遇の子供たちと徒党を組み、盗みを働くようになったという。腕が上がるにつれ、年長のならず者の集団に請われるようになり、さらに盗みの数をこなすうち、一端《いっぱし》のスリに成長したのだ。真次郎と出会ったときは、専門に騒ぎを起こす手下を四、五人も配下に置く棟梁《とうりょう》だった。だが、今は違う。

「詳しいことはよくわからんけど、おいらの仕事がご公儀の役に立つってんなら、こんな嬉しいことはないね」

源平衛の言葉を真次郎は黙って噛み締めた。重秀という類い稀な才能を持つ若侍を支えることで、世間の役に立つ。

スリと同じように、自らを食わせることに汲々《きゅうきゅう》として用心棒を務めていただけに、ご公儀の役に立つという言葉が存外に腸《はらわた》へと染み渡る。仕事の出来を公に褒めてくれるような人間は誰もいないが、行き詰まりの気配が濃厚となる公儀の仕組みを改めるという意義は、真次郎だけでなく、微行組の全員が共有しているのだ。

「呉々《くれぐれ》も、軽はずみなことをせぬように。おぬしのためであり、彦様、いやご公儀のためなのだ」

くどいと思いながらも、真次郎は念を押した。これからどのような難しい仕事が与えられるかはわからない。だが、必ずや重秀を助け、仕事を達成させる。真次郎は自らに言い聞かせた。

七

財布からすべての金子を抜き取ったあと、柳田佑磨《やなぎだゆうま》は手を差し出した。みるみるうちに、眼前の侍の顔が歪《ゆが》んだ。

「今のはほんの手間賃だ。懐に隠している包金を出せ」

侍は顔を紅潮させ、消え入りそうな声で言った。

「しかし、この金子は江戸藩邸の女中たちの給金でして……」

眼前の侍はこめかみに血管を浮かせ、必死に感情を押し殺しているが、この程度で許す気持ちを柳田は持ち合わせていなかった。

「そなたの事情など関係ない。渡さないなら、北町奉行所に来てもらうまでだ。江戸詰めのご家老にもご出馬を仰がねばなるまい」

空になった財布を、柳田は乱暴に土間へ投げつけた。袱紗《ふくさ》から十手を取り出し、目の前でかざしてみせる。すると、慌てた様子で侍は懐を探った。

「こちらに五〇両ございます。これで先の騒動はなきこととしていただけますようご配慮を。また、当家の家老にはどうか内密にお願い申します」

十手で首筋を二、三度叩《たた》いたあと、柳田は土間で土下座する侍を睨んだ。傍らには、白い俵形の包みが置かれている。

「そなたの事情、あいわかった。では、拙者はなにも見ておらんし、聞いてもおらん。せいぜい、ご家中の締め付けを図られよ」

柳田が言うと、侍は顔を上げた。こめかみにいくつも血管が浮き出ている。悔しさと恥ずかしさで爆発寸前だ。ただ、ここで怒りを露《あら》わにするほどこの侍は無能ではない。

家中の安泰と自らの誇りを天秤《てんびん》にかけ、家中の安泰を取ったのだ。一時、己の怒りを爆発させれば、主君を始め、多くの藩士が路頭に迷うことになる。侍というがんじがらめの身分に縛られている以上、己の我を消すことを、目の前の男は心得ている。柳田を睨む目付きに、侍の誇りを著しく傷つけられた悔しさが滲《にじ》む。争うことなど絶対にできない。

「柳田様、煙草の支度ができました。喫んでくんなまし」

広間であぐらをかいていた柳田の横に、小首を傾げた店一番の陰間が擦り寄った。

「近づきすぎだ。失《う》せろ」

きつい口調で言うと、陰間は露骨に睨み返してきた。乱暴に煙管を受け取った柳田は、煙草盆の火種にかざした。

「店の主人はどうした?」

騒動を起こした侍たちが立ち去ったことを確認すると、柳田は思い切り低い声で告げた。若衆が揉み手しながら近寄ってきた。

「こちらを主人から……」

小さな盆の上に、紫色の絹布に包まれた俵形の物が載っている。柳田はなんの躊躇《ちゅうちょ》もなく紫の包みをつかみ、懐に入れた。

「騒動があれば、すぐに北町奉行所の柳田を呼べ。南町奉行所よりも話がわかる与力だと主人や一帯の店の主人たちに伝えよ」

若衆にそう告げると柳田は十手を袱紗にしまい、立ち上がった。店の広間の隅に待機していた若い同心と、その配下の岡っ引きに目で合図する。二人はすぐに店の戸を開けた。

陰間茶屋を出たところで、柳田は懐から二つの包みを取り出し、掌に載せた。小さいながらも、ずっしりとした重みが心地よい。

今宵柳田が出馬したのは、上方の某藩が起こした騒動を解決するためだった。江戸留守居役が陰間に入れ込み、強引に身請けを迫った。陰間がこれを拒むと、店の中で抜刀し、騒動になった。芳町近くに住む岡っ引きが北町奉行所に駆け込み、宿直《とのい》だった与力の柳田に出馬を促した。江戸留守居役は我に返り、ひたすら柳田に平伏した。だが、同心より位の高い与力自らが乗り出したからには、ただで帰すわけにはいかなかった。

「ご苦労だったな」

侍から頂戴した包金の封を乱暴にちぎると、柳田は小判二枚を同心に、一枚を岡っ引きに与えた。

「旦那、いつもすみません」

壮年の岡っ引きは卑屈な笑みを浮かべ、頭を下げた。一方、若い同心は顔を引きつらせている。

「なにかあれば、必ず身共に伝えよ、よいな」

凄《すご》みを利かせると、若い同心は我に返ったように頷いた。

「どこかで酒を飲んでいくとするか。今宵は冷える。腹の底から温めるのが一番だ」

柳田が言うと、岡っ引きは得意気に提灯で足元を照らした。

懐に金子を戻し、柳田は大股で歩き始めた。十日もすれば、江戸全域を監視する月番が南町奉行所に移る。騒ぎを収めたことで思いがけない臨時収入となった。

「旦那、居酒屋でもよろしいですか？」

「さすがに吉原というわけにはいかぬからの」

柳田が軽口を叩くと、岡っ引きはさらに卑屈な笑みを浮かべた。傍らの若い同心は浮かない顔をしている。

「気にするな、皆やっていることだ。我らは安い俸禄に甘んじる御家人だ」

「……はい」

「そちもいずれ慣れる。騒動が起きたとき、穏便に事を済ませてやるのも町奉行所の大事な仕事だ。身共が突っ張って、あの江戸留守居役を引っ立ててみよ」

柳田はぐずる子供を諭すように、ゆっくりと言った。若い同心は依然として不満げだった。

「……それは、そうですが」

「小藩といえど、多数の藩士の生活がある。改易好きの公方様のお耳に、陰間茶屋などといういかがわしい場所での騒動のことが入ってみろ。あのお方は嬉々《きき》として藩のお取り潰しに動くのだぞ。たかだが五〇両やそこらで一つの藩の命を救ってやったのだ。安すぎるくらいだと思わんか?」

「……左様でしょうか?」

「身共のように四〇を過ぎれば物の道理がわかるようになる」

父親から家督を継いだばかりの若い同心は、依然納得していない。清廉潔白の姿勢を貫くだけでは奉行所で役目を果たすことなどできない。何事も天秤にかけ、慎重に吟味することが肝要だと柳田は説いた。

「あの江戸留守居役が雄藩の重責だったらいかがする? 例えば、御三家の者でも、そちは奉行所に引っ張っていくのか?」

「……そういたさねばならんと存じます」

「たわけが。御三家の江戸留守居役を引っ立ててみよ。就寝中の奉行様を起こし、その後は雄藩にも急ぎの使いを出さねばならぬ。奉行所全体が蜂の巣をつついたような大騒ぎになるぞ」

「そのようにいたすのが奉行所の仕事かと」

「馬鹿者。万が一、奉行様が御三家の側に寝返ったらどうする? しょっぴいた我らは、明日から仕事を失うのだぞ」

「……そのようなものでしょうか?」

「人は立場や状況によってころころと態度を変える生き物だ。常に潮目を見ながら臨機応変に立ち回らねば、我ら安い俸禄に甘んじる御家人は生きていけぬのだ」

もう一度懐に手を入れた柳田は、紫の包みを取り出した。陰間茶屋から差し出された迷惑料の二五両だ。同心の手を取ると、柳田は強引に包みを握らせた。

「どうだ、わかるか。これが二五両の重みだ」

「柳田様、一体なにをなさるのですか?」

「町民ならば一両で一年間食う米には困らない。町民二五人分の重みが、そちの手の内にあるのだ。思い知るがよい」

柳田は二五という数に力を込めた。若い同心は眉根を寄せ、自分の掌を睨んでいる。

「そちのような歳で三〇俵二人扶持《ぶち》の身の上ならば、真面目に勤めたら飢え死にいたすぞ。そもそも、その掌にある金子は、そちの扶持の一年分以上にあたるのだぞ」

同心は強く唇を嚙んでいる。

「よいか、よくその重みを覚えておけ」

もう一度言うと、柳田はさっさと紫の包みを回収した。

「メシの種は、そこいら中に落ちておるのだ。安い俸禄で大きな江戸市中全体を守れと公儀は仰せられる。しかも、盗人や火付けの捕縛数を上げねば出世できぬときておる。ならば、頭を使ってメシの種を見つけねばなるまい」

壮年の岡っ引きが気味の悪い声で笑った。

「柳田様の言われる通りですぜ、高木《たかぎ》の旦那。先代と同様に若も不器用なこった」

項垂れながらも、高木と呼ばれた同心は小さく頷いた。

「なにも身共はこの金子すべてを己の懐に入れるわけではない。配下の者やときに三廻《さんまわり》の者たちにも随時配っておる」

柳田は声を潜めた。

今回のような臨時収入のうち、一割程度は自分の懐に入れるが、あとは定廻《じょうまわり》、臨時廻、隠密廻の三廻に在籍する者たちへの情報収集や捕り物の見返りとして有効に使っている。

定廻は江戸市中を巡回して火元などの取り締まりにあたり、臨時廻は、定廻の補助のほか、盗賊や火付けなど無法者を捕縛する。

隠密廻は、町民や農民に変装した上で、江戸市中に限らず不審・不穏な動きや噂がないか常に監視する役回りだ。

三廻は同心専任であり、その配下の岡っ引きを私費で雇っている。安い俸禄で手足となる岡っ引きを養うのは到底無理だ。柳田は有能な同心と岡っ引きのために、賂を常に配っている。いずれは自分の手柄に跳ね返ってくるだけに、死に金ではない。

「手をこまねいて待っているだけでは捕縛の数は上がらんぞ。自ら進んで盗人や裏賭博の気配を感じて動かねば、死ぬまで食うことに汲々とする」

ようやく高木が大きく頷いた。柳田は顔を思い切り高木に近づけた。

「市中の様々な噂を引き寄せるには、金子が必要となる。目や耳になってくれる者どもに餌代を撒《ま》かねば、仕事にならんのだ。今、手に入れた金子はそのためのものだ」

柳田が言うと、高木は自分の懐から先ほど与えられた小判を二枚、取り出した。

「では、この金子はいかように?」

「どう使うかは、そちの考え方一つだ」

高木は頷いた。

「もし、それがしが花代に使《つこ》うても?」

「構わん。そちが花代以上のなにかを得ることができれば、たかが二両など安いものだ」

柳田が言うと、高木の目が鈍く光った。ようやく狙いをわかってくれたようだ。

「今すぐに変われと言っても無理なこと。親父さんのように常に金子に困り、捕縛の数も上がらなかった同心になりたいか?」

柳田はわざと若い同心の自尊心を踏みにじるような言い方をした。高木は再度俯《うつむ》いた。

「親父殿は真面目だった。そのため、そなたも母上も色々と気苦労があったのではないか？」

「……いかにも」

「ならば、継いだお役目の効能を目一杯使うのだ、高木五郎衛門《ごろうえもん》。世知辛い世の中は、金子があればこそだ。清貧などという馬鹿な考えを捨てれば、お役目もすべてうまく回るものだ。身共を見よ」

高木が力強く頷いた。

八

同心の高木と岡っ引きの二人を引き連れ、柳田は足早に芳町を抜けた。手頃な居酒屋を目指し、日本橋方向に歩き出した。

越後屋近く、小料理屋や小さな構えの蕎麦《そば》屋が連なる一角に来ると、柳田は小料理屋の前で立ち尽くす人影を見つけた。

月代を剃らない総髪で、ひょろりと背が高い。身なりは寒空の下、単羽織《ひとえばおり》に単袴《ひとえばかま》だ。高木を諭したばかりだが、目の前の人物は侍社会の負の歪《ひず》みを一身に背負ったような風体だ。小さく首を振ったあと、柳田は背の高い男に声をかけた。

「新井白石《あらいはくせき》殿ではござらぬか」

すると、色白の青年が振り返り、笑みを浮かべた。

「柳田様、これは珍しい所で」

「覚えておいでであったか。半月ほど前に、下馬将軍のお屋敷辺りでお目にかかった北町奉行所の柳田でござる」

新井白石と呼ばれた若者は、柳田に対し、丁寧に頭を下げた。

江戸城大手門前にある先の大老・酒井《さかい》忠清《ただきよ》の屋敷は、次の大老・堀田《ほった》正俊《まさとし》に与えられた。この屋敷前には下馬札があり、どんな大名であろうが下馬してから入城せねばならなかった。酒井が〝下馬将軍〟と呼ばれた所以《ゆえん》だ。

白石は儒学者であり、来月から大老の堀田に儒臣として仕え始める有能な男だと同行していた奉行所の下役から聞かされた。今の白石は律儀にも高木や岡っ引きにも頭を下げて名乗っている。

柳田は二人の挨拶を遮った。

「新井殿、このような時間にいかがなされた?」

改めて訊くと、白石は恥ずかしそうに俯いた。

「馬喰町で講義をしておりましたが、夕餉《ゆうげ》を食べそびれてしまいました」

白石は店先にある半紙に顔を向けた。蕎麦や酒肴《しゆこう》の類いの品書きが貼られている。柳田は白石が立ち尽くしていた理由を瞬時に悟った。

「我らと夕餉を共にされませぬか?」

柳田の申し出に、白石は首を振った。

「恥ずかしながら、拙者、持ち合わせがござりませぬ」

大老の儒臣となっても俸禄はたかが知れている。夜遅くまで役人の子弟相手に講義を行い、糊口を凌いでいるのだ。柳田は懐を強く叩いてみせた。

「新井殿に、金を払わすわけにはまいりますまい」

「いや、二、三度ご挨拶させていただいただけの柳田様にそのような振る舞いをしていただくいわれはございません」

「では、こうしましょう。先々出世なさる白石殿に取り入るため、柳田にぜひとも粗餐《そさん》をさし上げる機会をお与えください」

柳田はわざと軽口を叩いた。すると、今までバツの悪そうな顔をしていた白石の表情が晴れた。

「かたじけのうござる」

素直に頭を下げる白石を見たあと、柳田は高木に目をやった。どうだ、このように人の心を操るのだ、柳田は目でそう告げた。感心したように、高木が頷いた。

「お役目の関係で、本日は存外に懐が温かくなっておりましてな。遠慮は無用」

柳田がそう言うと、律儀に白石はもう一度頭を下げた。

そのとき、一行の近くを一人の若い侍が行き過ぎようとした。広い額、高い鼻梁。この若侍ともなんどか下馬将軍の屋敷辺りで顔を合わせたことがある。せっかくの機会だ。そう考えた柳田は、若侍の背中に向け、声をかけた。

「荻原殿、いかがなされた?」

若侍が足を止めて振り返った。目を見開き柳田をじっと見る。一礼することもない。

「北町奉行所の柳田殿ですな」

年長の柳田に対し、随分とつっけんどんな言い方だった。恐縮する白石とは同年代のはずだが、まるで態度が違う。今までと同様、ぞんざいな態度は変わらなかった。もう一度、高木に手本を見せるべく、柳田は気を取り直して話し始めた。

「今夕、初めての上様との御目見だったと聞きましたぞ」

「左様。しかし、柳田殿とどのような関わりが？」

醒《さ》めた口調だった。柳田は将軍との御目見が許されない御家人だ。そのことを知っていながら、しかも年長者に対してこのような口をきくのか。

「噂では、勘定から勘定組頭に出世なさるとか」

芳町に出かける直前、奉行所の与力仲間から仕入れた話を柳田はぶつけた。

「柳田殿は勘定所とは関わりがないはずです。正式な沙汰があるまでは、それがしの口からはなにも申し上げられません」

随分とそっけない返答だった。会話の流れを断ち切るような物言いととることもできる。だが、ここで年長者が怒りを露わにするわけにはいかぬ。柳田は唾を飲み込み、言葉を継いだ。

「まあまあ、そう冷たいことを言わず、ご一緒に酒でも参りませぬか？　与力のような卑しい身分ゆえ、上様のご様子を聞きとうござる」

柳田は、蕎麦屋の縄《なわの》暖簾《れん》を見ながら言った。自ら低い位置に降りた。これ以上年長者に恥をかかせるわけにはいくまい。柳田は荻原の出方を待った。

「いや、遠慮いたします。屋敷に戻り、片付けねばならぬ仕事がありますゆえ」

柳田がこれほどへりくだっても荻原の態度が改まることはなかった。柳田の背後から甲高い声が響いた。

「無礼ではないか」

振り返ると、白石がこめかみに青筋を立てて、力んでいた。

「勘定所ではそのような振る舞いが許されるかもしれないが、そちの態度は年長者に対してあまりにも無礼である」

甲高い白石の声が擦《かす》れた。柳田は一歩下がり、若い二人を見比べた。

いきなり白石が激高したのはなぜか。勘定所で異例の出世を遂げていると評判の荻原はなにを言うのか。

荻原の無愛想な言いぶりは確かに不快だ。評判通り、変わり者なのだ。柳田が癇癪《かんしゃく》を起こす前に、白石が爆発した。なぜここまで白石が怒りを露わにするのか。両者の対立の根源に興味はある。柳田は荻原の顔を凝視した。

「白石殿、いったいそれがしのなにが無礼にあたるというのか？」

感情を排した荻原の言葉に、白石がさらに感情を高ぶらせた。

「柳田殿は、拙者とそちのような若輩者を温かくもてなしてくださる、そうおっしゃっているのだ。無下に断わるのは、人として礼に反する」

「それがしは仕事を残しておる。残念ながらご一緒はできぬ、そう申し上げた。非礼とか無礼という理屈で物を申しているわけではない。仕事は仕事だ。それがし、仕事がなによりも優先する、そう申しておるではないか」

荻原が発した言葉に、今度は白石が目を剝《む》いた。

「それほど仕事が大事か? 人との交わりに欠けるゆえ、ご政道もうまく回らないのではないか?」

白石が一歩、荻原の前に進み出た。荻原の態度は変わらない。柳田が声をかけたときと同様、大きく目を見開いた能面のような顔だった。

「酒を飲み、たわいもない話をすれば、ご政道がうまくいくのか。ならば城中で昼夜を問わず酒を出せばよいではないか」

荻原は淡々とした口調で言った。白石が荻原との間合いを詰めた。柳田は慌てて二人の間に割って入ったが、白石の怒りは収まらなかった。

「なぜ彦次郎はいつもそのように話が飛ぶのか。拙者は、仁をもって人と交わることが、よきご政道に通ずる、そのような例えを言ったまでだ」

拳を握り締めながら、白石は一気に言った。

白石は不器用な男だが、言葉の一つひとつには重みがあり、柳田にも納得できる。必死に儒学を学び、その過程で得た〈徳〉への強い思いが白石の持つ重みだ。若い割に人間ができていると感じさせる。その理屈は、武術ばかり修行してきた柳田の身にも理解できる。一方、荻原は黙って白石を見ている。瞬《まばた》きをしない両目は醒めたままだ。

「柳田殿のように、市中の隅々までご存じの方とご一緒すれば、庶民の生活の様子を勘定所の任務にも役立てることができるであろう」

呼吸を整えた白石が説いた。

「酒席につきものの、女や博打《ばくち》など無駄な話を絶対にしないというのであれば、一考の余地があるやもしれぬ。ただし、半刻だけだ」

荻原はさらりと言った。柳田にとっては、思いもよらぬ返答だった。柳田と同様、白石が口を半開きにしている。

「町民たちがどの程度の金子で一月を暮らし、どのように掛けが溜《た》まっていくのか……そのような具体的な話を聞かせていただけるならば、ためになるやもしれぬ。柳田殿、いかがであろうか?」

荻原は早口で続けた。

邪気はなさそうだが、随分と勝手な言い分だ。誘ったのは年長者のこちらだ。それなのに、条件をつけるとは何事か。腹の奥からこみ上げる怒りを押さえ込み、柳田は口を開いた。

「荻原殿、拙者はあくまでも親睦の意味でお誘い申し上げた。それに半刻という短い刻限を設けられては、慌ただしいことこの上なし。いかにも酒が不味《まず》くなる」

荻原が頭を振った。

「柳田殿の酒を不味くする気持ちは毛頭ござらぬ。ただ、偶然お会いした段で、親睦を深めるつもりはありませぬ」

荻原は淡々と足を動かした。すると、白石が荻原の肩をつかんだ。

「この際だから言わせてもらう」

白石が存外に強い力でつかんだのだろう、荻原は眉間に皺《しわ》を寄せた。

「白石殿のご助言は、どの程度の長さか？」

「そちが納得するまでだ」

興奮した口調の白石とは裏腹に、荻原は冷めたように溜息をついた。

「その話が終わる長さを訊いておる。それがしは白石殿のように時間を持て余しているわけではござらぬ」

「他に言い様がないのか！」

いきなり白石が右の拳を振り上げた。慌てた同心の高木が白石を制した。

「その言い様はさすがに失礼であろう」

たまりかねた柳田も、強い口調で言った。

「酒席を共にするのであれば、事前にお報《しら》せいただきたい。さすれば、それがしも時間を都合いたし申す。しかし、今宵のようにいきなりでは、こちらの事情もあります故」

悪びれた様子もなく、荻原が答えた。いつのまにか、怒りの言葉を口にした己に柳田も気づいた。

「勘定所では、そなたのような御仁が出世するのだな」

「なにを意図されておられるのか？」

荻原は首を傾げ、柳田を見ている。白石の怒りがわかるような気がした。この若い侍は、自分の都合しか考えていないのだ。

「上様のご威光を頂戴すると、不浄役人の与力風情とは付き合えないということですな。よく覚えておきますぞ」

思い切り声の調子を落とし、柳田は言った。捕縛されてもなお罪を認めない盗人や、袖の下を渋る商人は、柳田の唸《うな》りにも似たこの声で全員が観念する。身勝手な若い侍など赤児の手を捻《ひね》るようなものだ。

「上様だとか与力だとか、それがしは人の位の高い低いに興味はござらぬ。人はあくまでも人。虎の威を借りるような卑怯《ひきよう》な男ではござらぬ」

吐き捨てるように告げると、荻原は視線を外した。口ほどにもない奴、と柳田は胸の内で蔑んだ。荻原は柳田らに背を向けると、足を踏み出した。

「世間はそう思っておらん。いつか躓《つまず》くぞ」

荻原の背に向け、白石が叫んだ。

「世間や人の目など、全くもってくだらん」

背を向けたまま、荻原が言った。このひと言がさらに白石の怒りの火に油を注ぐことになった。

「よいか、拙者は忠告しておるのだ。そちとは、子供の頃から近所で育った。昔から誤解されることが多かったではないか」

「誤解されようが、それがしは結果を残すことだけに興味がある。おぬしのお節介などたくさんだ」

甲高い声の白石に対し、荻原は振り向いて、あくまで冷静な声音で応えた。柳田は二人のやりとりを聞き続けた。幼なじみの二人の確執か。根源はなにか。

「勘定所の中からも、そちの言動に対する不平不満が聞こえてくる。まだ二五歳なのだ。身のほどをわきまえろ」

白石の怒声につられ、周囲に人垣ができ始めている。岡っ引きと高木がそれぞれ忙しく動き、野次馬を追い払う。

「二五歳だろうと、六〇歳だろうと関係ない。仕事で結果を残すか、そうでないかがすべてなのだ。今、幕府の台所は切迫しておる。舵《かじ》取りを任されている勘定所は多忙を極めておる。雑多な仕事をそつなくこなすためには、歳や家柄など一切関係ないのだ」

依然としてぶっきらぼうな口調で荻原は言った。

「よいか、彦次郎。結果云々といっても、所詮は人間が集まっているのだ。妬みや嫉みが先走るのは致し方あるまい」

「それは、白石殿がそれがしに妬みを持っている、そういう意味か？」

「なぜ、そんなことを言う？」

一度は落ち着きかけた白石だが、再度激高した。

「要領が悪いのに、人のことは殊更に気になる。幼少の頃から、白石殿はずっとそうではないか」

　白石が固まった。依然、荻原に悪意はなさそうだ。それだけに、白石の驚きが大きいのかもしれない。柳田は息を呑み、反撃を待った。傍らの白石は天を仰いだあと、大きく息を吐き出した。

「〈君子は義に喩《さと》り、小人は利に喩る〉という一節を知っておるか」

　今までとは打って変わって優しげな口調で白石が言った。

　なるほど、と柳田は感じ入った。白石は呼吸を整えることで、戦法を変えたのだ。先ほどまで白石は馬喰町の屋敷で侍の子弟向けに講義を行っていた。荻原に対しても、子供を諭すようなやり方を試みているのだろう。柳田は口を挟んだ。

「立派で真面目な人は正義を優先する。一方、凡人は自分のことばかり考える、そんな意味合いだったかの」

「左様でござる。孔子様のありがたい教えに相違ございませぬ。彦次郎、今の言葉をそちならどう受け止める?」

「それがしは凡人で結構。自分のことばかり考えておる。無益な懇親と比せば、間違いなく自分の仕事を取る。これが答えだ」

　柳田は様子をうかがった。白石は一つ息をつき、穏やかに話し始めた。

「勘定所、ひいては、幕閣の中枢に彦次郎は進み出るやもしれん。そのとき、今のように〈小人は利に喩る〉で構わんとは言っておられん。まずは周囲の人間と和み、彼らの話に耳を傾けることが肝要ではないか」

北町奉行所で小生意気な口をきく同心がいれば、道場に連行した上で、徹底的に木刀で稽古を繰り返し、性根を叩き直す。これが柳田流だ。白石は同世代の男に、噛んで含めるように言い聞かせている。先ほどは幼なじみということで激高したが、すぐに態度を改める。さすが大老の儒臣になる男と感心した。一方の荻原は小首を傾げ、白石を凝視している。

「〈鼠を見るに皮あり、人にしてしかも儀無し〉……そちならこの一節も諳《そら》んじておろう」

白石が朗々と孔子の言葉を告げた。荻原は小さく頷いた。

「鼠のような卑しい獣でも皮をつけておる。まして人間であれば、礼節が肝心だと孔子様は仰《おつしや》った。彦次郎はただの勘定役で終わる人間ではない。ならばこそ、礼節を尊ぶべきではないのか」

荻原は俯き、黙って聞いている。

遠回しだが、白石は先ほど来の荻原の無礼な振る舞いを窘《たしな》めている。勘定所で異例の出世を遂げている男もそろそろ観念したのだろう。今さら酒席を共にしようとは思わないが、白石の言葉に柳田は溜飲《りゆういん》を下げた。すると、荻原が顔を上げた。ようやく詫びの言葉が聞ける。柳田が白石に目を向けると、若き儒学者も頷いた。

「〈怒りを遷《うつ》さず〉……たしか、これも孔子様のお言葉だったな」

荻原が唐突に切り出した。それがどうしたと言わんばかりの顔で、白石が答えた。

「左様。自らの怒りを、周囲の人間に向けてはならない。簡単にいえば、八つ当たりする人間は愚かだと孔子様は説いておられる。それがどうした?」

より一層柔らかい口調で白石が問い返すと、荻原は口元に笑みを浮かべた。

「怒りを遷さず……このありがたい教えを、白石殿にそのまま進呈しよう」

「どういう意味だ？」

「自分が取り立てられない鬱憤《うつぷん》を、他人で晴らさないでいただきたい」

柳田は、白石と顔を見合わせた。たちまち白石が口を開いた。

「彦次郎、何を言っておるのか？」

「勉学に励んでも仕官の道が拓けない。大老の儒臣となっても、依然として生活は苦しい。だから、たまたま通りかかった幼なじみに八つ当たりして鬱憤を晴らした、違うか？」

白石が肩を強張《こわば》らせ、声を荒らげた。

「拙者をなんと言おうとも構わん。ただ、孔子様の教えを曲解することは許さない」

「孔子様のありがたい教えを朝から晩まで覚えることで、世の中がよくなるのか？」

荻原の早口が復活した。薄笑いともとれるその表情を柳田は凝視した。

「公方様も儒学を重んじておられる。彦次郎の今の言葉は、ご公儀を小馬鹿にする無礼な言いぶりである」

「公方様は公方様だ。それがしは幕府の台所を任された身だ。古くてありがたい教えを暗記することが尊いのであれば、公方様に白石殿と同等の儒臣を五〇〇人お抱えになるよう進言いたす」

荻原がそう言い切ると、白石は絶句した。柳田も同様に驚きを隠せなかった。ほんの数刻前に会ったばかりの将軍に対し、荻原はなんと侮蔑的な言葉を吐いたのだ。

「……な、なんと無礼な」

ようやく白石が口を開いた。だが、荻原は無表情のまま言い放った。

「公方様の儒学好きは本当だ。だが、ご政道は別だ。儒臣の進言で幕府の御金蔵《おかねぐら》が膨れることなどあり得ないと承知されている」

「よくもぬけぬけと、そのような理屈を……」

怒りのあまり、白石は言葉を失っていた。柳田も同様だった。身勝手、我がまま。様々な言葉が頭に浮かぶが、眼前の荻原という男は、そうした形容を遥かに超えた奇人に違いない。

「それでは、失礼いたし申す」

一礼した荻原は、早足で柳田の前から立ち去った。

九

重秀は一刻ほど前、芳町で繁盛しているという陰間茶屋の様子を見ていた。金に汲々とする侍の姿は見えず、富の力を誇示するかのように大店の番頭や内儀が派手に遊んでいた。自然と頭の中にこんな言葉が浮かんだ。

〈金子持たざる者、遊ぶべからず〉

武士は階級社会の中で最上位だが、もはや世間の中心にはいない。金子が圧倒的に足りないからだ。幕府や諸藩の要職を歴任し、俸禄が増えればたしかに手元の金子は増える。だが、侍社会全体で金子が増えるわけではない。そもそも、侍が金子に値するだけの働きをしていないのだから、侍という狭い世界の中で新たな金子が生まれるはずがないのだ。

一方の商人たちは、己の階層だけでなく、武家や農民を分け隔てなく商売の相手に据え、やりとりする金子の量を爆発的に増やしている。

芳町を観察して物足りなくなった重秀は、日本橋に足を向けた。屋敷からは遠ざかってしまうが、商人たちの様子をさらに知りたいという欲求には勝てず、自然と足が商家の方向に動いた。

大店中の大店、越後屋の裏口では、様々な出入り商人たちが慌ただしく動いていた。越後屋の手代らが丁々発止の値段交渉をする声も響いていた。喧々囂々《けんけんごうごう》やりとりする様を見るにつけ、商売は生き物だと実感した。そのあと、小料理屋や蕎麦屋が連なる一角に足を向けたのが、この日唯一の失敗だった。

新井白石がいた。目を剝き、唾を飛ばしながら迫ってきた。以前から理解不能な男だった。対面は久々だが、勝手に絡んでくるのは幼少の頃と変わらなかった。

一五年ほど前、馬喰町一帯に住む官吏の子弟らと同じ学問所に通った。一年早く入っていた白石は、様々な書物を読む小さな博識として知られていた。

〈勉学に勤《いそ》しむ時間が長ければ長いほど、自分の中で徳が積み重なっていく〉

白石が一〇歳、重秀が九歳のときだ。白石は講師役の若い侍を前に、得意気に自説を披露した。

〈それでは寝ずに勉学に励めば、立派な人間、侍になれるのか?〉

重秀が訊くと、白石はそうだと応じた。

〈ならば、寝ずに勉学に励めば、この広間にいる全員が老中になれるわけだな〉

〈全員ではないかもしれんが、何人かは立身出世するであろう〉

白石の生真面目な回答に、重秀は思わず噴き出した。学問所に通っていた時分から、重秀は無駄が大嫌いだった。精神論に傾斜する一方の白石の考えが、一向に理解できなかった。

〈寝ずに勉学に励む〉

白石が説く長時間の勉学は、無駄の極みだと思った。床につく時間が少なくなれば、書物を読む際も注意が散漫となる。そもそも、孔子の教えがすべて正しいという考え方が不思議で仕方なかった。

二〇〇〇年以上も昔のことだ。孔子は立派な人物だったかもしれないが、弟子たち、あるいは書物を売らんがための版元が、適当な解釈を加えているのではないか。書物の筋書きを優先するために、孔子以外の人物が語った事柄や、綴り手が適当に話を加えている公算も大きい。そもそも二〇〇〇年もの間、正確に教えが伝わったという証明を誰かがしたような形跡もないのだ。ありがたがって暗記する白石の姿が重秀の目には滑稽に映った。

子供の頃から、重秀は屋敷近くの大川(隅田川)を行き交う廻船を見て育った。大きな船の中には各地の産物がたんまりと積まれ、江戸に降ろされると同時に金子と交換され、物や商売が動いていく様がわかった。

各地の物産と金子がどのように動いていくのか、その根本を考える方がよほどためになると思ってきた。町民や農民がどのような考えで生活の糧を得ているのか、根っこの部分がわからねば、勘定所で帳面をつけていても全く無意味だ。

たしかに将軍綱吉は儒学好きとして知られる。ただ、重秀がみるところ、これは多分に綱吉の趣味であり、自らの博識ぶりを周囲に印象づけているにすぎない。先代の薨去《こうきょ》後、周囲の予想を裏切る形で将軍に就任しただけに、綱吉は必要以上に自身を世間に露出しようとしているフシがある。儒学の知識をひけらかす所作にしても、その一つの方策にすぎないのだ。

屋敷に帰って自室に落ち着くと、重秀は早速文机《ふづくえ》に向かった。日本橋の小料理屋の前で揉め事に巻き込まれ、時間を浪費したことが悔しくて仕方なかった。

机の上の備忘録をめくると、先ほどの白石の言葉が蘇った。

〈勘定所の中からも、そちの言動に対する不平不満が聞こえてくる。まだ二五歳なのだ。身のほどをわきまえろ〉

大老の儒臣、学問所の講師……学問だけの白石にとやかく言われる筋合いはない。不平不満など覚悟の上だ。

〈余とともに、存分に壊せ〉

夕刻、初めて顔を合わせた綱吉が、顎を上げながら言い切った。妬み嫉みは先刻承知。自分には将軍という最強の後ろ盾があるのだ。

白石のような儒臣が、徳や仁といったもやもやした思想を説く間に、武士の世は確実に衰え、金子で幅を利かせる商人たちがさらに勢力を増す。幕藩体制が変わらぬ以上、公儀の人間として手をこまねいているわけにはいかない。

重秀は備忘録をめくり続けた。かつて自身が立案した策が、今後もっと勘定所、いや幕府全体の役に立つはずだ。勢いよく紙を繰っていると、廊下に人の気配があった。

「殿様」

妻のみつだった。

「いかがした？」

「玄関でお声をかけましたが、何やら考え事をされているようでしたので」

日本橋を回って帰宅した際、玄関で誰かに会ったような気がした。だが、白石との口論を経て、感情が幾分高ぶっていた。いや、それ以上に、勘定組頭として、新たな仕事に取り組まねばならないと考え、いくつか頭の中で案を練っていた。みつには悪いことをした。

「入れ」

重秀が言うと、障子戸がゆっくりと開いた。

「お帰りなさいませ」

「先《さつき》は失礼した」

重秀が頭を下げると、みつは笑いを嚙み殺している。二〇歳になったばかりだ。重秀の一つひとつの所作や言葉が面白くて仕方ない年頃なのだ。

「なにを笑っておる」

「……殿様、ずっと独り言を仰っていたので」

みつは口元を手で覆っている。よほど可笑《おか》しかったのだろう。

「独り言とは、玄関でか？」

「いえ、屋敷の門の辺りから、ずっと聞こえておりました」

「そうか？」

「それに、お部屋に入られてからも。書物をお読みなのかと思いましたが、〈無駄だ〉とか、〈妬み嫉み〉とか……まるで誰かとお話しされているようでした」

「左様か？」

みつが口を結んだ。一方、その目は笑っていた。

みつをもらってよかったと重秀が常々思う瞬間だった。勘定所の同僚から紹介され、立川という旗本の家からみつが嫁いできて一年が経《た》った。

官吏が多く住む馬喰町界隈で、重秀は異数の出世を果たしている若手として注目されている。だが、みつは主《あるじ》のことを得意気に触れ回るような女ではなかった。むしろ、変わり者の夫を観察して楽しんでいるフシさえある。

「膳の用意はいかがいたしましょう？」

笑いを嚙み殺しながら、みつが訊いた。

「すまん、済ませてきた」

「また真次郎様たちと？」

「そうだ」

真次郎ら微行組についての詳細は、当然のことながらみつには話していない。

「真次郎様は相変わらず、無精ひげでしたか？」

「そうだ。なぜだ?」

「あの丸い顔で無精ひげでしょう。どこか達磨《だるま》さんに似ていると思っております」

そう言ったあと、みつはまた笑いを押し殺している。たしかに、屋敷に重秀を訪ねてくるときの真次郎の顔は穏やかで、笑みを絶やさない。人懐こい大きな目も相まって、愛想の良い達磨と感じたのだろう。

だが、いざ仕事に入ったときは、名高い雪舟《せっしゅう》の達磨図そのものに変わる。一癖も二癖もある微行組の面子《メンツ》を束ね、地下に潜行する際は、まさしく鬼の形相になる。

「たまには、みつも構ってくださいませ」

存外に強い口調で言うと、みつは部屋を後にした。みつは明らかに妬《や》いている。嫁いできた当初から、仕事一本槍の生活が続くと釘《くぎ》を刺してある。みつの実家の立川の家は、荻原と同じで元々下級の旗本だ。

〈早く孫の顔を見とうござる〉

義父は、なんどか酒席で本音を漏らした。その度に、重秀は酌をしてごまかした。

〈婿殿が出世をされるのは、本当にめでたきこと〉

決まって重秀の出世の速さに話が及ぶ。この程度で驚かれては困りまする……。なんどか言いかけたが、重秀は思いとどまった。

沼田城収公の頃から、綱吉が自分を気にかけていると勘定所の幹部から知らされていた。当然だと思う。自分ほど仕事の手際がよく、今後の幕府財政を憂いている官吏はいない。綱吉は先例を全く気にせず、能力のある若手をどんどん登用するという。将軍と老中連との橋渡し役として、柳沢吉保を重用し始めたばかりだ。勘定所では、まさしく自分がその役目を負う。しかし、このような奇抜な人事の真意を義父に説明したところで、綱吉の意図と重秀らの決意をわかってもらえるはずもない。

みつも義父と同じだ。先例に縛られ、周囲を監視し合う侍の狭い社会に身を置き、その境遇に全く疑問を持たずに生きてきた。

〈幼なじみがみな嫁いだので、寂しゅうございました〉

半年前、みつはぽつりと言った。嫁ぐ相手が誰でもよかったという意味ではなく、本当に話し相手がいなくなったのだという。そんなみつにとって、屋敷にいるのが束《つか》の間でも、重秀が唯一の話し相手なのだ。その時間を真次郎に取られるのは、少々面白くないのだろう。

困ったものだと溜息をつき、重秀は再度備忘録に目をやった。

すると、その中ほどに目的の項目が見つかった。五年前、上方・畿内地域を調べた延宝検地に関する資料だ。

当時、重秀は二〇歳の平勘定だったが、太閤検地以来約八〇年ぶりとなる上方の調査を控えて、建白書を上役に提出した。太閤秀吉《たいこうひでよし》の頃と比較すれば、新田開発や灌漑《かんがい》が進み、石高が大幅に増加していることは確実だった。上方の石高を正確に計り直すことで、幕府の収入増が見込める。重秀は細かな取り組み方針も具申した。若き日に記した己の文字を凝視する。

〈畿内の代官による検地は無用〉

〈各々の大名が検地を実行〉

〈勘定所から検地《けんち》細目巡見使《さいもくじゅんけんし》を動員〉

畿内の代官は、大坂の陣で軍功を上げた名誉職的な者が多かった。世襲で御役を務めたため、村役人や農民との癒着も酷《ひど》かった。

いささかやりすぎではないか……。年長の平勘定から苦言を呈されたが、重秀はあくまでも導き出される結果にこだわった。

畿内の代官による検地ではなく、現地の大名によって検地を実施するとの方針が決まり、勘定所から巡見使を派遣する段になって取り決めた、詳細な要件も記してある。

〈巡見使に飲食を饗応《きょうおう》しない〉

〈宿泊所も特別な対応をとらず、普段通りに接すること〉

〈馬方も規定通りの料金を徴収すること〉

勘定所の巡見使も所詮人だ。江戸から遠く離れた地で、地元の大名や代官に唆《そそのか》される向きが絶対に出てくる。重秀は人間を性悪説で読み解く。新井白石が信奉する人間の徳や仁という感情は、そもそも人間が腹の奥底に抱える悪や業の存在を認めているからこそ意味があるのだ。当時も今もこの姿勢は変わりがない。

半刻ほど備忘録をめくり、重秀は思いを巡らせた。すると、再度、廊下にみつが現れた。

「殿様、お城よりお使いが来られました」

「何用だ」

低い声で言うと、障子戸がゆっくりと開いた。少し怯《おび》えたような目付きのみつがいた。

「お使いの方は帰られましたが、これを殿様にということで、お預かりしました」

みつは両手で書状が包まれた封紙を差し出した。

「ご苦労、先に休んでおれ」

「失礼いたします」

障子が閉まり、廊下からみつのか細い声が聞こえた。みつのために障子を再度開けようか迷ったが、重秀は書状を優先した。

既に亥《い》の刻（午後一〇時）を過ぎている。わざわざ城から使いが来るとは、尋常ではない。白い封紙を剝《は》ぎ取ると、花押《かおう》が現れた。綱吉だ。重秀はゆっくりと紙を広げた。

〈公料（天領）の衆民窘困《きんこん》するよしきこゆれば　毎事に心いれ勤《いそし》むべし　今より後諸事疎略するものあらば　詮議してきびしくとがめらるべければ　心すべし〉

たっぷりと墨をつけ、力を込めて筆を運んだのだろう、綱吉の強い信念が筆跡から浮き立つようだった。文末には、面会時に言い忘れた故、文を送ったとの追而書《おってがき》が添えられていた。文机の前で姿勢を正した。

〈存分に壊せ〉

今夕、重秀を前に綱吉は言い切った。その具体策がこの文だ。

幕府直轄の公料で農民が困窮している。原因は、代官の不正が大半を占めているのは明白。早急に代官摘発に動くべし……。

綱吉の指示は、簡潔だった。

先の延宝検地の際、畿内にて八〇年近く任に就き、地元の様々な勢力と癒着していた土豪的な代官の首はあらかたすげ替えた。だが、それは日の本のほんの一部にすぎない。

先々、幕府の御金蔵を確実に満たしていくには、農民から取り立てた年貢の何割かを不当に懐に収めている代官たちを切る。新たな信頼できる者共に換えねばならぬ。重秀がずっと考えていたことを、綱吉は敏感にすくい取ってくれた。

机上の書状に記された花押に向け、重秀は深く頭《こうべ》を垂れた。

第二章　摘発

一

貞享《じょうきょう》四（一六八七）年、春。荻原重秀は江戸城内の勘定所中之間《なかのま》で、壮年の代官と対峙《たいじ》した。

一昨日の昼に早馬を出し、代官を急遽《きゅうきょ》江戸に呼び寄せた。

中之間の上座に着くと、重秀は代官を見据え、口を開いた。

「そのほう、なぜ呼び出しがかかったのか、心当たりがあろう」

重秀が低い声で告げると、今まで平伏していた代官・奥貫藤十郎《おくぬきとうじゅうろう》が顔を上げた。

「まったくもって、わかりかねまする」

白髪交じりの奥貫は、ふてくされた調子で答えた。

片方の唇が不敵に吊り上がっている。公儀になにがわかる。わかってたまるものか……醜く歪んだ口元には、奥貫の腹の底に沈殿している不届きな思いが如実に表れている。重秀は奥貫の両目を睨んだあと、体を前に乗り出した。

「この期に及んでもとぼける、そういう所存なのだな？」

抑揚を排した声音で重秀は言った。勝負は既に決している。この場に呼び出された本当の意味を眼前の男はまだ理解していない。重秀が一瞥《いちべつ》をくれると、余裕綽々《よゆうしゃくしゃく》といった様子で奥貫は言葉を継いだ。

「この奥貫藤十郎、代々北関東の領地を真面目に治めて参りました。ご公儀にあらぬ疑いをかけられるなど、想像したこともございません」

低い声だが、奥貫の声には中之間中に響き渡るような張りがあった。長年、公儀を騙《だま》し続けてきた自信が奥貫の態度に表れていると思った。

「あくまで、そう言い張るのだな？」

努めて平静を装い、重秀は尋ねた。

「不正を疑っておいでのご様子。ならば、証しを見せていただきとうございます」

もう一度奥貫の唇の端が吊り上がった。

三〇歳の若造に舐められてたまるか。老練な代官の顔にはそう書いてある。ここまでは予想通りだった。俺がどう切り返すのか、よく見ておれ。心の中で念じると、改めて重秀は切り出した。

「新たに検地を実施したにも拘わらず、そのほうの領地では増加した分の石高を幕府に納めておらぬ。まことにけしからんことである」

奥貫は強く首を振った。

「お言葉ながら、先に申告いたしました通り、ここ二年連続で河川の氾濫があり申した。石高に嘘いつわりはござらぬ」

随分と言い訳を考えていたのだろう、奥貫はすらすらと答えた。いや、嘘を嘘とも思わぬような男だからこそ、このような言いぶりができるのだと重秀は思った。だが、虚勢を張っていられるのは今日までなのだ。

「そのほうの言い分、相違ないな？」

ゆっくりとした口調で重秀は畳み掛けた。

「間違いなどあるはずがございません」

奥貫は、自信たっぷりに答えた。

「ぜひもない」

重秀は懐から紙の包みを取り出し、奥貫の眼前に広げてみせた。奥貫は小首を傾げたあと、身を乗り出し、目を細めて文章を読んだ。

「堺の米問屋・俵屋が出した受け取りの写しである。これをなんと心得る？」

吊り上がっていた奥貫の唇の端が元の形に戻る一方、眦《まなじり》が切れ上がった。突然示された証しに、どう反応してよいのか、まだ奥貫の頭の中は混乱している様子だった。

「そのほうの代官屋敷の金蔵に隠してあるものと相違ないはずだ。これをいかに申し開きいたすか？」

「……まさか、こんなことが」

奥貫は書面と重秀の顔を交互に見ながら口を開いて、なにかを言いかけた。だが、次の言葉が出てこないようだ。古池の鯉が、パクパクと水面に口を出している様に似ている。

「公儀はすべてお見通しである。石高を偽っているのは明白、断じて許されることではない。追って沙汰するが、重罪は免れぬ。覚悟いたせ」

重秀はそう告げると、受け取りの写しを奥貫の前に置いた。奥貫は写しを睨んだまま固まった。

「この場に呼び出された段階で正直に己の非を認めておれば、多少手加減するつもりであったが、今となってはそれも叶《かな》わぬ」

一方的に告げると、重秀は腰を上げた。

「お待ちくだされ。今まで勘定所がこのような調べを行ったことはございません」

ふてぶてしかった奥貫の口調が明確に変わった。懇願と言い換えてもよい。

「今までは今まで。これからは不正の類いを一切許さぬと公儀が定めたのだ。真面目に領地を治めてきたという言い分は真っ赤な嘘。公儀を騙すということは、上様への反逆と同等の罪深き行いである」

重秀は低い声で告げた。眼前の奥貫の両目が真っ赤に充血していた。

「しかし、あまりにも急な裁きにございます。本来の石高にて、数年分遡って年貢を納めます故、どうか今度ばかりはお目こぼしを」

書状を払いのけた奥貫は文字通りの命乞いを始めた。

「断じてならぬ」

強い口調で言ったあと、重秀は席を立った。

背中に奥貫の鋭い視線が突き刺さっているのがわかった。だが、ここで歩みを止めるわけにはいかぬ。幕政の一大改革がいよいよ始まったのだ。こうした裁きを一つひとつ積み重ねていくことが、公儀の仕組みを根っこから変えることにつながる。奥貫の懇願がなおも聞こえるが、情けは全くの無用だ。自らにそう言い聞かせ、重秀はさっさと中之間を後にした。

二

江戸城内の勘定組頭控所《ひかえじょ》で待機していた勝部真次郎の前に、裃姿《かみしもすがた》の重秀が現れた。口を真一文字に結んでいるが、目は笑っていた。

「真次郎、大儀であった」

安堵《あんど》の息を吐きながら、重秀が言った。

「奥貫が気付いた様子はありましたか？」

「全くない。なぜ呼ばれたのか、むしろ堂々としていた。だが、例の写しを見せた途端、目を剝いておった」

腰を下ろし、真次郎が差し出した茶を飲みながら重秀は答えた。

将軍綱吉から直接の指示を受け、重秀は不正を働く代官の一掃に打って出た。まずは、以前から周囲の評判の芳しくなかった奥貫を調べ上げ、これを断罪することで、次の不正糾明につなげるというのが重秀の策だった。

真次郎は微行組を束ね、慎重に調べを進めた。その結果が、たった今、重秀の口から成功だっ

た と教えられた。真次郎は心の奥で、秘かに快哉《かいさい》を叫んだ。

「首尾は万全でした。特に、手妻《てづま》（手品）の源平衛が良い働きをしてくれました」

　真次郎が応じると、満足げに重秀は頷いた。

「あとで、喜代松にて特別な褒美を取らせる。源平衛によろしく伝えてくれ」

「承知いたしました」

「俺は、老中方との評定が残っておる。これにて」

「拙者も日本橋へ戻りまする」

　重秀は早々に控所を後にした。

　誰もいなくなった室内で真次郎は一人頷いた。

　代官の奥貫藤十郎に対して、微行組は入念な事前調べを行った。要した期間は約三月。新たに検地した石高と、奥貫が納める高が合致しないことに目を付けた重秀の指示により、まず真次郎が代官屋敷のある、北関東の古い町に潜入した。

　髭と月代《さかやき》を綺麗に剃り落とし、撥鬢《ばちびん》に結った行商の小間物屋を装って、商家を中心に代官の評判を聞いて歩いた。すると、三日目に町中の旅籠《はたご》で有力な情報を得ることができた。

〈ここ数年、夏の終わり頃になると頻繁に上方の商人が来る〉

　上方という点が気にかかった。江戸の米問屋を呼べば、幕府に情報が漏れる恐れがある。わざわざ上方に米を流しているのではないか。そう考えた真次郎は旅籠の女中に小遣いをはずみ、宿帳を調べた。

〈堺　俵屋、番頭　正高〉

情報を仕入れたあと、江戸で待つ稲葉平十郎に向けて飛脚を発《た》たせた。

〈俵屋番頭　正高の所在を確かめたのち、人相書を送れ〉

一〇日経つと、返答とともに人相書が送られてきた。

〈俵屋は堺で一番の米問屋　正高は二番目の古株番頭　狐に似た顔也〉

平十郎は河村瑞賢が持つ上方行きの廻船に飛び乗り、直接堺に出向いた。大店の使いを装って店内に入り、正高を確認したという。水墨画を得意とする平十郎は、目に焼き付けた人相をもとに細い筆で簡単な似顔画を描いた。

真次郎の手元に眉の薄い、前歯が出っ張った貧相な男の似顔画が届いた。瑞賢の廻船がなければ、これほど早く人相を特定することは不可能だった。

さらに真次郎は、奥貫が治める領地の農民の間を足繁《あししげ》く回った。小間物の値段を安くしてやると、農家の女たちの口が緩み始めた。

〈河川の氾濫があったように見せかけるため、荒れ地にわざと水を引き込んだ〉

〈跡継ぎがいなくなり、農地が放置されたと偽って数軒分の石高を低く報告した〉

真次郎は事前に勘定所から持ってきた検地台帳の控えを携え、ひたすら歩いて情報を得、疑惑を潰して回った。

この間一月を要した。江戸から追加の小間物を送らせ、頻繁に農家の女の間を回って更なる情報を得た。

どこの在で、誰の田なのかを精緻に調べ上げ、偽った石高を集計した。すると、隠し新田、荒れ地への引き水、廃業農民の分……いずれの噂も真実だったことが証明された。あまたの不正を見てきた真次郎だったが、奥貫の場合はその手口が極めて悪質だった。

同じ時期、稲葉平十郎が堺で仕立てた間者から、正高がまもなく横流しの米を買い付けに出発するとの連絡が入った。

真次郎は急ぎ、喜代松のお多恵と手妻の源平衛を江戸から呼び寄せた。横流しの商いがあるということは、必ず荷の確認作業があり、最後に酒席が設けられる。奥貫と正高の密会を直《じか》に確認する必要がある。そのためには、自然と宴《うたげ》の席に紛れ込む人員が必要だった。

深川で売れっ子芸者だったお多恵はうってつけの存在だった。郷里に帰る途中、金子が途切れたと偽ったお多恵は、町の置屋に臨時雇いとして入り、正高と奥貫の座敷をひたすら待った。

一方、手妻の源平衛は真次郎と同じ旅籠に投宿し、機会をうかがった。源平衛の役目は、正高と奥貫が交わす証文を奪取し、動かぬ証しを得ることだ。

奪うだけならば、容易《たやす》い。真次郎にも可能なことだ。微行組の仕事が精緻を極めるのは、奪った証文をもう一度元の場所に戻すという手間のかかったことをやるからだ。

証文が奪われたことを奥貫が察知すれば、勘定所の調べに対していくらでも言い訳や言い逃れを用意する。あくまでも証文が手元に残り、油断させておくことが必要なのだ。

よって、証文を得てからも、重大な仕事が残っている。座敷で正高と奥貫を監視したお多恵のもう一つの任務だ。

深川で人気芸者になる前、お多恵は旗本の娘だった。

今は亡き教育熱心な父のもとで、幼少の頃から読み書きを覚えた。中でも熱心だったのが手習いだった。武家の娘の大半が裁縫や生け花を中心に習い事をしていたのに対し、お多恵は手習いと漢籍を重点的に学ばされたという。

お多恵の父は、古い中国の書物を上役や同僚から借り受け、これを複製する双鉤塡墨《そうこうてんぼく》を始めた。

原本の上に薄い紙を置き、穂先の細い筆で線を引き、文字の輪郭を正確に写し取るのが双鉤の技術だ。その上で原本通りに墨を塗り込むのが塡墨だ。最初の枠線をより丁寧に写し取り、原本と同じような墨の濃淡を加えることで、原本と見まがうばかりの写本が出来上がるというわけだ。

お多恵は父の作業を見よう見まねで覚えるうち技術を体得した。五歳から始め、一〇歳の頃には父の二、三倍の速さになったという。

真次郎がこの技術を目の当たりにしたのは、小網町の喜代松が開店した直後だった。

真次郎は手酌で冷や酒を飲んでいた。殺風景な店の壁に書を飾ると言ったお多恵は、小上がりで瑞賢から借り受けたという漢詩の原本を凄まじい速さで写し取っていた。

あまりの速さにすっかり酔いが醒めた。真次郎は懐に入れていた瓦版を取り出し、訝《いぶか》しがるお多恵に駄賃を弾むと言って写しを頼んだ。

細かい文字がびっしりと並んだ大火を伝える瓦版だった。小さな文字をどの程度再現できるのか。固唾《かたず》を吞んで見守った。

お多恵は作業に取りかかった。瓦版と薄紙の左端を極細の針で固定すると、穂先の細い筆で文字をなぞり始めた。

眉根を寄せ、一心に文字を睨む。その後、一筆で一行分の輪郭を写し取る。薄紙をめくり、瓦版を睨み、また一筆で一行分を写し取る……の繰り返しだ。

輪郭を書き写す双鉤と、墨を塗り込む塡墨の作業で合わせて四半刻（三〇分）もかからなかった。作業を終えたとき、お多恵は額に薄らと汗を滲ませていた。駄賃として一分（四分の一両）をお多恵の掌に置いた。法外だと固辞するかと思いきや、お多恵は不敵な笑みを浮かべ、受け取った。まさしく仕事師の顔だった。

三

江戸城をこっそりと後にした真次郎は、早足で日本橋小網町の喜代松に向かった。

裏木戸を開ける。他の客に会わぬよう廊下奥の段梯子から、微行組専用の部屋に改造した小さな座敷に上がる。

「遅いじゃないか。先にやってたぜ」

襖を開けると稲葉平十郎が言った。畳には、空になった銚子が一本転がっていた。

「すまん、色々と考え事をしておった」

「前に挨拶が悪いって怒られたから、おいらは待ってたぜ。旦那の分はそれだよ」

手妻の源平衛が真次郎の膳の蓋つき丼を開けた。湯気こそ上がらなかったが、ふっくらと焼き上げた鰻の蒲焼きがある。

城中で飲食を控えたため空腹だった真次郎は、箸を取り上げた。

「旦那、野暮じゃないか。まずは一献」

そう言うが早いか、源平衛は蓋を一旦閉め、銚子を差し出した。

「気が利くようになったな、源平衛」

手刀を切って酌を受けたあと、真次郎は再度蓋つき丼に手をかけた。艶のある蒲焼きを見ていただけに、口中に唾が湧き出した。再び蓋を開けた瞬間、真次郎は声をあげた。

「なんだよ、これ」

米粒一つ残っていなかった。顔を上げると、源平衛と平十郎が顔を見合わせ、笑っていた。

「いくらおいらだからって、油断しすぎだよ、旦那」

屈託のない笑みを浮かべ、源平衛が別の丼を差し出した。こちらにはしっかりと蒲焼きと飯が詰まっている。

「人間、安心し切ったときが一番油断するもんだ」

得意気に源平衛は言った。

常に緊張を強いられる城中から解放され、居心地の良い喜代松に入った。気心の知れた微行組の面子と一緒だ。しかも目の前に酒があった。猪口を差し出した真次郎は無防備だった。そのとき、手妻を駆使した源平衛が丼を入れ替えたのだ。

「全くもってけしからん奴だ」

「なら、微行組を辞めさせるかい？」

「それは困る。我らの食い扶持のため、ひいてはご公儀のために、だ」

真次郎が真面目に言うと、源平衛と平十郎は再び大声で笑った。

三人で酒を飲んでいるうちに、お多恵が合流した。頃合いだと思い真次郎は口を開いた。

「先の奥貫藤十郎年貢米横流しの件、大儀だったと彦様から労《ねぎら》いの言葉を頂戴した」

真次郎が言うと、三人は互いに顔を見合わせ、猪口を空けた。

「今後、あと四、五名の不届きな代官を摘発したのち、新たな仕事に取りかかる。それとは別に、彦様はまた一歩、踏み込んだことをなさるようだ」

声を潜める真次郎に、三人の視線が集まった。

「代官の摘発は、今までの手筈《てはず》でやれるはず。その後の仕事は、少し難しくなろう」

真次郎が告げると、三人が身を乗り出した。

「それで、次の獲物は？」

痺《しび》れを切らしたように、平十郎が口を開いた。

「江戸城下にいる」

「それなら、金坊と離れるようなことはないね？」

お多恵が母親の顔で言った。仕事で江戸を離れるとき、お多恵は金之助を河村瑞賢に預ける。店の手代でもよさそうなものだと真次郎は思うが、血のつながりがなければ安心できぬと言い、お多恵は譲らなかった。

金坊こと金之助は一〇歳になった。瑞賢の口利きで馬喰町の学問所に入り、勉学に励んでいる。家に戻れば、書物を熱心に読むか、店の手伝いに精を出す。微行組の正体は知らないが、金之助は皆に懐いた。所帯を持たない真次郎、平十郎、源平衛にとっては、我が子同然の存在だ。

「江戸城下で、誰を狙ってんだい？」

源平衛が袖を捲《まく》り上げ、意気込んだ。

「身内だ」

「どういう意味だ？」

平十郎が首を傾げた。

「正確にいえば、彦様の身内だ。つまり、勘定所の大掃除をするそうだ」

真次郎が告げた途端、平十郎が唾を飲み込む音が聞こえた。

「いくら勘定組頭に出世したといっても、まだ上にはたくさんの重鎮がいるはず。そんなに簡単にいくのかい？」

安堵の表情を見せていたお多恵が顔を曇らせた。

「簡単にいかぬ故、我らに仕事を託されるのだ」

「具体的には、誰を狙うんだい？」

きつい目付きで、源平衛が言った。

「今までの代官と同様、不正を働いている者すべてだ」

一同を見渡したのち、真次郎は切り出した。

「もちろん、彦様の後ろ盾は公方様だ」

江戸城の勘定組頭控所で、前に重秀から耳打ちされた事柄を真次郎は話し始めた。

「各地の悪徳代官の摘発は着実に実績をあげた。他の勘定組頭に対して、彦様が摘発の心得を与えることで、誰がやってもうまくいく手筈が整ったそうだ」

真次郎が告げると、平十郎は満足げに頷いた。

「他の組頭が微行組のような隠密組織を持っているわけではないが、平勘定を一〇人程度動員して、我らと同じ要領で秘かに事前調べを行う。そうすることで、成果があがると彦様はお考えだ」

真次郎の言葉に源平衛が不満げな顔で言った。

「でも、勘定所にはおいらのような仕事師はいないぜ」

「年貢米の横流しに加担したのは各地の米問屋だ。先の奥貫の一件以降、不正な米を買い付けた店は今後問答無用で取り潰しもあり得ると、勘定所からきついお達しが出たそうだ」

真次郎が伝えると、源平衛は満足げに頷いた。

「おいらの仕事が、ご公儀のお達しにつながったのかい？」

「堺の俵屋の所業が暴かれたことは、同業者の間に瞬く間に広がったそうだ。おぬしの仕事が活《い》きた」

源平衛の顔に笑みが戻ったことを確かめると、真次郎は言った。

「だがな、今度の相手は奥貫よりずっと悪質かもしれん」

「どういう意味だ?」

平十郎が眉根を寄せ、尋ねた。

「先に申した通り狙いは勘定所の内部だ。しかも、彦様よりも上に位置する者たちとなる」

「ということは、幹部を?」

平十郎の問いに、真次郎は頷き返した。

「先の奥貫の件とも絡むが、三人の勘定幹部が賂《まいない》を受け取っている疑いがある」

「誰からさ?」

お多恵が口を挟んだ。

「代官と米問屋がつるんで、横流しが行われていたのは我らが調べた通りだ。だが、彦様はその先を見据えていた」

「どういう意味だい?」

「勘定所の中に、一連の不正に目を瞑《つぶ》っていた輩がいた。だからこそ、新検地以降も年貢が増えなかった、というのが彦様の見立てだ」

一呼吸置いてから、真次郎は続けた。

「我らが事前調べを行うと、すぐに横流しの輪郭がわかった」

一同が頷く。

「調べに入って以降、悪事の仕組みはある意味わかりやすかった。裏返してみれば、簡単な構図を長年勘定所が黙認してきたということに他ならない」

真次郎は重秀とともに見立てた勘定所の負の構図を口にした。

「上級の誰かが代官の不正に目を瞑っていたからこそ、年貢が一向に増えなかったというわけか」

平十郎は納得したようだ。目でそうだと答え、真次郎はさらに先を続けた。

「彦様によれば、大岡五郎左衛門清重《おおおかごろうざえもんきよしげ》殿、彦坂源兵衛重治《ひこさかしげはる》殿、仙石治左衛門政勝《せんごくじざえもんまさかつ》殿の三名が怪しいとされる」

「……勘定所に長年勤めた重鎮ばかりではないか」

平十郎が低く、唸るように言った。

「長いからこそ、溜まった膿《うみ》も多く、濃い。彦様はそう考えられたようだ」

「なにか証しでもあるのかい？」

険しい目付きで、お多恵が訊く。

「先のお三方は、勘定所きっての酒豪として知られる。しかし、普段お使いになっている手拭いは、おしなべて江戸でも有名な菓子屋のものだそうだ」

「菓子屋の手拭い？　なぜそれが賂の疑いにつながるんだい？」

源平衛は首を傾げている。

「奥様や娘さんの好物かもしれないじゃないか。菓子折りが賂にあたるんだったら、このご時世住みにくくて仕方ないよ」

口を尖《とが》らせてお多恵が言うと、平十郎は咳払いしたのち口を開いた。

「賂でございますなどと、包金をそのまま差し出すバカはおらん。大抵は菓子屋の高級な桐《きり》の箱に詰めるのだ」

「菓子折りに？」

お多恵が素っ頓狂な声をあげた。

「粉菓子や饅頭《まんじゅう》の詰め合わせの下には、鈍い黄金色《こがねいろ》をした別の饅頭が入っているって寸法よ」

平十郎が吐き捨てるように言った。

「平さん、やけに詳しいわね？」

お多恵が不思議そうな顔で言った。

「まあな」

平十郎が珍しく言い淀んだ。

真次郎は平十郎に目をやった。重秀から菓子屋の手拭いという賂の手掛かりを聞いてはいたが、具体的な話はまだない。すると、バツの悪そうな顔で首筋を掻きながら平十郎が言った。

「こんな俺だって、かつては仕官を志した。ツテをたどって、有力な旗本に訳ありの菓子折りを持って行ったことがあるのだ。なけなしの金子をはたいて作った特製だ。忘れようにも忘れられん」

平十郎を横目に見て、真次郎は咳払いした。

「おそらく、彦様も同じような付け届けを受けられたことがあるのであろう。だから、上役三人の手拭いなどという、細かな点に目が行ったのではないか」

「彦様はその手の物を受け取らないのかい？」

怪訝《けげん》な顔でお多恵が言った。

「祝言のお返しやら、出産の内祝いなどは断わると角が立つので収めるそうだ。だが、金子であれば、すぐに返すと言っておられた」

「彦様は本当に大丈夫なのか？」

平十郎は眉根を寄せている。

「大丈夫とはどういう意味だ？」

真次郎は聞き返す。

「これから勘定所の大掃除をやろうというのだ。取り締まる側が賂を受け取っていたことが後々バレてみろ。異例の出世でただでさえ妬み嫉みの対象となっておる。返り血を浴びることになりはしないか、ということだ」

「その点は全く心配ない。我らがこうして生きていける理由を考えてもみよ」

平十郎を見据え、真次郎は強い口調で言った。

「荻原の家はたしかに下級旗本だ。だが、彦様の父上・種重様の利殖があったからこそ、我らの家は助けられたのではないか」

真次郎はお多恵に目を向けた。

「あたしも不思議に思っていたのさ。荻原の家の俸禄は並以下だったはず……なぜ助けてもらえたのかってね」

「種重様は投機の才に恵まれておられるのだ」

真次郎の言葉に、平十郎が膝を打った。

「そうか、種重様は蔵前《くらまえ》の米相場でこつこつと財を蓄えられていたのか」

「左様。大川（隅田川）近くにお住まいだった地の利を活かし、廻船の船頭や米問屋の丁稚《でっち》などから各地の作況をつぶさに集められ、相場を張られたのだ。もちろん商人の仲介を立ててだ」

真次郎が言い終えると、座敷の一同が頷いた。

四

真次郎は温和な荻原種重の顔を思い浮かべた。温厚で情に厚い種重だが、相場の見通しに関しては、驚くほど冷静沈着だった。

「あの呑気《のんき》な種重様が、相場を張っていたのかい？」

なんどか荻原家に届け物をしたことがある源平衛が、怪訝な顔で訊いた。

「彦様が賂を受け取らぬのは、それだけ荻原家に蓄財があるからなのだ」

そう言い、真次郎は種重の隠れた一面を説明し始めた。

投機を始めるにあたり、種重は過去一〇年分の米の値決め表を米問屋から入手し、自分で値段の推移を記した一覧表を書き起こした。

かつて種重からその表を見せられたとき、真次郎は精緻な分析ぶりに舌を巻いた。凶作や冷害の度に米価は騰《あ》がる。それを見越して問屋が買い占めや売り惜しみをするようなときは、値がさらに吊り上がる。一覧表の細かい値動きを指しながら、種重は冷静に言った。

〈相場には波のような周期が必ずある。過去の値段の上下動を季節や天変地異を交えて分析することで、ある程度先々の値動きがわかるようになる〉

種重の賢いところは、こまめに利益を確定させ、家の身代をすべて賭すような相場の張り方を絶対にしないことだった。

〈わしは無理に金子を増やそうとは思っておらん。相場の波動を読むことが面白くて仕方ないのだ……〉

〈余計に貯《た》まった金子は、そちのような若い者や彦次郎に託す。さすれば、袖の下のやりとりなどせずに、好きなだけ仕事に打ち込むことができようぞ〉

〈友や家族との絆《きずな》が金子より大事だと言う輩は多いが、そんなものは大嘘だ。世の中はな、大概の嫌なことは金子で片付くのだ〉

「彦様がぶっきらぼうで、他人に媚《こ》びることがないのは、金子の裏打ちがあってこそなのだ」

真次郎は、自分の生い立ちと重秀の人格を重ね合わせながら言った。

勝部の家は、お多恵の生家と同じで下級旗本だった。女中の給金だけでなく、家族の食事にも事欠くことが度々あった。

自然と父親は上役の旗本や幕閣の重臣におもねるようになった。町民に頭を下げて金子を借りることさえあった。父親が無理にへりくだり、愛想笑いをするのが子供の頃、真次郎は嫌で仕方なかった。

種重はこうした事態を避けるため、いや、侍が経済的に困窮する一方だということを悟り、自ら財を増やす術を見つけたのだ。

付け届けをして役を得る。昇進すれば、下役の者から賂を受けて私腹を肥やす。種重は、人間の業が一番露わになる賂を、贈ることももらうことも極端に嫌った。

〈賂は人間の一番醜い部分を映す。あれをしてほしい、頼みを聞いてほしいと欲をかき、見返りを求めると、人の心は曇る〉

酒が入る度、種重はなんども真次郎に説いた。

〈賂を贈る、もらう際には人間の本性が透けて見える。余計な考えを持つくらいなら、書物を読み、心の鍛錬をした方がどれだけよいか〉

今一度、種重の言葉を真次郎は嚙み締めた。

真次郎にさえ金子にまつわる理を説いたのだ。息子の重秀に対しては、さらに厳しくその教えを伝えたに違いない。

「そうか……彦様が自分の力を信じ、誰にも媚びないのは金子の裏打ちがあってのことか」

平十郎が感心したように言った。

「そうだ。彦様に限って、足をすくわれるようなことはない。心配は無用だ」

真次郎の言葉に、一同が頷いた。

「それで、勘定所を掃除する事前調べは誰から始めるんだい？」

仕事師の鋭い目で、お多恵が訊いた。

「大岡五郎左衛門清重殿から始めようと思う」

「なぜだい？」

「彦様によれば、大岡殿が一番手拭いの種類が多いそうだ」

「つまり、多くの者から賂が入っているという見立てだな」

平十郎が納得したように言った。

「大岡殿は赤坂伝馬町《てんまちょう》に屋敷がある。まずは源平衛が徹底的に出入りの者を調べ、糸口をつかめ」

「わかった。酒屋、魚屋、八百屋に豆腐屋はもちろんのこと、代官の手下や勘定所の人間がいるかどうかも調べるよ」

「屋敷に出入りした者の人相、歳の頃だけでなく、何月何日の何刻だったかも、漏らさずに書付帳に記録せよ」

源平衛が頷いた。孤児で読み書きができなかった源平衛に、真次郎と平十郎は根気強く教えた。身軽で遠目が利く源平衛が読み書きを覚えたことで、微行組の機動力は格段に増した。

次いで真次郎はお多恵に目をやった。

「真さん、あたしはなにを？」

「吉原や深川だけでなく、ほかの岡場所にも網を広げてくれ」

「そこまでやるのかい？」

「人目を避けて酒色を饗《きょう》されることがあるやもしれん。今までの田舎代官とは違う。仮にも勘定所の重鎮だ。まずは網を大きく広げ、様々な種を集めることが肝要だ」

「でもねぇ、隠れてこそこそってことになると、ちょっとやりづらいねぇ」

お多恵が眉間に皺を寄せた。

「俺を忘れていやしないか？　この前の奥貫藤十郎の一件で、俺がなにをやったか忘れてはいないだろうな？」

平十郎が顔をしかめた。

「網を広げるなら、アレが不可欠だろう」

平十郎は、右手を動かした。指先を見ると、なにかを握る仕草をしている。

「そういうことか」

真次郎は膝を打った。お多恵は依然として悩んでいた。

「人相書だ。平十郎に大岡殿の似顔画を描いてもらい、お多恵は信頼できる芸者やら若衆に配るんだ」

「この御仁が来たら、報せろってことだね？」

真次郎は頷いた。

微行組の仕事は、次第に難易度が上がっている。だがこの面子は、はなから諦めるようなことはせず、互いに知恵を出し合う。山がさらに高く険しくなれば、もう一度、登る方法を考え直す。

「大岡殿だけでなく、彦坂殿、仙石殿の人相書も作っておこう。いずれにせよ、彦様が目を付けた大物たちだ。一人に的を絞らずとも、どこかで誰かが網にかかったときに、そこから一気にたぐり寄せればよいのではないか？」

平十郎が得意気に言った。

たしかに、その通りだ。重秀の見立ては大岡五郎左衛門清重が一番怪しいというものだが、まだ事前調べを尽くす前の段階だ。予断を許さず、広範に網を広げることができれば、思わぬ収穫があるかもしれない。

「明日の朝から早速動くぞ」

猪口の酒を飲み干してから、真次郎は言った。微行組の一同を見回すと、各々が力強く頷いた。

五

北町奉行所玄関前に辿り着いたときは、すっかり夜がふけていた。柳田佑磨は苛立った声で、表門に向かって叫んだ。

「誰でも構わん。門を開けよ」

若い門番が首を傾げたのがわかった。

「弔いから戻ったのだ。早うせい」

柳田の怒声に、門番は弾かれたように駆け出した。

腕組みをしながら、柳田は待った。つい一刻（二時間）前、奥貫藤十郎の密葬から廻船を使い、江戸に戻った。

〈多少の横流しなど、誰でもやっていることではござらぬか〉

奥貫の弟が、震える声で訴えた。

昨晩、北関東の代官を務めていた奥貫が割腹して果てた。

奥貫家は、柳田の父方の遠縁の親戚にあたる。聞けば、江戸城の勘定所中之間にいきなり呼び出され、年貢米の横流しを咎められた。追って沙汰を下すと告げたのは、若い勘定組頭の荻原重秀だったという。

〈沙汰を受けてからでは、辱めを受けたも同然。潔く果てる〉

そう言って藤十郎は、代官屋敷の庭で腹を切った。周囲があっけにとられる中、藤十郎は短刀を腹から抜き、自分で首筋に斬りつけ、気力を振り絞って果てた。壮絶な自死に他ならない。憤死と言い換えることもできる。

〈どこでどう調べたかは知らぬが、狙い撃ちにされたも同然〉

洟をすすりながら、藤十郎の弟が言った。

狙い撃ちという言葉が、柳田の胸に引っかかった。

勘定所が昨今、代官の不正摘発を活発化させているのは聞き及んでいた。だが、狙い撃ちという言葉は尋常ではない。

〈兄は、動かぬ証しを荻原殿に突きつけられたと申していた〉

その正体を柳田が問いつめると、上方の米問屋が出した米の受取証だという。米問屋が勘定所に寝返ったのかと訊くと、藤十郎の弟は真っ赤な顔で違うと否定した。

〈受取証そのものは兄が保管しておったが、寸分違《たが》わぬ写しを荻原殿が持っていた〉

家族や近しい者だけが集った弔いの席で、藤十郎の弟は何度も畳を叩き、勘定所の調べは行きすぎだと怒った。

勘定所が切腹を命じたのであれば、明確な越権行為だが、奥貫は自らに刃《やいば》を向け、果てた。だが、厳しい沙汰は、侍の誇りを著しく傷つけるものであり、自死はある程度見越せたはず。荻原の執った行動は実質的に奉行所の領分を侵すものだった。

焼香を済ませ、振る舞いの酒を一口飲んでから、柳田は帰路についた。道中、どうしても腑《ふ》に落ちない点があった。

〈寸分違わぬ写し〉

町奉行の隠密廻でもあるまいに、勘定所はなにをしているのか。自分の縄張りをいきなり土足で荒らされたようで、言い様のない不快な思いが腹の底に溜まっていく。

「どうぞお入りください」

若い門番が錠を開けた。舌打ちしたあと、柳田は奉行所に足を踏み入れた。北町奉行所の与力番所に入る。当番方が一名、宿直していた。

「勘定所のこと、なにかお聞き及びか？」

柳田は年上の与力に訊いた。

「随分と手厳しい調べをやっているようだの。ただ、詳しい話は漏れてこないな」

関心なさそうに、年上の与力は煙草を喫みながら答えた。

舌打ちを堪えて、柳田は自分の文机の前に座った。

藤十郎の弔いで一晩奉行所を空けたため、様々な書類が溜まっている。町人同士の土地の境界線に関する訴状のほか、商家が売り掛けの清算を求める訴状、盗人《ぬすっと》一味の出没に関する情報……。

今月は南町奉行所が月番であり、大盗賊の暗躍や大火事でもない限り出番はない。しかし、江戸市中で捕縛にあたる両奉行所の五〇名ほどの与力は、常に仕事に追われる立場にある。

江戸市中の行政、治安維持の任に加えて、武家、寺社を除いた庶民の訴えを聞く。その上に罪人を裁き、火消し、悪人の探索・捕縛を一手に引き受ける町奉行を補佐するため、柳田ら与力は様々な分野に目を凝らさねばならなかった。揉め事の当事者たちの言い分を書き付けた文を読んでみる。だが、一向に中身が頭に入らない。

〈寸分違わぬ写し〉

奥貫の弟の言葉が、なんども頭の中で反響した。勘定所の荻原はどのように不正の証しを手に入れたのか。そもそも勘定所は幕府全体の金子の流れを司《つかさど》る組織だ。町奉行のように、怪しい人間を見つけ、縄をかけるといった権限は与えられていない。

〈酒を飲み、たわいもない話をすれば、ご政道がうまくいくのか〉

五年前、日本橋界隈で会ったときの荻原の言葉が柳田の胸の中で蘇った。つかみどころのない若侍だった。

勘定組頭（局長級）へと異例の出世を遂げた荻原は、将軍綱吉の覚えがめでたいという。

将軍の威光を笠《かさ》に、勘定所の権限を飛び越え、町奉行所の領分に手を突っ込もうというのか。不正を暴き、悪人を取り締まるのは、町奉行の仕事だ。このまま指をくわえていれば、荻原はさらに増長するのではないか。独善的なあの男ならやりかねない。

文机の上の書類を乱暴に文箱《ふばこ》へ突っ込むと、柳田は立ち上がった。

「いかがした？」

宿直の与力が顔を上げた。

「同心の所に行って参ります」

早口で告げると、与力番所を離れた。

一旦建物を出て、同心たちが詰める部屋に向かった。襖を開ける。三、四人の同心たちが訴状の類いを整理していた。

柳田が目を凝らすと、目当ての男が部屋の隅の文机に片肘をついていた。他の同心たちとは明らかに雰囲気が違う。

「高木、しばしよいか？」

春画の綴《と》じ本をめくっていた高木五郎衛門がゆっくりと顔を上げた。薄らと無精ひげが生えている。瞳の奥がどんよりと鈍い光を放っていた。

「何事でしょうか？」

「ここでは話しにくい」

部屋に入ってから他の同心たちの視線が気になっていた。

訴状の束をめくったり、書状を整理しているように見えるが、上役の与力がなぜいきなり現れたのか、気になって仕方ないのだ。咳払いをしたのち、柳田は高木を伴い、薄暗い詰所を出た。

周囲を見回したあと、柳田は小声で切り出した。

「勘定所について、なにか聞き及んでおらぬか？」

「代官摘発でありましょうか」

「そうだ」

柳田は、奥貫藤十郎の一件を簡単に説明した。

若き勘定組頭の荻原が中心となり、重箱の隅をつつくような細かい事柄を調べ上げ、苛烈な処分を行っていると高木に伝えた。奥貫の自害についても、実態は憤死に近かったと明かした。

「五年前に日本橋で会《お》うた、あの荻原殿が差配しているというわけですな」

「代官の死に関して、気になることを聞いた。勘定所は不正の証しとして、実物と寸分違わぬ写しを持っていたそうだ」

高木の瞳が鈍く光った。

「勘定所が隠密を使っているのでしょうか？」

「やはり、そう考えるか」

柳田が言うと、北町奉行所で隠密廻の若い同心や岡っ引きを束ねる高木は頷いた。

「まことなら、明らかな越権行為であり、けしからぬことにございます」

高木の低い声に、怒りが籠もっていた。

六

五年前、芳町の陰間茶屋で騒動が起こった際、柳田は若き同心の高木を帯同した。真面目一本槍で融通の利かない男だった。父親の家督を継いだだけで、取り立てて見どころもなかった。

あの晩、高木を試す意味で上方の小藩から無理矢理差し出させた賂から、二両与えた。高木は戸惑ったが、捕縛の件数を上げるため、町方から情報をより多く集めることが肝心だと柳田は説いた。

以降、高木は徐々に変わり始めた。

非番の月は積極的に吉原、深川、品川、板橋、千住といった岡場所に繰り出しては、様々な層の町民たちと付き合うようになった。

変わった若い同心がいる……。

高木を巡って、そんな噂が柳田の耳に入ったのが二両を渡してから三月目だった。

教えてくれたのは、品川宿にある馴染《なじ》みの料理屋の番頭だった。番頭によれば、一人で飲んでいた高木が、近くにいた侠客《きょうかく》といつの間にか話し込んでいたという。

番頭が高木と侠客の話に耳を欹《そばだ》てていると、取引の最中だったと聞かされた。

〈怪しげな輩がいたら報せよ。その代わり、おぬしの不正には目を瞑ってやる〉

柳田は驚いた。高木が町民の中でも扱いにくい俠客を手なずけたからだ。

以来、高木は捕縛の実績をあげ続けた。

火付けや盗賊のほか、人殺しの下手人も次々に捕縛した。柳田は黙って様子を観察した。高木は一人だけだったお抱えの岡っ引きを五名まで増やし、きちんと飯も食わせているようだった。

二両を渡してから二年後だった。柳田は、高木を日本橋の蕎麦屋に誘い出した。柳田は町方の犯罪全般を取り締まる定廻《じょうまわり》から、幕政に重大な危険をもたらす輩を見つけ出す隠密廻に昇進する意思があるかどうか、訊いた。

高木は昇進を素直に喜んだ。

〈世間の仕組みがようやくわかってきました。隠密裏に動けるのであれば、なお一層様々な人の業を垣間《かいま》みることができましょう〉

高木は不敵な笑みを浮かべた。

定廻から隠密廻に移ってほどなくして、高木が妻と離縁したと年長の与力から聞かされた。隠密廻の仕事にのめり込むあまり、家に帰らず、しまいには妻がふさぎ込むようになったという。

いずれにせよ、高木は昇進の口利きと引き換えに、柳田の強力な武器となった。

隠密廻は通常、危険な輩を徹底的に監視し、情報を一元的に組織内で管理する。だが、高木は柳田の元に必ず情報を流してくれた。高木の提供する話により、柳田は南北の両町奉行所の中で一、二の捕縛数を誇る実力派の与力となった。

北町奉行所の同心詰所の陰で、高木の目が光った。

天空から獲物の存在を確認した鷲《わし》のように、高木は地上の獲物目がけて舞い降りる。

これまでの狩りの実績を考えれば、優秀な官吏の荻原とて高木からは逃れられない。帳面の綻びや不正を見抜くことで成果をあげているようだが、所詮、素人《しろうと》なのだ。全身の神経を張りつめ、追っ手を警戒する極悪人に比べれば、荻原を獲物にすることは赤児の手を捻るようなもの。

「勘定所の荻原を中心に探りを入れてみます」

隠密廻への昇進を受けたときと同じように、高木は不敵な笑みを浮かべた。

「勘定所に間者を植え付けるのか？」

柳田が訊くと、高木は曖昧な笑みを浮かべた。

「柳田様といえど、具体的な陣容を明かすわけには参りません」

「よしなに計らえ」

高木は舌で唇を濡らし始めた。

「勘定所の権限を越えた行いを見つけた際、荻原の手下を斬っても構いませぬか？」

高木が低い声で告げた。だが、柳田は首を振った。

「いや、必ず生きて捕らえよ。それがしが吟味をいたす。よいな」

「やむを得ない場合は、斬り捨てます」

柳田の命令に、高木の目に不満の色が浮かんだ。荻原の企《たくら》みの全容をつかむためには、手下を拷問にかける必要がある。殺すのは、謀《はかりごと》の詳細を把握してからだ。

「己の命に危険が降り掛かるときのみ、抜刀を許す」

柳田は低い声で告げた。

「承知つかまつりました」

高木は唸るように応じた。

いつになるかはわからないが、五年前に日本橋で会ったときと同様、荻原とは再度ぶつかることになろう。年長者を小馬鹿にした無礼の借りは返さねばならぬ。まして、町奉行所の領分に首を突っ込むような所業は断じて許すことができない。高木の目を一瞥したあと、柳田は与力番所に向けて歩き始めた。

七

水無月（六月）の晦日《みそか》、真次郎は花園社境内の雑踏に紛れ込んだ。周囲は着飾った町人で溢《あふ》れかえっている。

半年に一度の大祓《おおはらい》に際し、一帯の総鎮守で縁日が開かれている。一〇年後には内藤新宿と呼ばれる辺りである。大量の人が社《やしろ》に流れ込み、朱色の本殿を目指していた。

呉服《ごふく》屋の手代に姿を変えた真次郎は数歩先を行くお多恵に向け、鋭く口笛を吹いた。お多恵が振り返る。雑踏の中で、合図に気付く者はいない。

〈見失うな〉

目線で合図すると、お多恵は小さく頷き、雑踏に分け入った。お多恵の先には、着流し姿の侍と、投げ島田を結い、百花柄の友禅染の小袖を着た若い女がいる。真次郎は己の気配を消し、不釣り合いな男女の後を追った。

重秀が勘定所内部の不正を暴くと決め、微行組に事前調べを命じてから二月余り経った。

源平衛が大岡五郎左衛門清重やその他の勘定奉行の動向を監視したほか、お多恵は吉原や深川、品川などの岡場所に勘定奉行三名の人相書を秘かに配り、情報を待った。

最初の手掛かりは、微行組が動き始めて七日後だった。かつてお多恵が深川で面倒を見た芸者が、微行組に第一報をもたらした。

この元芸者は、花園社近くの大きな料理屋の主人に見初められ、身請けされた。のちに社の外れで小料理屋を始め、商売はたいそう繁盛していた。お多恵が情報を募ったあと、元芸者は近所の待合に現れる体格の良い侍に注目したという。

待合には、元芸者の小料理屋が毎回酒肴を届ける。元芸者はその際若衆に付き添い、贔屓《ひいき》の礼を言った。そして、この侍の顔を覚え、最後は人相書と合致させた。

〈太い眉、切れ長の目、青々とした髭の剃り跡……〉

源平衛が待合を張ると、たしかに大岡五郎左衛門清重その人だった。源平衛は大岡のほか二名の監視も担当したため、大岡がわざわざ花園社辺りまで出向いていたことを捕捉できずにいた。

大岡が花園社近くの待合に姿を見せて以降、源平衛は平十郎とともに重点的に大岡の監視を続けた。すると、週に一、二度の頻度で、大岡は人目を避けるような行動を執った。勘定所を出た大岡は、毎回日本橋に出向き、路地裏で顔面を覆う頭巾を被り、隠れるように駕籠《かご》を拾った。

駕籠かきを動員した真次郎らは、毎回日本橋から花園社近くまで大岡を尾《つ》けた。大岡は城の近辺や日本橋では用心深かったが、駕籠を降りる際はすっかり警戒を解き、しばしば頭巾を脱ぐようになった。

一方、お多恵は大岡の女を調べた。駕籠を使い、逢瀬《おうせ》のあとの女を追った。ほどなく素性が割れた。

大岡と待合に頻繁に出入りしていたのは、向島の芸者だった。歳は一九。五七歳の大岡とは親子より歳が離れているが、二人は仲睦《なかむつ》まじく待合の周囲を散策するほどだった。さらにお多恵は独自の花街人脈を辿り、女を大岡にあてがっているのが日本橋本石町にある両替商だと突き止めた。

真次郎とお多恵は、混み合う花園社の境内を進んだ。大岡と向島の芸者とお多恵との間には一〇人ほどの町人や町娘がいる。気付かれた兆しはない。真次郎はもう一度、甲高い口笛を鳴らした。すると、大岡と芸者の先の縁台から、威勢のよい掛け声が響き始めた。

「さぁさ、寄ってらっしゃい。物は試しだ、旦那、やっていかない?」

若い町人が見せ物用の派手な裃と烏帽子《えぼし》を着け、おどけた身振りで客たちを煽っていた。

「ね、お侍さん、どうだい?」

裃を着けた若い町人が、大岡に声をかけた。芸者に袖を引かれ、大岡が立ち止まった。真次郎はもう一度、口笛を吹く。裃姿でおどけていた源平衛が、声を張り上げた。雑踏に紛れ込み、真次郎は大岡の方を見た。

「お侍さん、綺麗な太夫《たゆう》の前で運試しってのは？」

「これはどんな出し物だ？」

相好を崩した大岡が源平衛に顔を向けて口を開いた。

「簡単な運試しでさ。一回一五文、どうだい旦那？」

早口で言ったあと、源平衛は縁台の上に小さな箱を三つ並べた。

「ただの花札の箱ではないか。これでどうやって運試しを行うのだ？」

大岡が芸者と源平衛を交互に見ながら訊いた。真次郎は素早く大岡の背後に忍び寄り、様子をうかがった。いつの間にか、お多恵も芸者の真横にぴったりと付いた。真次郎が目配せすると、源平衛はにやりと笑った。

「旦那、やってみますかい？」

「いいだろう」

「一五文のほかに、豆板銀《まめいたぎん》（銀貨）をお借りできますか？」

「よいぞ」

そう言うと、大岡は懐の財布から銭を取り出し、源平衛に手渡した。

「はい、たしかに。では、お立ち会い」

威勢よく源平衛が叫ぶ度に、若い芸者は弾かれたように笑った。箸が転んだだけで可笑しがる年頃だ。傍らの大岡は、満足げに芸者の様子を愛でていた。

二人の様子を見ながら、真次郎は頷いた。首尾は上々だ。大岡という獲物が撒き餌に惹《ひ》かれ、源平衛が垂らした針に近づいている。

「では、これよりお侍様の運試しでござい。よーく見てておくんなさい」

源平衛は縁台にもう一度、三つの花札の箱を並べた。

「こちらの一つに、旦那からお預かりした豆板銀を入れます」

真次郎の側から見て、一番右の箱だ。源平衛は豆板銀を周囲の野次馬たちに見えるよう掲げたあと、大げさな手振りで空き箱に入れた。

「たしかに、豆板銀が入りました」

左手で小さな箱を持ち上げ、源平衛は勢いよく振ってみせた。カタカタと銀貨が箱にぶつかる音が響いた。

「さて、お立ち会いだ。これから、目にもとまらぬ速さで、この三つの箱を動かします」

「ちょっと待て、これでどう運試しができるというのだ?」

「ですから、おいらがこの三つを目にもとまらぬ速さで動かします。旦那は、どこの箱に豆板銀が入っているか、お当てください。見事当たりましたら、お代は結構、もちろん豆板銀はお返しいたします」

源平衛の説明に、大岡は拍子抜けしたように笑った。

「承知した。それがし若い頃は剣術で鍛えた身である。老いたとはいえ、目には自信がある故、町方の手妻など取るに足らん」

「さぁ、旦那、始めますよ」

源平衛が両手の人さし指を出し、両端の箱に添えた。

次の瞬間、源平衛はゆっくりと左端の箱を右端に、右端の箱を中央に、そして最後に中央の箱を左端に移動させた。

「旦那、今、豆板銀が入った箱はどこにありますか?」

「たわけが、これに決まっておろう」

大岡が真ん中の箱を得意気に指した。隣にいる若い芸者も源平衛をあざけるように笑った。どうしてわかったのだとでも言いたげに、源平衛は大げさに肩をすくめてみせた。

「さすが、剣術で鍛えた目は確かだねぇ」

源平衛は真ん中の箱を取り上げると、周囲に見えるように大げさな手振りで箱を振った。すると、箱に入った豆板銀がカタカタと音を立てた。大岡が小馬鹿にしたような目付きで源平衛を見た。真次郎は小さく頷き、源平衛に合図を送った。

源平衛は左目を瞑り、真次郎に応えた。獲物が餌に食いついたという報せだった。

「それでは、もう一回やってみますよ。旦那、よろしいですか?」

「構わん。いくら速くしようとも、それがしの目はごまかせん」

最後に箱を停めた位置から、再び移動を開始した。先ほどの倍ほどの速さだが、大岡はずっと肝心の箱を見つめている。五回ほど箱を動かし、源平衛は動きを停めた。

「さあ、旦那。今度はどこでしょうか?」

「これに決まっておる」

大岡は右端の箱を指した。周囲の野次馬たちも一様に頷いている。

「さあ、どうでしょう?」

もったいつけた言い方で、源平衛は大岡を煽った。

「それじゃ、旦那。蓋を開けずにそれぞれの箱を振ってみておくんなさい」

「あいわかった」

大岡は一番左の箱を取り、振った。音はしない。次いで真ん中。これも音はない。

「これに決まっておるのだ」

そう言うと、大岡は自信たっぷりに箱を振った。だが、音はしない。

「どういうことだ?」

「あれ、おかしいですね」

大岡が箱を縁台に置いた。源平衛は右手で取り上げ、同じように振った。やはり音はしない。

慌てて大岡が箱の蓋を開ける。周囲にいた野次馬たちの視線が一斉に小さな黒い箱に集まった。

「あれ、なくなってますね。旦那、剣術の腕は確かだったんですか?」

「ふざけたことを申すな」

顔を紅潮させ、大岡が箱のあちこちを点検し始めた。隣にいる若い芸者も不思議そうな顔で大岡の指先を見ていた。

「もう一度、やってみますか、旦那」

「わかった。ただし、もう少し近《ちこ》う寄って見せてくれぬか」

大岡の顔が徐々に強張っていく。真次郎は大岡が完全に術中には陥ったと確信した。どす黒い大鯰《おおなまず》が餌のついた針に大口を開けて食いついた瞬間だ。源平衛が右手を大岡に差し出し、言った。

「もう一つ豆板銀を。旦那、今度は見破ってくださいよ」

大岡は顔を真っ赤に染めながら、懐に手を差し入れた。

「次は騙されぬ」

若い芸者に目を向けながら、大岡は断言した。

「お若い太夫のためにも、旦那、次は絶対に見逃さないように」

源平衛が茶化すと、周囲から一斉に笑い声が巻き起こった。源平衛がわざとらしく芸者に肩をすくめてみせたとき、真次郎は再度口笛を吹いた。

「旦那、ちょっとばかり手掛かりをさしあげましょう」

大岡に体を近づけ、源平衛が耳打ちしようとした。真次郎は目を凝らした。

「無用である。それがし、今度こそ見破る」

むきになった大岡が源平衛の肩を押し返したとき、人混みからお多恵が口を開いた。

「剣術だかなんだか知らないけど、こんなからくりが見抜けないんなら、情けないねえ」

その瞬間だった。真次郎の視線の先で、源平衛の右手が大岡の懐の内側に滑り込んだ。お多恵に気を取られた大岡が気付いている様子はない。次いで、源平衛は大岡から取り上げたばかりの紙の包みをお多恵の袂に素早く投げ入れた。

侮蔑的な目付きで大岡を見たのち、お多恵は人波を掻き分けて、源平衛の台の前から去った。

すべて事前の打ち合わせ通りだった。真次郎はお多恵の後ろ姿を見ながら、秘かに拳を握り締めた。

「おのれ、無礼な」

遠のいていくお多恵の後ろ姿を睨みながら、大岡が唸った。

「それより、今度はちゃんと取り返してくださいね」

小首を傾げ、若い芸者が言うと、大岡は渋面で答えた。

「わかっておる……」

「へい、それでは、今度は豆板銀二つでどうですか、旦那」

「よかろう」

大岡がもう一度財布を取り出したのを見届けると、真次郎は片目を瞑り、源平衛に合図した。

「さあさあ、お侍様だけでなく、おめえさんがたもこの仕掛けを考えておくれよ」

空の花札箱を大げさに周囲にかざしながら、源平衛も片目を瞑った。真次郎は群衆から自然に身を引いた。

朱色の花園社本殿に向かう。緩い傾斜の石段を上がり、本殿に一礼したあと、真次郎は駆け出した。本殿脇の幅の狭い石段の先に、お多恵の背中が見える。

「先に行け」

真次郎が声をかけると、左手を挙げてお多恵は応じた。

八

カラカラと下駄の音を鳴らしながら、お多恵は石段を駆け下り、小さな料理屋や蕎麦屋が密集する一角に向かっている。

真次郎も急ぎ、石段を下った。細い小路の先、〈酒肴　金色屋〉の縄暖簾が揺れたのが見えた。真次郎が金色屋の戸を引いた直後だった。店先にいた年老いた亭主が素早く暖簾を片付けた。

「物はどうだ？」

「上等だよ。これから取りかかるから、しばらく声をかけないでおくれ」

そう言うと、お多恵は卓の上にあった文箱を開けた。

真次郎は文箱の中身を凝視した。穂先の細い筆が一〇本ほど揃っていた。その横には、小さな硯《すずり》と、文箱の底が透けて見えるほどの薄い紙がある。

お多恵は文箱の薄紙を取り上げ、広げてあった文の上に被せた。お多恵の神業ともいうべき双鉤塡墨が始まる。

作業の邪魔をしないよう気を遣いながら、真次郎は文の中身を覗き込んだ。お多恵が文字を写し取る薄紙の下に、墨をたっぷりと含んだ太い文字が見えた。

〈思ひつつ　寝ればや人の　見えつらむ　夢と知りせば　覚めざらましを〉

無骨な文字とは正反対の甘美な一首だった。

「古今集の小野小町《おののこまち》だな」

真次郎は呆《あき》れたように言った。

平安朝一の女流歌人・小野小町が愛《いと》しい人を思って詠《よ》んだ和歌だ。愛しい人を慕いながら眠りについたので、あの人が夢の中に現れてくれた。夢と知っていたら、目を覚まさなかった……。

還暦間近の男が好む歌ではない。だが、あの若い芸者に入れ込んだ大岡は、年甲斐《としがい》もなく平安時代の恋歌を懐中に忍ばせていた。花園社の縁日を冷やかしたのち、いつもの待合で渡すつもりだったのだろう。

「日頃お堅い仕事に就いているお侍に限って、一度火が点《つ》くと止まらないからね。全く困った生き物だよ」

真次郎の心中を察したのか、細かく筆を動かしながらお多恵が突き放したように言った。

「霊岸島の旦那は違うのかい」

「真さん、よしとくれよ。あの人は、こんな野暮なことは絶対にしないから」

頬を膨らませたお多恵の眉間にくっきりと皺が寄った。

「悪かったよ。あとどのくらいでできる?」

「もうすぐよ」

お多恵の手元を見ると、既に〈覚めざらましを〉の部分に筆先がある。双鉤塡墨の作業が終わったら、直ちに雑踏に戻らねばならない。真次郎はじっと細い筆の先を見続けた。

四半刻もかからぬうちに、お多恵は和歌のほかに大岡が若い芸者に宛てた熱烈な恋文もすべて写し終えた。

お多恵が丁寧に文を元の包みに戻し終えると、真次郎は金色屋から駆け出した。花園社の境内に戻る。先ほどより野次馬の数がかなり多くなっているのがすぐにわかった。

「いま一度、確かめさせろ」

こめかみに青筋を立てながら、大岡が怒鳴っていた。

「旦那、もうやめましょうよ」

「ならぬ、それがしの気が済まぬ」

大岡の傍らで、若い芸者が困った顔をしていた。意地を張る大岡の態度に辟易《へきえき》しているようだ。群衆を掻き分けながら、真次郎はまた口笛を吹いた。すると、真次郎に気付いた源平衛が声を張り上げた。

「旦那、もうお代は結構でがす」

「そうは言ってもだな」

「旦那に独り占めされたんじゃ、おいらの商売も上がったりだからさ」

今度は源平衛と目が合った。素早く町娘の間をすり抜けると、真次郎は源平衛の真横に立った。微かに頷くと、源平衛が叫んだ。

「誰か、この手妻のからくりに気付いた人はいるかい？」

「あれじゃねえのか？」

野次馬の後ろ側から町方風の小銀杏《こいちょう》に結った侍が声を張り上げた。芸者や大岡がつられて振り返った。その瞬間、真次郎は源平衛に文の包みを手渡した。直後、源平衛は目にもとまらぬ早業で紙の包みを大岡の懐に戻した。

「縁台の下に凹《へこ》みでもあって、入れ替えたんだろう?」

小銀杏の男が声を張り上げると、源平衛は大げさに頭を振り、縁台にかかっていた赤い布をめくり上げた。大岡や若い芸者、他の野次馬たちの視線が一斉に集まるのがわかった。

「おいら、そんな野暮な手妻はやらかさないぜ」

腰に手を当て、源平衛が得意げに言った。野次馬のあちこちから歓声があがった。中には両手を挙げ、自分に答えさせろと言う者まで現れた。

真次郎は大岡の横顔を見やった。まだ仕掛けに気付いているフシはない。真次郎は人混みから身を引いた。

境内を離れ、真次郎は再び花園社下の居酒屋・金色屋に向かう。背後から足音が聞こえた。

「源平衛の奴、まだ絡まれてるぜ」

振り返ると、小銀杏髷の平十郎がニヤニヤ笑っていた。

「捨てておけ。いずれにせよ、もはや源平衛は大岡殿の監視には使えぬからな」

「それで、ちゃんと戻したのかい?」

「ああ。それにしても、文のことに大岡殿が気付かれたときは、もはや勘定所に居場所はなくなっているのだがな」

「中身は?」

真次郎は小野小町の和歌の上の句を口にした。すると、たちまち平十郎が顔をしかめた。

「よほどの好き者だな」

「両替商にあてがわれた小娘だって知っているくせに、還暦間近の侍が入れ込んでしまった。因果なものだ」

真次郎は平十郎とともに金色屋の引き戸を開けた。お多恵が心配げな目線を向けた。

「大丈夫だ。気付かれるようなヘマはなかった」

「よかった。それにしても、小野小町の歌のほかにあった恋文には参ったね」

「年甲斐もない中身なんだってな」

平十郎がおどけた調子で言うと、お多恵は溜息を吐き出した。

「女房とはもう何年も言葉を交わしていない。いっそのこと離縁しても構わない。おまえと一緒になりたい……平さん、なんで男ってこうもバカなの？」

「そりゃ、そういう生き物だからさ」

肩をすくめて平十郎が言った。

「老いらくの恋にうつつを抜かしているうちに、お家の名誉もなにも捨ててしまうことになるのにな」

真次郎の言葉に、平十郎とお多恵が頷いた。

「ところで、源平衛のあの手妻、どういうからくりなのさ？」

お多恵が首を傾げている。

「あれは基本中の基本でな。浅草や本所辺りの盛り場で、香具師《やし》が使う典型的な手口だ」

真次郎は店の卓にあった楊子《ようじ》箱を手に取った。

「よく見てろよ。しかけはこうだ」

真次郎は楊子箱を三つ集め、蓋を取った。その上で、細い楊子をすべて取り出した。お多恵の視線が手元に注がれている。

「いいか、こういうことだ」

真次郎は、三つの空き箱のほかに、もう一つ楊子箱を取り上げた。

「亭主、細紐《ほそひも》はあるか？」

厨房《ちゅうぼう》に声をかけると、亭主が麻紐《あさひも》を差し出した。

真次郎は楊子が入ったままの箱を自分の左腕に載せた。平十郎に目配せすると、麻紐を使って箱を固定させる。

「源平衛は、中身があると見せかけるときには左手を使ったはずだ」

〈たしかに、豆板銀が入りました〉

源平衛が大げさに箱を振ると、カタカタと硬い音が周囲に響いた。

「そうだったね」

「しかし、そこは手妻の源平衛だ。箱に放り込むと見せかけて、とっくに袖の下に豆板銀を入れていたのさ」

「それじゃ、はなから三つの箱にはなにも入っていなかったわけだね？」

「そうだ。それが証拠に、三つの箱を開けたとき、源平衛は大げさに右手を使ったのさ。当然、右手にはなにも仕込んでいないから、カタカタと音は鳴らないって寸法だ」

「へえ、なるほどね。よく考えたもんだね」

お多恵はしきりに感心している。

「手妻なんてものは、必ずカラクリがある。浅草辺りじゃ、手妻に気を取られている間に、香具師とグルになったスリ連中が一斉に野次馬の懐を狙うのさ」

平十郎が言った。

「その仕組みをあたしらが使ったってことね」

「そういうことだ。俺も伊達に吉原辺りで用心棒をしていたわけじゃない。連中のことをずっと観察しているうちに、カラクリがわかったんだ」

「なるほどね」

「かつて彦様も喜代松で同じ手妻を見て、感心されたことがある」

真次郎の言葉に、お多恵が目を見開いた。

「それで彦様も小銭を巻き上げられたの?」

「いや、見事に仕掛けを見破られた。ただ、手妻の仕組みには感服されていた」

お多恵が頷いた。箱に楊子を戻しながら、真次郎は続けた。

「大岡殿のあとは、若い芸者をあてがった両替商を狙う」

「どうやるの?」

お多恵が小首を傾げた。

「当然、両替商は芸者に金子を渡しているはずだ。店の出納帳を拝借した上で、また双鉤塡墨をやってもらう」

「わかった。お安い御用よ」

お多恵は胸を叩いてみせた。

「彦様はああ見えて意外とせっかちだ。両替商も早めにやっちまうぞ」

真次郎が言うと、平十郎とお多恵が頷いた。

大岡の恋文だけでは、単に若い娘に入れあげただけだとしらを切られる恐れがある。大岡に芸者をあてがった両替商の帳面を完璧に写し取り、一切の言い訳を許さぬ証拠を揃えねば今回の仕事は完遂しない。目の前の平十郎とお多恵もそのあたりを十分に理解している。

「両替商の内情はどうなっている?」

平十郎がそう訊くと、お多恵と真次郎は小さな卓を囲んで策を練り始めた。

九

隠密廻の同心・高木に導かれ、柳田は騎馬で花園社に赴いた。なぜ花園社なのかなんども尋ねたが、高木は意味ありげな笑みを浮かべるのみで答えない。

「一旦、こちらに馬を」

花園社下の茶屋の前で高木に指示され、柳田は下馬した。茶屋の小僧に駄賃を弾み、番をさせると、柳田は急ぎ高木の背中を追った。

「このような一帯があったのか」

柳田は周囲を見回した。

花園社付近は、甲州街道に面した大きな旅籠や周囲に連なる小料理屋や待合ばかりだと思っていた。一帯を護《まも》る花園社の本殿から一段低い台地に下りると、間口の狭い蕎麦屋や一膳飯屋がひしめき合っていた。

人が集まる所には、様々な需要が生まれる。日本橋のような豪奢《ごうしゃ》な食事処《どころ》は皆無だが、一帯は町衆を中心に賑《にぎ》わっていた。江戸の町衆だけでなく、在所から集まった百姓上がりと思しき職人などの日焼けした顔も目立つ。江戸市中が急速に勢いをつけ、規模が膨らんでいることを実感できる場所だ。

先を行く高木は、狭く小さな碁盤の目のような小路を早足に進む。

ドブ板が壊れかかっている場所も多数あり、鼻を衝く臭いが漂う一角すらある。だが高木は迷うことなく進む。いったいなにを企んでいるのか。多忙な隠密廻の同心がわざわざ上役の与力を案内するのだ。なにか有益な情報をつかんだに違いない。柳田は黙って後を追った。

「柳田様、こちらにございます」

花園社から二町ほど歩いた所で、ももんじ屋と蕎麦屋に挟まれた小さな看板が見えた。

〈酒肴　金色屋〉

ももんじ屋が吐き出す煙に燻《いぶ》されたのだろう、どす黒く変色した縄暖簾がかかる小汚い居酒屋だ。

「ごめん」

乱暴に引き戸を開けた高木が店の中に入る。柳田も縄暖簾を避けながら後に続いた。

猥雑《わいざつ》な一帯だけに、様々な客が出入りするのだろう、亭主の目には露骨に客を値踏みするような色があった。

「いらっしゃいまし」

無愛想な亭主が柳田と高木を見比べている。

「酒をもらおうか」

柳田が言うと、亭主は無言で厨房に消えた。

「昨日、この店に怪しい連中が現れてございます」

小声で高木が言った。

「どのような者たちだ?」

「おそらく、勘定組頭の荻原が使っている者共かと」

「まことか?」

柳田が反応すると、高木は目で、静かにと合図した。

店の亭主が現れ、二人の前に銚子とお通しの和《あ》え物の小鉢を置いた。柳田が猪口を差し出すと、高木はゆっくりと酒を注いだ。

「この店が連中の根城になっている可能性もあります。どうか、不用意なお言葉はお慎みくだされ」

「あいわかった」

柳田は猪口の酒を飲み干した。周囲を見回す。

煤《すす》けた壁に香の物や枝豆、豆腐など簡単な酒肴の品書きの短冊が貼り付けてある。厨房で、柳田らに背中を向けた亭主が薬物を刻む音が響く。使用人はおらず、客もいない。なぜこんな裏ぶれた店を荻原の一味が使ったのか。

「どのようにしてこの店を突き止めたのだ？」

「昨日、勘定奉行の大岡殿を監視していた手下から連絡が入りました」

柳田は手酌で酒を舐め続けた。

勘定組頭の荻原の周辺を探るよう示唆してから二月余り経った。

この間、高木は着実に調べを進めていたようだ。大岡と聞き、柳田の頭の中で、眉の太い頑固な官吏の顔が浮かんだ。

江戸城近くの路上でなんどか挨拶したことがある。話しぶりからうかがえる人柄は、真面目かつ頑固。勘定奉行・大岡五郎左衛門清重像はその程度だ。幹部職に就いているが、際立って仕事ができるという評判は聞いたことがない。何代も前から官吏の家柄に生まれ、家督を継いで勘定所に出ている普通の侍でしかない。

「勘定所の大岡殿は、花園社近くの待合で向島の芸者と合流したあと、大祓の縁日を冷やかしておったそうです」

柳田はぐっと高木に顔を近づけた。荻原の周辺を調べるよう指示を与えたが、大岡という官吏しか話に出てこない。いまひとつ、高木の話は要領を得ない。

「なぜ大岡なのだ。あの男が隠密を使い、荻原を支援しているのか？」

「違います」

「どうしてわかる？」

「大岡が怪しい連中に絡まれました。その連中がこの店に紛れ込んだということです」

柳田は首を傾げた。まだ話の本筋がみえてこない。柳田の表情を素早く読み取った高木が声を潜めた。

「勘定所の主立った面々は、すべて隠密廻の配下の者が監視しております。その中で、際立って不審な動きをしたのが大岡でした」

「大岡の後を追って花園社まで来た。芸者と逢《あ》い引きしているところを見かけた、ということだな。それで、その怪しい連中とは？」

「香具師にございます」

ようやく聞き取れるほどの小さな声で、高木が言った。

柳田は首を傾げた。花園社ほどの大きな社ならば、大祓や酉《とり》の市の頃にはたくさんの屋台が並び、多くの香具師が店を出す。基本的に大岡は真面目な男だ。そんな男が香具師に絡まれた。芸者に良いところを見せようとしたのが仇《あだ》になり、香具師の餌食になったのではないか。だが、それがどう荻原の使う者共とつながるのか。

「普通の香具師は、スリ師と組んで人様の財布を狙うもの。ところが、大岡殿に絡んだ香具師は、一際不審な動きをしたのでございます」

「どういうことだ？」

柳田がそう言ったとき、店の亭主が香の物を運んできた。追加で枝豆を頼むと、柳田は亭主を追い払うように手を振った。

「一部始終を見ていた手下によれば、大岡殿は典型的なスリの手口に遭ったそうです。ところが、不思議なことに、連中は抜き取った物を、わざわざまた戻しに来た、そう聞いております」

「盗《と》った物を、わざわざ危険を冒して戻す……そこにどんな意味があるのだ？」

「わかりませぬ」

柳田は腕を組んだ。なぜ、大岡という真面目な男に不審な香具師やスリが付きまとったのか。

原因は女か。

高木によれば、連れていたのは若い芸者だという。しかし、大岡のような勘定所の幹部ならば、女の一人や二人は誰でも囲っている。

まして幹部職だけに、両替商や各地の代官から様々な形で賂が入る。金子に困ることはない。

金子という言葉が浮かんだ瞬間、柳田の心になにかが引っかかった。

「その香具師たちは、金子を盗んだのか？」

柳田が言うと、高木の瞳の奥が鈍い光を発した。

「いえ、紙の包みだったと聞いております」

「それでは、スリの意味がないではないか」

「いかにも。明らかにおかしい行動でございました。それ故、わざわざご足労いただきました」

香具師やスリは、金子ではなく、いったい何を狙ったというのか。目的がわからない。

「機転を利かせた手下二名が手分けして一味を尾け、この店に行き着いたという次第です」

「そちの手下は、まだその連中を探っておるのか？」

柳田の問いかけに、高木が頷いた。金子ではなく、紙の包みを狙った目的はなにか。柳田はさらに声を潜め、訊いた。

「一味の内訳は？」

「着流しの町人が一人、浪人が一人。あとは年増の女、そして香具師でございます」

「それぞれの名前は？」

「まだ、そこまではつかんでおりませぬ」

町人と浪人、しかも女までもが加わっている。どのような連中なのか。なぜ大岡を狙い、そして不可解な行動を執ったのか。

今の段階では理解しがたいことばかりだ。金子ではなく、紙の包みを狙った。しかも盗った物をわざわざ戻した……。様々なスリや盗賊を相手にしたが、今度の一味のような奇妙な行動を執る連中は知らない。

それでも隠密廻の手練に成長した高木がなにかわずかな異変を感じ取った。その一点に賭けるしかない。

無愛想な店の亭主が枝豆を運んできた。ちびちびと酒を飲みながら、柳田は思い切って口を開いた。

「昨日、この店に奇妙な客が来たであろう」

「わざわざこの界隈に来る連中なんて、皆変なヤツばかりでさ」

ぶっきらぼうな口調で亭主が言った。柳田は懐の財布を取り出し、豆板銀を卓に載せた。

「これで思い出さぬか？」

鈍く光る銀貨を一瞥すると、今まで無愛想だった亭主がわざと顔をしかめ、腕を組んだ。

「そういや、いたような気がしますね。町人と浪人、それに年増のいい女だった」

やはりこのような場末の店は金子が物を言う。他の客の様子を話さないというのは商売人の鉄則だが、金子を前にすれば誰でも人が変わる。長年の奉行所勤めで、柳田が体で知った人の習性だ。

「馴染みだったか？」

「いえ、初めての客でした」

「どんな話をしておったのか？」

「お客の話をいちいち覚えていたら……」

亭主が口籠《くちご》もった。顔は天井に向いている。どこまで話そうか、迷っているのだ。柳田はもう一つ、豆板銀を卓に置いた。

「これで口が滑らかになるのではないか?」

「そんな、滅相もない」

困惑の色を浮かべた亭主が手で制した。

「おぬし、昨日の一味から駄賃をもらったであろう?」

「いえ……」

亭主はたちまち下を向いた。図星だ。場末の店を選び、なにやら謀を企んでいた。当然のこととして、駄賃を握らせて口止めしたのだ。高木の手下が睨んだ通り、一味はますます怪しいと言わざるを得ない。

「もらったのであれば、身共の駄賃も受け取ればよいではないか」

亭主が顔を上げ、卓の上の豆板銀を袂に放り込んだ。

「さいですね……年増のいい女が、硯箱《すずりばこ》を持ち込んでおりやした」

「硯箱だと?」

「へえ、何本も細い筆が詰まっておりました」

今まで口籠もっていたのとは対照的に、亭主は言い切った。

柳田は高木と顔を見合わせた。硯箱に細い筆……高木もそこまでは把握していなかったのだろう。強い口調で言った。

「わざわざ店に持ち込むとは、何事だ?」

「よく知りませんがね、なにかごそごそと……」

「ごそごそと、なんだ？」

柳田が訊くと、亭主は首を傾げた。柳田はさらに語気を強めた。

「いったい、硯箱でなにをしておったのだ？」

「ちょうど、煮物の灰汁《あく》取りをしていたんでね、詳しく見ていないんでさ」

柳田はもう一度財布に手を伸ばした。

「ちょっと待ってくださいな。本当に見ていないんだ。それに、もらいすぎでさ」

「構わん。もう一度、そやつらが現れたら、必ず報せろ」

もう一粒の豆板銀を卓に載せたあと、柳田は袱紗から十手を取り出した。たちまち亭主の態度が変わった。肩が強張り、口元が小刻みに震え出したのがわかった。

「こりゃ、ご無礼いたしました。与力様ですか……」

「昨日現れた連中は、公儀に背く悪人である。下手に隠しだてするとおぬしも同罪だ」

「へい、承知いたしやした」

「連中からいくらもらったか知らんが、公儀に逆らうようなことはするなよ」

柳田が告げると、亭主は慌てて厨房に入り、大ぶりの徳利を卓に載せた。

「お好きなだけ、飲んでくださいまし」

柳田は高木に目を向けた。

「そろそろ頃合いである。我らは引き揚げる。しかし、念を押しておくが、その一味が現れた際は、必ず近所の番屋に報せよ。よいな」

「そりゃもう、必ず使いを出して報せます」

柳田は頷くと、立ち上がった。高木も席を立った。亭主がぺこぺこと頭をなんども下げ、引き戸を開けた。

「またのお越しを」

腰を折った亭主は引きつった愛想笑いを浮かべていた。

高木と連れ立って店を出ると、馬を預けた茶屋を目指して歩き出した。

花園社の方向に見覚えのある総髪の男の姿があった。数人の若侍と歩いている。柳田は足を速め、一団に近づいた。

一〇

総髪の男と若侍の一団の側まで近づいたとき、柳田は思い切って口を開いた。

「これは、新井白石殿ではないか」

総髪の男がびっくりしたように振り向いた。

「柳田様、お久しゅうございます」

白石が傍らの高木に目をやった。

「たしか、高木殿でしたな」

「いかにも」

高木が短く応じた。白石は驚きの表情を浮かべていた。高木は総髪に変わり、頬と顎には無精ひげが浮かんでいる。かつて白石が会ったときは、高木は家禄《かろく》を継いだばかりで、硬軟使い分ける町奉行の仕事に戸惑っていた。当時とは明らかに高木の風貌は違う。白石が驚くのも無理はなかった。

柳田が若侍たちに目をやると、白石が北町奉行所の与力だと紹介した。一様に若侍たちの態度が改まった。柳田は努めて気さくな口調で切り出した。

「白石殿がこのような場所におられるとは珍しい」

「戸塚村の古刹に珍しい書物が保存されていると聞き及び、手伝いをしている友人の私塾の塾生たちと行って参りました。そのあと、花園社を見聞していこうということになり申した」

白石が朗らかに答えた。

「ほお、それは感心なことで」

柳田が言うと、白石は得意気に頷いた。

「戸塚の寺院には、唐代の律詩がございまして、せっかくの機会だからと教え子たちと一緒に写して参りました」

「写す?」

柳田が訊き返すと、白石は一人の若侍に目を向けた。

「これでございますよ」

白石は若侍から黒檀《こくたん》の箱を受け取った。柳田は高木に目をやった。高木は白石が持つ黒檀の箱を凝視している。

「それは、硯箱で?」

高木が鋭い口調で訊いた。

「いかにも」

そう言ったあと、白石が黒檀の箱の蓋を開けた。柳田は中身を覗き見た。細い筆が一〇本程度入っている。柳田の視線を辿った白石が口を開いた。

「双鉤塡墨でございます。薄い紙を唐の詩書に載せ、細い筆を使って文字を正確に写し取る技術です。時間はかかり申すが、確実に複製を作ることができます」

白石の言葉に、柳田と高木は顔を見合わせ、互いに頷いた。先ほど金色屋で亭主が見たといった硯箱、そして細い筆となにか関係があるのではないか。高木が口を開きかけたのを制し、柳田は白石に顔を向けた。生真面目な男が発した〈確実に複製〉という言葉が、柳田の胸に引っかかった。

「白石殿、よろしければ、我らと酒肴などいかがか?」

白石は下を向いた。

「柳田殿、相変わらず金子が……」

白石は首筋を掻きながら、恐縮したように言った。学問一辺倒の不器用な白石は、以前と同様に粗末な身なりだ。他の若侍たちも一目で安物とわかる着物だ。柳田は鷹揚に答えた。

「構いませぬ。一つ、申された双鉤塡墨についてご教示いただきとうござる」

教示という言葉を聞いた途端、白石のこめかみがぴくりと動いた。

「拙者でお役に立ちますなら、なんなりと」

白石が得意気に胸を張ったのを見て、柳田は言葉を継いだ。

「それならば、話は早い」

目配せすると、高木は若侍たちを束ね、訪れたばかりの金色屋を目指して歩き始めた。

「この辺りの店でございますか?」

お世辞にも綺麗な店はない。日本橋辺りの小店と違い、猥雑な雰囲気が漂う店の風情に、白石は躊躇している。だが、今は店の善《よ》し悪《あ》しをどうこう言っている場合ではない。せっかく手掛かりを得たのだ。柳田は高木を伴い、小路を早足で進んだ。

「なにをお教えすれば?」

「双鉤塡墨の詳しい中身についてでござる」

柳田が低い声で言うと、白石は首を傾げた。柳田は白石との距離を縮め、耳元で囁いた。

「勘定所での荻原殿の評判、お聞き及びか?」

柳田が荻原という名を口にした途端、白石は一歩身を引き、目を見開いた。

「公方様のご威光を笠に着て、独断専行的な行いが目立つと聞き及んでおります」

こめかみの血管を動かしながら、白石が言った。

やはり以前と同様、この優秀な儒学者は荻原を嫌っている。いや、憎んでいるのだ。この際、北町奉行所の特別な助太刀として引き込むのも一興だと柳田は考えた。

「独断専行のご政道の裏側で、なにやら良からぬ噂も出ております」

「ご公儀を裏切るような行いということでありましょうか？」

白石の目が異様な光を宿し始めた。柳田はさらに声の調子を落とし、告げた。

「まだ確証はござらぬ。だが、白石殿の助けにより、荻原殿の阿漕《あこぎ》なやり口が白日の下に晒されるやもしれませんぞ」

「彦次郎が、なにを？」

「わかりませぬ。ただ、手下の高木が不審な事柄を調べております」

「怪しい所業の疑いがあると？」

白石は、先を行く高木の背を見ている。柳田の目には、聡明な儒学者の眼差しではなく、得体の知れない憎しみを宿した眼光に映った。

「どうか他言無用に願いたい。高木は三年前まで北町奉行所の定廻におりましたが、今は市中の不正を秘かに取り締まる隠密廻になり申した」

「隠密廻……噂に聞いたことはありますが、まさか本当に……」

高木を見やった白石が驚いたように言った。

「左様。その隠密廻の手練が、荻原殿の不正の臭いを嗅ぎ取り、動いている。詳しいことはお教えできないが、我らの手助けをしていただきたい」

ゆっくりと歩みながら、柳田は小声で訴え続けた。

「彦次郎は、自らのやり方を押し通すために、不正を？」

「我ら北町奉行所を欺くような事柄に手を染めているのではないか、そう睨んでおります」

「彦次郎の横暴に歯止めをかける手助けであれば、いかようにも」

高木や他の若侍の後を追う白石の歩みが速まった。

〈古くてありがたい教えを暗記することが尊いのであれば、公方様に白石殿と同等の儒臣を五〇〇人お抱えになるよう進言いたす〉

白石の顔を見ているうちに、五年前に荻原が吐き捨てた言葉が柳田の脳裏に蘇った。

白石は不器用な儒学者だ。その一方で誇り高い。己の野心のためでなく、広く世の泰平を願う一心で勉学に勤しんでいる。荻原が放った言葉は、邪心のない白石には、最大の侮辱であったに違いない。

金色屋に着くと、既に高木が若侍たちに大徳利の酒を振る舞っていた。先ほどは極端に無愛想だった店の亭主は、柳田の顔を見た途端、引きつった笑みを浮かべた。このような卑しい店を営む輩は、十手と金子に傅《かしず》くものだ。

「白石殿、こちらへ」

普段笑みなど見せない高木が、愛想笑いしながら白石を小上がりに迎え入れた。

「かたじけない」

ゆっくりと座敷に上がると、白石は周囲を見回し始めた。柳田は、隣に座ると白石の耳元で言った。

「荻原殿が使っていると見られる怪しげな連中が、この店でなにか不審な行いをしておりました」

　頷いた白石が、携えていた黒檀の箱の蓋を開けた。

「写し取った唐詩を持ってきてくれぬか」

　白石が言うと、酒を舐めていた若侍が弾かれたように小上がりに駆け寄った。恭しく差し出された唐詩を受け取ると、白石は卓に広げた。柳田の目に、角張った細かい文字が見えた。

「唐の時代に記された貴重な詩書です」

　顎を突き出した白石が、得意気に言った。

「ありがたい教えの中身はまた別の機会に。それで、この見事な墨痕はいかように？」

　柳田の隣には、いつの間にか高木が座り、固唾を呑んで白石の動きを見ていた。咳払いすると、白石は黙って左手を出した。先ほどの若侍が再度薄い紙を持ってきた。

「双鉤塡墨とは、こういうことです」

　受け取ったばかりの紙は、白石の掌の血管が透けて見えるほど薄かった。白石は一旦呼吸を停め、角張った文字で綴られた唐詩の上に薄紙を置いた。

「ここからが、筆の出番です」

　硯箱の中から、細い筆を取り上げると、白石は薄紙の上から下の文字をなぞってみせた。

「つまり、寸分違わぬように、原本を写し取る、ということですな？」

　柳田が訊くと、白石は頷いた。

「唐の時代はもとより、日の本でも長い間培われてきた方法でござる。貴重な原本を傷つけることなく、確実に写し取る。呼吸を整えて書き写すことで、ありがたい教えが我が身に染み入ってくるような感覚が生まれることもあります」

薄紙を剝がし、角張った文字を愛でるように見て白石が言った。柳田は高木と顔を見合わせた。

「戸塚村の古刹ではこの唐詩を写し取るのに、どのくらい時を要しましたか？」

「若輩たちへの手ほどきをしながらですから、二刻ほどになりましょうか」

白石が若侍たちに目をやっている。一同はなんども頷いた。柳田は一旦小上がりを離れ、厨房にいる店の亭主の元へ向かった。

「亭主、昨日の年増女は長く店に留《とど》まっておったのか？」

柳田が切り出すと、亭主は腕を組んだ。

「詳しくは覚えておりませんが、燗の支度を始めて、煮物の灰汁を取って……そのあとは、硯箱は片付けておいでででした。四半刻ほどかと」

「ほんとうか？　ならば昨日の女も同様の硯箱を持っていたのか？」

「へい。色合いは違いましたが、箱の形は似たようなものでした」

厨房から小上がりに戻ると、柳田は白石の隣に座った。

「白石殿、この双鉤塡墨には手練の者がおるものであろうか？」

「無論。仕官の道がなかなかに険しい故、古い文書を写しながら、日々の生業としている者は大勢おりまする」

柳田が見やると、隠密廻の手練の顔で高木が口を開いた。

「女にも可能でござるか？」

白石は首を傾げながら答える。

「拙者の周囲には女子《おなご》で双鉤塡墨の技術を有する者はおりません。ただ、細かい作業故、針仕事で手先が器用な女子であれば、十分に可能かと」

白石の話を受けて柳田は、高木の肩に手を回し、小上がりから厨房近くの席に移動した。

「亭主、ご一同に酒と肴《さかな》を。金に糸目はつけぬ故、どんどん出せ。白石殿のおかげで、助かり申した」

卓に置かれた大徳利を持つと、柳田は白石に飲むよう促した。二、三度、白石は固辞したが、柳田は譲らなかった。

「それでは、お役に立てたということで」

白石がようやく猪口に口を付けたことを確認すると、柳田は高木に目をやった。北関東を治めていた代官・奥貫が荻原に呼び出されたのちに自害した。弔いで奥貫の弟から聞かされた言葉がにわかに蘇った。

〈寸分違わぬ写し〉

奥貫家の金蔵にしまわれているはずの証文を荻原が保有しており、これを裁きの根拠としたのだ。目にもとまらぬ手妻師の技で懐中の文を抜き取れば、寸分違わぬ写しを作ることは可能だ。

荻原は摘発した者に対して、有無を言わさぬ証拠を突きつけるという。今まではどのような術で可能なのか不思議だったが、白石の話を聞くとなるほどと思う点が多々出てきた。

「代官の奥貫のときも同じ手を使ったとしたらどうだ？」

「そうかもしれませんな」

「ならば、そちの次の役目は決まったな」

「旗本や御家人の出で、双鉤塡墨に長けた女子を探してみます」

柳田だけに聞こえる声で、高木が言った。柳田は頭を振る。

「もちろん、その調べは大事である。しかし、もっと早道があろう」

そう言ったあと、柳田は小上がりの卓に置いてある黒檀の硯箱に目をやった。

「あの筆を見たか？」

「いえ、詳しくは見ておりませぬ」

高木は首を傾げた。視線は硯箱に向けられている。

「普通、我らが使っているものに比べ、半分以下、いや、もっともっと細い」

柳田が告げると、高木の目の奥が鈍い光を発した。

「特殊な筆故、江戸市中でも扱っている店は少ない、というお見立てですな」

「もちろんだ。それに、現にこうして白石殿が持っておられる。購入先を聞き、そこから手練の女を当たるのが得策ではないか？」

「心得ました」

短く答えると、高木は静かに金色屋を後にした。

二

小網町喜代松の微行組専用座敷で真次郎がぬる燗を舐めていると、平十郎と源平衛が連れ立って現れた。

「決まったぜ」

腰を下ろした二人の前に、真次郎は文書を広げた。難しい読み書きが苦手な源平衛のために、平十郎が文書を手に取り、読み上げた。

「大岡五郎左衛門清重、彦坂源兵衛重治、ともに御役召し放され、閉門……仙石治左衛門政勝も御役召し放され、逼塞《ひっそく》五〇日……」

真次郎が腕組みして聞いていると、すかさず源平衛が口を挟んだ。

「閉門ってのはたしか……」

「門扉はおろか、昼夜の別なく家中の窓を閉ざし、外部との接触を断つということだ。逼塞は昼間のみ外部との接触を禁ずる措置のこと。いずれにせよ、勘定所の大幹部が揃いも揃って厳罰を下された。幕府始まって以来のことだ」

文書を畳に置いた平十郎がさらりと言った。

三月余り、真次郎ら微行組は勘定奉行の大岡の周辺を洗った。八年に亘《わた》って勘定奉行職に就いていた大岡は、様々な両替商と癒着していた。中でも、日本橋の中堅どころの両替商との関係が酷かった。

両替商と向島で酒席をともにするうちに、大岡は座敷に出入りする若い芸者に入れあげた。両替商と向島の置屋は阿吽《あうん》の呼吸で若い芸者を大岡に差し向けた。

微行組が事前調べを本格化させたのは、大岡が芸者との逢瀬を花園社近くの待合で楽しんだときだった。

口を尖らせながら、源平衛が言った。

「大岡の旦那については、おいらたちが事前調べをやり、両替商の出納帳を拝借して有無を言わさぬ証しを手に入れたのはわかっているさ。でも彦坂の旦那や仙石の旦那までどうしてだい？これから調べを進めようって矢先だったじゃないか」

「そこには、色々と大人の事情というものがあるのだ」

腕組みを解くと、真次郎はゆっくりと話し始めた。

「初めて勘定奉行の不正を正すのだ。彦様は慎重に事を運ばれた。秘かに老中の方々の周辺で詮議を進め、一気に処分を下す方針を決められた」

真次郎が根回しという言葉を使うと、平十郎が怪訝な顔で訊いた。

「どんな段取りを？」

「まず、彦様は我らが集めた動かぬ証しを揃え、老中の方々に大岡殿がいかに長年業者と癒着していたかを明かした。その上で、秘かに大岡殿を城中に呼ばれ、老中が問い質《ただ》すという形を整えられた」

「なるほど、年下の彦様が直接お白洲《しらす》のようなことをやれば角が立つ、そういうことだな？」

「いかにも」

真次郎は頷くと、目を閉じた。


事の顚末《てんまつ》を真次郎が重秀から聞かされたのは二日前、日本橋の小さな蕎麦屋の二階だった。

〈本日、内々に大岡殿への処分が決まった〉

重秀はにこりともせずに言い、冷や酒をざる蕎麦にかけたあと、猛烈な勢いでたぐった。

〈昨日、老中のひとりが個別に大岡殿を呼ばれ、微行組が揃えた数々の証しを突きつけたところ、顔面蒼白《そうはく》になったそうだ〉

蕎麦を平らげた重秀が真面目な顔で言った。

頭の固い老中連を手なずけるため、重秀は微行組の事前調べが終わる頃、一月ほど前から周旋を始めたと明かした。

〈大岡殿の周辺には、厳罰が下るやもしれぬといった噂をそれとなく勘定所内部で流しておいた〉

真次郎が酌をすると、重秀は苦そうに酒を啜《すす》った。

〈いざ大岡殿への内示が済むと、厳しい沙汰はたちまち勘定所の中を駆け巡った。彦坂殿、仙石殿に対する事前調べはまだ道半ばだったが、ご両名は過去に両替商や出入りの大店からもらった賂を、正直に申告された〉

もう一口、酒を啜ったあと、重秀は舌打ちしながら言った。

〈申告というよりも、観念されたと言った方がよいかもしれぬ〉

重秀は猪口を真次郎に差し出した。恭しく受け取り、真次郎は重秀の酌を受けた。

〈真次郎、まことに大儀であった。微行組が水も漏らさぬ精緻な事前調べを行ってくれたおかげで、思ったより摘発が早く片付いた。礼を言うぞ〉

重秀が両膝に手をつき、頭を下げた。

〈勘定吟味役となれば、もっと忙しくなるぞ〉

平素と変わらぬぶっきらぼうな口調で重秀が続けた。

〈今度は吟味役にございますか?〉

〈いかにも〉

〈おめでとうございます〉

〈めでたくなどない。まだやらねばならぬことが控えておる〉

重秀は天井を見ながら淡々と告げた。

真次郎は両手で猪口を押しいただき、一気に酒を飲み干した。胸の奥からこみ上げるものがあった。洟をすすると、重秀が口を開いた。珍しくはにかんだような笑みを浮かべていた。

〈いつぞやも申したが、この程度で泣かれては困る〉

重秀の言葉に、真次郎は我に返った。五年前、沼田城収公の功労によって重秀が異例の勘定組頭に抜擢《ばってき》されることが決まったときだ。初めて将軍綱吉に謁見した重秀は、直々に昇進の内示を受けたのだった。

一二

手酌の酒を飲み干した真次郎は、平十郎と源平衛に酌をした。

「これで彦様は勘定吟味役に出世だ」

「吟味役ということは……」

平十郎が感心したように言った。

「勘定所全体のお目付役、監視係だ。これで、公儀の台所で不正を働く者はいなくなるということだ」

「彦様はたしか、まだ三〇だったよな？」

源平衛が言った。

「いかにも。上様が功績をなにより重視する姿勢を貫いているからこそ、昔のしがらみに関係なく、下級旗本でも上に行けるという形を作られたのだ」

真次郎が満足げに言ったとき、座敷の襖が静かに開いた。

「吟味役はいいけどさ……」

追加の徳利を運んできたお多恵だった。

「どうした、浮かぬ顔をして」

真次郎が訊くと、お多恵は座敷に入り、下唇を噛んだ。

「いえね、どうにも気になることがあったのさ」

真次郎に酌をしながら、お多恵は溜息を吐いた。

「あたしの性分は知ってるだろ？」

「いつもの心配性だな。しかし、お多恵が先々を見越して心を配ってくれたおかげで、微行組の仕事は失敗せずにここまできた」

真次郎は本心から言った。依然としてお多恵の顔は冴《さ》えない。

真次郎は北関東の代官・奥貫藤十郎を事前調べしたときのことを思い起こした。奥貫を監視したとき、お多恵は北関東のとある町の置屋に紛れ込んだ。その際、地元出身だという若い芸子がお多恵に懐いた、と聞かされた。

潜んでいた旅籠で話を聞いたとき、真次郎は可愛がってやれ、と伝えた。お多恵の答えは違った。

〈三味線を習いたい、小唄が巧くなりたいって言うから、そりゃあ可愛いのさ。いつかは江戸に出たいって言うし〉

このときも、お多恵は考え込み、下唇を噛んでいた。地元に溶け込み、油断させることが肝要だと真次郎は説いたが、お多恵は最後まで納得しなかった。

数日後、再度奥貫らの監視の状況を報告し合ったとき、お多恵が声を潜めて言った。

〈お座敷の控えの間にわざと荷物を放っておいたら、あの娘が真剣な目付きで中身を探っていた〉

お多恵はわざと隙を作り、芸子を監視し続けたのだという。

〈料亭の幼い下女に小遣いをあげたら、村はずれの庄屋の離れで奥貫とあの娘が頻繁に逢い引きしてるってこともわかった〉

お多恵の慎重さと手際の良さに真次郎は舌を巻いた。

〈芸子は貧しい農家の娘で、奥貫に年貢でお目こぼしをもらっていたのさ。女はね、自分の家族を守るためだったら、なんでもするからね〉

女だけが持つ動物的な勘なのだろう。いや、足の引っ張り合いが激しい深川で鍛え上げられたお多恵にとって、自分の身を守る本能なのかもしれなかった。いずれにせよ、お多恵の感覚は鋭い。真次郎にはない才能だ。

〈同じ立場だったら、あたしだって相手の荷物の一つや二つ、こっそり調べるもの〉

どこか悲しげな目付きでお多恵は言った。

貧しい旗本の家に生まれ、花街で家族を支えた経歴を持つお多恵だけに、その寂しげな表情には言い様のない説得力があった。

〈もう一度、じっくり芸子を検分したよ。座敷がはねたあと、芸子はなんども飛脚を奥貫の屋敷に走らせてた。用心深い奥貫に頼まれて、あたしの素性を探っていたのさ〉

万が一、お多恵が隠密だと悟られていたら、代官摘発ははなから躓くところだった。細かな点まで気を配るからこそ、微行組は今まで一つも失敗をしなかったのだ。

〈女はね、体の内側で危険を察知するのさ〉

真次郎が双鉤塡墨の巧みさに初めて弾んだ駄賃を受け取ったときと同じように、お多恵は醒め切った目をしていた。


浮かぬ顔をしたお多恵と向かい合い、真次郎はもう一度訊いた。

「今回ばかりは、田舎の若い芸子がおぬしの荷物を改めていたわけではあるまい？」

「そうなんだけどね……」

そう言ったあと、お多恵は座敷の隅にある小さな文机に向かった。

「真次郎の言う通りだ。せっかくの祝いの酒なのに、お多恵は気にしすぎる。皺が増えるぞ」

少しだけ酒が回ったのだろう、平十郎が茶化すように言った。

「お黙り」

文机の前で、硯箱を開けていたお多恵が振り返り、平十郎を睨んだ。長いつきあいとなるが、真次郎も見たことのない険しい表情だった。

「嘘だよ。お多恵は三十路を超えてから、一段と艶っぽさが増した。本当だ」

存外にきつい返答に面食らった平十郎がおもねるように返したが、お多恵のきつい眼差しは変わらなかった。

いったいなにを気にしているのか。真次郎はお多恵の動きを注視した。

「ねえ、あたしの商売道具なんだけどさ」

硯箱から極細の筆を取り出し、お多恵は首を傾げた。依然として下唇を頻繁に噛む。相当な危険を察知している様子だった。

「姐《ねえ》さん、筆がどうしたい?」

怪訝な顔で、源平衛が訊いた。

「このところ、勘定所の一件やらで頻繁に使ったから、傷みが早いのさ」

「それなら、買い換えればよいではないか」

真次郎が言うと、お多恵は頷いた。

「もちろん、そうしたよ」

お多恵は硯箱から真新しい筆を三本取り上げ、真次郎に手渡した。

「この筆のなにが気になるというのだ」

まじまじと筆を見やり、真次郎は言った。いつも使っている筆と同じ型だ。筆自体になにか懸念でもあるというのか。

「いい加減にしろよ。彦様の昇進祝いの酒が不味くなる」

今度は怒りを含んだ声で平十郎が言った。

「平さん、最後までお聞きよ」

お多恵の視線が一層きつくなった。

「誰かに見張られているような気がするのさ」

お多恵は一同を見据えた。全く予想しなかった言葉に、真次郎は身構えた。

見張られている……。

真次郎だけでなく、平十郎、源平衛も肩を強張らせた。お多恵が下唇を嚙み続けていたのには、明白な理由があった。真次郎が面食らっていると、お多恵は腰を浮かした。

「どういう意味だ？」

真次郎が訊いたが、お多恵は答えずに座敷の襖を開けた。

「金坊、いるかい？」

お多恵は階下に向け、声をあげた。

「はい」

二階から澄んだ声が響いたあと、段梯子を軽やかに駆け上がる音が聞こえた。

「何用でしょう、母様《かか》？」

お多恵と同様に、涼しげな目元の少年が座敷脇の廊下に正座した。

「ちょいと、お入りよ」

お多恵が言うと、金之助は座敷の縁に座り直し、真次郎ら一同に頭を下げた。

「大きくなったなぁ、金坊」

源平衛が言った。真次郎は改めて金之助を見た。

お多恵そっくりの目元、河村瑞賢に似た高い鼻筋。ついこの前まで座敷で真次郎に甘えていた幼子は、いつの間にか利発そうな少年に成長していた。お多恵は優しげな視線を金之助に向けたあと、すぐに表情を変えた。

「三日前、金坊に神田に行ってもらったんだよ」

「神田？」

平十郎が訊いた。

「画師なんかが通う専門の筆屋があるのさ」

お多恵の答えに、平十郎と源平衛が顔を見合わせた。真次郎は、なるほど、と思った。

「もしや、金坊を使いに？」

真次郎が尋ねると、お多恵と金之助が頷いた。

「気難しそうな画師ばかり集まる店に、あたしなんかが出入りしていたら目立つだろ？　だから、ここ一、二年は金坊に行かせているのさ」

真次郎は納得した。お多恵は用心深く、先の先を見越して動く。己が周囲からどのように見られるかまで思案した上で、微行組の仕事をしていたのだ。

「金坊、あの話をしてごらん」

お多恵は仕事師の口調で言った。大きく頷いたあと、金之助が真次郎に顔を向けた。

「三日前のことでした」

はきはきとした口調で金之助は話し始めた。

「母様の言いつけ通り、いつもの極細の筆を選んでいると、店の馴染みではない客が現れました」

「どんな人相だった？」

平十郎が身を乗り出して訊いた。

「総髪で、無精ひげ。着流しの浪人でした」

真次郎は平十郎、源平衛に目をやった。二人とも心当たりがないと目で答える。

「浪人が画師の道具屋に現れても不思議ではなかろう。墨画の嗜みがあるやもしれぬ」

真次郎が問うと、金之助は頭を振った。

「今まで見たことがないほど、目付きの険しい人でした」

「それで気になったのか？」

真次郎の問いかけに、金之助が頷いた。

「一通り筆や硯の棚を見たあと、いきなり店の主人に訊き始めたのです」

金之助はお多恵に目を向けた。お多恵は先を続けるよう目で促した。

「女の常連客はいるか、と訊いておりました」

金之助が言った。お多恵はまだ下唇を噛んでいた。平十郎は片方の眉を吊り上げ、源平衛はしきりに両手の指を動かしていた。各々が危険を察知した徴《しる》しだ。

真次郎はしばし黙った。

目付きの険しい浪人は、なぜ女の客と断定して訊いたのか。金之助の見立てによれば、筆や硯など道具類には一切の関心を払っていなかったらしい。となれば、客を調べているとみて間違いない。真次郎はさらに尋ねた。

「店の主人はどう答えたのだ？」

「お武家様のお使いならば、数名いらっしゃる、そう答えていました」

「その浪人はどうした？」

「武家の使いではなく、年増の綺麗な女はおらぬか、と訊き返しておりました」

金之助の言葉を聞いたあと、真次郎らは一斉にお多恵を見た。

「年増は余計だけど、あたしを見定めたような訊き方だと思わないかい？」

お多恵は今までよりも強く下唇を嚙んだ。真次郎らは一様に押し黙った。

一三

真次郎は腕を組み、考え込んだ。

〈年増の綺麗な女はおらぬか〉

お多恵が言う通り、人相を特定した上で、身上を事細かに調べているのではないか。いや、そう考えねば辻褄が合わぬ。

「主人は覚えておったのか？」

真次郎の問いに、金之助は首を振った。

「いいえ、覚えていないと。ただ、その浪人はこんなことも訊いておりました」

「なんだ？」

平十郎が身を乗り出した。小さく頷いたあと、金之助は言葉を継いだ。

「小さな声でしたので、すべては聞き取れませんでした。たしか、常連客の名を書いた帳面はないか、と」

真次郎の両腕がいきなり粟立った。正体不明の浪人は間違いなくお多恵を探している。

「お武家様や大店のお得意様の名前が載っているので、ご勘弁くださいと主人は答えていました」

はっきりした口調で金之助は言い切った。

「ね、おかしいだろ？」

お多恵が眉根を寄せ、言った。

「神田のほかに、馴染みの店はないのか？」

真次郎が問いかけると、お多恵は溜息を漏らした。

「両国広小路に一軒ある。これからは、金坊だけでなく、別の人間に買いに行かせるようにする」

お多恵は依然として下唇を嚙んでいる。

「それが賢明だ」

真次郎が言うと、お多恵は金之助に目をやった。

「金坊、もういいよ」

金之助は一同に頭を下げ、座敷から出ていった。

なぜ、気味の悪い浪人風情がお多恵のことを調べているのか。真の目的がわからぬだけに、始末が悪い。日頃、微行組として獲物を狙う立場にあるからこそ、追われることに慣れていない。言い様のない恐れを感じる。

真次郎は懸命に記憶を辿った。お多恵が喜代松以外で双鉤塡墨の技を使ったのは二度しかない。

一度目は北関東の代官・奥貫を事前調べしたときだ。

日光街道沿いにある宿場町の料亭だった。厠《かわや》に潜んでいた源平衛がすれ違い様に米の受取証を奥貫の懐から抜き取り、女中用の布団部屋で待機していた真次郎に手渡した。そこに座敷を下がったお多恵が合流し、わずかな時間で写しを終えた。

あの布団部屋に他の者が忍び込む余地はなかった。もとより、部屋を事前に厳重吟味し、間者の類いが入れないことを確認したからこそ双鉤塡墨の場に選んだのは、他ならぬ真次郎自身だった。

とすれば、答えは一つしかない。

真次郎の脳裏に、花園社の周辺が浮かんだ。次いで、社下に広がる猥雑な一膳飯屋や居酒屋が瞼の裏に蘇った。

「花園社と金色屋か」

思いが口を衝いて出た。

「あの店は初見だったはずでは？」

平十郎が真次郎に顔を向け、片方の眉を吊り上げた。

「いかにも。たっぷりと酒代を弾んだ。あの亭主ならば酒代の意味をわかったはずだ……」

そう言いかけたとき、真次郎は手を打った。

「誰かが我らのあとを尾けていたのか……」

もう一度、両腕が粟立った。真次郎は慌てて腕をしごいた。なんどやっても鳥肌が消えない。

真次郎ら微行組が大岡に対する仕掛けを行ったのは、花園社が多くの人で混み合っていたからだ。町民や侍、町娘など多様な人間がいたからこそ、源平衛の手妻の威力が発揮され、真次郎らの動きは大岡に一切感づかれなかったのだ。

逆に、雑踏という状況を何者かが利用し、微行組を見張っていたとしたらどうか。大岡に罠《わな》を仕掛けることに専念するあまり、自分たちが監視されているという意識は持っていなかった。

やはり狙われていたのだ。他人を見張ることには長けていたが、逆の立場に置かれることには考えが及ばなかった。油断だと責められても仕方がない。

「どういうことだい？」

源平衛が怪訝な顔で平十郎に訊いた。

「おそらく、こういうことだろう。大岡殿を張っていた我らを、別の一味が見ていたのだ」

渋面の平十郎が言った。

「なんのために？」

お多恵の瞳に不安の色が差していた。

「彦様のことを快く思わぬ誰か、ということだろう」

真次郎が言うと、一同は黙りこくった。己の口から出た言葉だったが、真次郎は次第に肩が強張っていくのを感じた。

「たしかに彦様は異数の出世を遂げられている。勘定所の内外に妬み嫉みが渦巻いていることは知っているが……」

平十郎が自らを納得させるかのように言った。

「大岡殿はもとより、他の勘定奉行である彦坂殿、仙石殿も我らの動きを察知しておられなかった。勘定所の重鎮が我らを見張っていたという線はない」

「ならば、誰が?」

平十郎の声がか細くなった。真次郎は平十郎に目を向けた。

「勘定所の中で、我らのような隠密を使う向きがいるとは思えぬ」

「だが、北関東の代官・奥貫の処分を決めたあと、他の勘定方は彦様より事前調べの初歩的なやり方を学んだではないか。誰かが我らのような組を組織したとは考えられぬか?」

平十郎の顔から、いつものおどけた表情が消えていた。

「その点については、俺も考えた。だが、我らほど精緻な調べをした者がいた、という話は聞かぬ。もとより、一月や一年といった短い期間で、そう簡単に隠密の仕事をこなせるはずがない」

そう言ったあと、真次郎は考えた。なにか棘《とげ》のようなものが胸に引っかかっている。

「隠密の仕事なのだ……」

もう一度、自分が言った言葉を繰り返したとき、真次郎は我に返った。

「町奉行所の隠密廻、という線は考えられぬか?」

一同を見渡し、源平衛が口を開いた。

「なんだい、その隠密廻ってのは?」

「文字通り、隠密裏に市中を監視する同心たちのことだ」

「同心ってことは、十手を持ってるわけかい?」

源平衛は首を傾げている。

「いや、それではは なから奉行所の手の者だとバレてしまう。通常は十手をしまい、同心という身分を隠した上で町衆や百姓、あるいは僧侶に化けて、ご公儀に背く不逞《ふてい》の輩がおらぬか、日夜監視しておるのだ」

「ちょっと待ってよ」

突然、お多恵が口を挟んだ。

「町衆や百姓って言ったよね」

「いかにも」

「それなら、浪人に化けてもおかしくないじゃないか」

お多恵が眉根を寄せながら言った。真次郎は頷き返した。

「神田の筆屋に現れた浪人が隠密廻の同心だとする。だが、なぜ微行組を調べる必要があるのだ?」

こめかみに血管を浮き上がらせた平十郎が言った。

「わからぬ。ただ、考えられるのは、彦様の出世に不信感を抱いている者、あるいは勢力がいるのではないか」

真次郎の唸るような声に、一同が押し黙った。

「お多恵、もう一度金坊を呼んでもらえないか？」

「金坊を？　どうすんのさ」

お多恵の顔が一段と険しくなった。

「頼む」

「金坊を微行組の仕事に引き入れたくないのさ。筆を買いに行かせるのだって、迷いに迷った挙げ句なんだからね」

お多恵が眉根を寄せた。口調も普段と比べものにならないほど厳しい。

「微行組の存続に関わるやもしれぬ。今回は堪えてくれ」

真次郎が頭を下げると、お多恵は渋々腰を上げ、襖を開けた。

「どうすんだい？」

源平衛が怪訝な顔で訊いた。

「この難所を乗り切るには、今は金坊だけが頼りだ」

お多恵が階下に向け、声をあげた。すると、先ほどと同じように軽やかな足音が響いた。

「母様、お呼びでしょうか？」

金之助が座敷の縁に座った。

「真次郎おじさんが、助けてほしいって」

「金坊すまぬ。手伝ってほしい。神田で見たという浪人の人相を、平十郎に詳しく話してみてはもらえぬか？」

平十郎は部屋の隅の文机に向かい、硯箱を開けた。

「筆を拝借するぜ」

硯箱から筆を二本、そして半紙を取り出した平十郎が金之助の前に進み出た。

「金坊、眠いだろうが少しの間だけ辛抱してくれ」

「大丈夫だよ。どうすればよいでしょうか？」

「俺が似顔画を描く。人相を訊くから、金坊は見たまんまを話してくれればよい」

「はい」

金之助が素直に答えると、真次郎は安堵の息を吐いた。

だが、お多恵の顔は依然として厳しいままだ。

「これが最初で最後だよ」

お多恵が強い口調で言った。金之助は平十郎や真次郎と、お多恵の顔を見比べて複雑な表情を浮かべた。

「なに、気にすることはない。少しだけ手伝ってくれればよい」

金之助が姿勢を正し、平十郎の真正面に座り直した。

「目付きはどうだった？」

「先ほども申しましたが、今まで知る中で一番目付きの険しい人でした」

「目は一重か、それとも二重だったか？　形はどうだ？　切れ長の男もいれば、瞼《まぶた》が腫れぼったい輩もいる。それとも見開いた感じだったか？」

一瞬、天井を仰ぎ見たあと、金之助は口を開いた。

「一重で、切れ長でした。眦が切れ上がった感じだったでしょうか」

金之助の言葉に頷き、平十郎は半紙に筆を走らせた。真次郎は腰を浮かし、平十郎の手元を見た。鋭い線で右目が描かれ始めた。一重で、切れ長だ。獲物を狙う狼のような印象だ。

「眉間に皺を寄せたりしていなかったか？」

「深い縦皺《たてじわ》がありました」

平十郎は、左目を描くと同時に、縦方向の線を加えた。

「人相書は目が命だ。瞳や周辺の印象が似てくると、あとは黙っていても巧くいくのだ」

「眉毛は薄い感じでした。でも、形はよくて、人形のように、吊り上がっておりました」

金之助の言葉通りに、平十郎はためらうことなく一気に眉の線を引いた。その後、半紙を取り上げると、金之助に向けた。

「そう、こんな怖そうな目付きでした」

「それでは顔の形だな。卵のような丸顔だったか？　それとも頬がこけているとか、エラが張っているとか。金坊はどう感じた？」

「顎が少し出ていました。それに頬はこけていて、無精ひげが生えていました」

ゆっくりとだが、金之助は的確に答えた。なんどか頷くと、平十郎は先ほどと同じように一筆で輪郭を描いた。次いでさらに細い筆を手に取り、墨汁を含ませた上で軽く吹いた。すると、描いた頬や顎に細かい点が現れた。

「本当は画描《えか》きだけで生きたかったのだ」

平十郎は半紙を睨んだまま、小声で言った。真次郎は平十郎の横顔を見つめた。いきいきとした眼差《まなざ》しだが、どこか寂しさを含んでいるようにも見えた。

一四

翌朝、真次郎は馬喰町から五丁ほど離れた大川沿いの小さな社の境内に入った。月に二度、新月と満月の翌日の早朝に重秀と落ち合う約束をしている。

江戸城中のように、周囲に口の軽い御城坊主《おしろぼうず》はいない。重秀を快く思わぬ旗本や雄藩の家来の存在も気にしなくて済む。昨日の今日だけに仮住まいとして使っている長屋を出るときから警戒したが、周囲に監視の目はない。

大川を遡る大きな商船に目を向けながら、真次郎は両手を天に突き上げ、背筋を伸ばした。微行組の仕事は順調にこなしてきた。重秀の位が上がるにつれ、その中身は着実に難易度を上げている。知らず知らずのうちに緊張を強いられる。両肩が凝っているのがわかった。突き上げた両腕をぐるぐる回していると、背後から足音が聞こえた。

「なにをやっておる？」

振り返ると、重秀が首を傾げていた。

「朝の鍛錬です。肩や腕の凝りをほぐしておかねば、いざというときに柔術が使えませぬ」

「なるほど。それでいかに？」

社交辞令や世間話を嫌う重秀が、話の本筋に入れと促した。

「事前調べにつきましては、今回も恙無《つつがな》く」

「あいわかった」

「勘定所の様子はいかがですか？　また恨みを買《こ》うたのでは？」

「いかにもその通りだ。だが、そんなことはあらかじめわかり切っていたこと」

自分の進める新たな策が順調だと、重秀は眉一つ動かさずに言った。仮にも勘定所の最高幹部三人を事実上馘首《かくしゅ》したのだが、重秀はあくまでも冷静だった。

「一つ、懸念がございます」

咳払いしたあと、真次郎は切り出した。

「いかがした？」

「我ら微行組を尾けている輩がおります」

真次郎の言葉に重秀は押し黙った。次いで、わずかに顎をしゃくり、先を続けるよう合図した。

「どのような意図があり、誰が差配しているかはわかりませぬ。ただ、お多恵が気配を察し、昨晩も皆に注意を促したところでございます」

「尾けていたのは確かか？」

「相違ございません」

真次郎は低い声で言った。

重秀の両目が鈍く光った。

「周旋したとはいえ、老中の中には処分が重すぎると難色を示す向きもおられた」

瞬きをせずに重秀が言った。

「では、その辺りから、彦様の行動を監視せよとのお達しが発せられたのでしょうか？」

「あり得ない話ではない」

重秀は腕を組んで考え込んだ。真次郎は懐から昨晩平十郎が描いた人相書を取り出し、重秀に手渡した。

「大岡殿の事前調べをしている頃から、この男に尾けられていたようです」

鋭い眼光、切れ長の目。頬がこけ、無精ひげが浮かんだ総髪の男……。平十郎が描いた人相書を重秀は一心に睨んでいる。

「お心当たりはございませんか？」

「……しばし待て」

重秀は人相書に目をやったあと、天を仰いだ。口元が微かに動く。耳を欹てると、人の名前を思い出しているようだった。しばらくぶつぶつと名前を呪文のように唱え、重秀は再度人相書に視線を落とした。

物事に集中すると、重秀はいつも周囲の者の存在を忘れたように奇行めいた動作を繰り返す。今のような独り言もそうだ。真次郎の長年の経験によれば、それでも聴覚は活きている。並外れた記憶力を持つ人間独特の行動だと真次郎は理解していた。

重秀の集中力を削《そ》がぬよう、真次郎は小声で経緯《いきさつ》を話し始めた。

「お多恵の商売道具を買うため、喜代松の金坊が神田にある画師も通う筆屋を訪れたときに現れた浪人にございます」

「……うむ」

重秀は依然として天を仰いだまま、唸った。

「店の道具類には一切興味を示さず、主人にお多恵を特定するかのごとく訊いていたと、利発な金坊が覚えておりました」

「……うむ」

「双鉤塡墨に用いる極細の筆は微行組になくてはならぬ道具故、今後は用心しながら買いに行くことに決めました」

「………」

概略を話し終えた真次郎は、改めて視線を重秀に向けた。瞬きもせず、人相書を睨んでいる。

「……わかったぞ」

腹の奥から絞り出すように、重秀が告げた。

一五

真次郎は重秀を凝視した。既に人相書からは目を離しているが、重秀の表情は硬い。

「それでは、この浪人に会われたことがあると?」

「いかにも」

「何者です?」

「北町奉行所の手の者だ。名前はたしか、高木と申す。与力の柳田殿に同道しておった」

「北町奉行所……」

真次郎は唸るように言った。

微かに予感はあった。奉行所には花街や賭博を監視し、無法者を取り締まって縄をかける三廻がいる。市中で岡っ引きを引き連れ、自慢げに十手をひけらかす同心共だ。

「この高木という者は、おそらく三廻の中でも隠密廻にございましょう」

三廻は家禄を継いで職に就く者が多い。微行組が秘かに動き摘発してきた各地の代官たちが地元の豪商や庄屋、あるいは米問屋と癒着してきたように、町方を監視する同心たちもなにかと誘惑が多い。

定廻、臨時廻が担うのは、吉原や深川などの遊郭や花街のほか、博徒の取り締まりだ。それぞれに金子や酒色が伴うだけに、家禄を継いだ若い同心などは、無意識のうちに賂を受け取る向きが少なくない。

「相手が悪うございます」

真次郎は、胸の奥に溜まった思いを口に出した。賂を受け取るのが当たり前だと思うような同心ならば、微行組の財布から金子を送り、手なずけてしまえばよい。だが、隠密廻にはそのような手段は効くまい。

「隠密廻の同心については、奉行所の中でさえ、その全容をつかんでいる者が少ないと聞き及んだことがあります」

真次郎は重秀に顔を向けた。重秀は黙っている。

「定廻の中で、能力に長けた者を選《え》りすぐり、隠密廻に組み入れている……そんな噂を耳にしたこともあります」

真次郎が告げた直後、唐突に重秀が口を開いた。

「五年前だった。俺が日本橋をぶらぶらと歩いていたとき、この高木と申す同心は定廻だった」

先ほどから人相書を凝視し続け、頭の中で何十、いや何百という今まで会ったことのある人物の記憶と合致させたのだろう。

重秀は自分の頭の中に人相書の帳面があると言ったことがある。重秀の顔に、迷いの色は一切うかがえない。見立てに間違いはない。真次郎はそう確信した。

真次郎は重秀を見た。隠密廻という言葉に接しても、動揺の色は見えない。

「この高木という同心だが、五年前に会うたときは凡庸な印象を受けた。北町奉行所の与力・柳田殿、それに白石もその場におった」

重秀は昨日、一昨日の出来事のようにすらすらと言った。

「どういう経緯があったかは存じませぬが、高木が定廻から隠密廻になったのであれば相当の手練のはず」

「俺は城中や勘定所でなんどか話をしただけだが、柳田殿の方はどのような評判のお方なのか？」

「評価は真っ二つに分かれております」

「善し悪しが相半ばするという意味か？」

「いかにも」

微行組を組織する以前、真次郎は吉原の大店や深川の料亭に雇われ、無粋な客を追い返す用心棒を務めていた。

得意の柔術を駆使し、貧乏旗本として生き抜くためだった。真次郎が追い払っても、なおしつこく芸子にちょっかいを出す輩が現れたときは、店が秘かに顔なじみの岡っ引き経由で北町奉行所に助けを求めた。

「いつもお出ましになるのが柳田殿でした」

真次郎はなんどか店の主人の居室に柳田が消えていくのを目撃したと明かした。若衆や女中に尋ねると、口止め料と称して法外な賂を受け取っていると聞かされた。

ときには、吉原の大店で、諸国の家老や藩主が愛でるような花魁を斡旋《あっせん》してもらうことさえあったという。

「清濁併せ呑む器量があるという評判です。しかし、裏返してみれば、己の職務を笠に着て都合のよい判断を下し、私腹を肥やしていると言い換えることもできましょう」

真次郎が説明すると、重秀は溜息を漏らした。

「俺が気にしているのは、柳田殿が白石と懇意である、という点だ」

重秀がこの日、初めて渋面になった。

「白石はあの通り、杓子定規《しゃくしじょうぎ》で融通の利かない男だ。だが、白石と同じように、学問や道徳を辛抱強く続けていくことで物事が巧く回ると考えておる人間が、侍や町方の大半だ」

早口で重秀はまくしたてた。

「いかにも、そうでしょうな」

「白石に唆された柳田殿は、俺の果断なる一連の処分を快く思っていないはずだ」

滅多に感情を面に出さない重秀が、眉根を寄せた。

「言い訳を許さぬ証しを突きつけた故、大岡殿や他の勘定奉行の面々は沙汰に従った。老練な老中連も同様だった」

重秀の口調は苦々しげだった。真次郎は黙って話を聞き続けた。

「しかし、柳田殿らは我らが苦労して手に入れた証しの詳細や勘定所幹部の腐敗ぶりの実態を知らぬ」

そう言ったあと、重秀は押し黙った。

真次郎の頭の中に、薄らと構図が浮かんだ。どのような手段で情報を得たかは知り得ないが、重秀が下した処分を気に入らない向きが、北町奉行所を動かしたのだ。その尖兵が柳田であり、隠密廻という特殊な仕事をする高木という同心をも動員したのではないか。

「隠密廻の領分を侵した、柳田殿らはそう判断するやもしれませぬ」

重秀が頷いた。

「五年前、その高木という同心と会うた際、柳田殿は白石とともに俺を酒席に誘われた。俺が断わると、白石が烈火のごとく怒った」

真次郎は重秀の話に再び耳を傾けた。柳田が顔見知りの若い儒学者の新井白石、そして通りすがりの重秀に声をかけたという。

重秀は断わったと言っているが、真次郎がみるところ、実態はそうではないだろう。白石が烈火のごとく怒ったのは、重秀のぶっきらぼうな口のきき方が誤解されたのだ。

「いずれにせよ、柳田殿は俺に良い感情を抱いておらぬはず」

「そこに白石殿が杓子定規な講釈を与えたとすると……」

「なにかの拍子に、我らの企てが露見したやもしれぬ」

重秀は淡々と言った。

「実際に隠密廻の同心が我らを見張っている以上、ある程度、露見したとみるべきです」

「……なにか邪魔をされたのか?」

重秀が訊いた。真次郎は頭を振った。

「いえ、まだなにも」

真次郎が答えると、重秀は腕を組み、考え込んだ。

「隠密廻の動きを逆手に取って、捕まえることもできましょう。柔術で腕を絞れば、誰しも本当のことを白状いたします」

「いや、そのような手荒なことはいたすな」

腕を組み、目を伏せたまま重秀が言った。

「勘定奉行を摘発したばかりだ。今しばらくは大きな仕事を微行組にやってもらうつもりはない。しばし、動きをとめておれ」

「しばしとはどの程度の期間でございましょうか?」

「あとわずか、と俺はみている」

重秀が腕組みを解いた。

「勘定奉行から手をつけたのは、考えがあってのこと」

「いかなるお考えが?」

「いきなり上級者が摘発されれば、勘定所の中が浮き足立つ。それが狙いだ」

重秀は、茶の間の簞笥《たんす》を動かすかのように言った。真次郎は次の言葉を待った。

「先日も申したが、俺は勘定吟味役という新たな職に就く。勘定所全体を監査する役目だ」

「上様のお達しがあったと承りました」

「内々の下命をいただいておる。そこで、浮き足立ったところで思い切った手を打つつもりだ」

「いかように？」

「大岡殿を筆頭に重鎮三名がいなくなったが、およそ賂と縁のない者はおらぬ。勘定所の組頭から平勘定に至るまで、すべて俺が吟味をいたす」

そう言ったあと、重秀は口を真一文字に結んだ。真次郎は重秀の顔を凝視した。いつものように、気負った様子はない。隠密廻が周囲を嗅ぎ回っていると知ったときは多少驚いたようだが、今は普段の重秀の顔に戻っている。

「吟味とはどのように？」

「一人ひとり個別に話を聴き、賂の類いを申告させる。他の者からも同様に聴き、各々の申告内容が食い違えば、厳しく調べをいたす」

「それでは、互いに密告させるようなものでは？」

「それが本当の狙いだ。真次郎も知っておろう。俺にはやましいところがない。正直に申告し、今後二度と賂を受けず、年貢の徴収を怠らぬと誓えば、厳しい処分は免れる」

「しかし、素直に従う者がすべてではございますまい」

「そのときは、真次郎ら微行組の出番である」

重秀はにこりともせずに言った。

「今しばらく、と申されたのはこのことですか？」

「いかにも。俺の見立てでは、勘定所内部の仕組みを変えることに異を唱えておる者が三割ほどおる。この者共が、どのような動きをするかによって、微行組の仕事の多寡も決まってくる」

「心得ました」

真次郎は頭を下げたあと、重秀の顔を見た。若き勘定所幹部は、既に大川の方向に目をやっていた。新たな仕組み作りに思いが移っていると真次郎はみた。

一六

柳田佑磨は自ら銚子に手を伸ばし、対面の若い儒学者に酒を勧めた。

「花園社での双鉤塡墨の件では本当に助かり申した。さあ、もっと飲んでいただきたい」

「かたじけない」

顔を真っ赤に染めた新井白石が、両手で猪口を差し出した。元々、酒は強くないのだろう。だが、無下に断れば非礼にあたる。五年前、日本橋の路上で会ったときから変わらぬ、実直な男だと柳田は思った。

「拙者は、大した働きはしておりませぬ。このように折りにふれて振る舞っていただき、恐縮しております。それに深川一の料亭など、初めてにございます」

猪口の酒を飲み干したあと、白石は銚子を柳田に差し出した。鷹揚に酌を受けていると、座敷の外で仲居の声が響いた。

「お連れ様がお見えです」

「構わん、通せ」

柳田が言った直後、襖が静かに開いた。月代を綺麗に剃り上げ、小銀杏に結い上げた若い商人が姿を現し、頭を下げた。

「遅くなりまして、あいすみません」

「ここは誰にも教えておらん場所だ。もうよいぞ」

柳田が言うと、若い商人が面を上げた。その途端、白石が声をあげた。

「高木殿ではないか……」

「左様、高木は商人にも化け申す」

柳田が猪口を片手に笑った傍らで、高木はにこりともせずに座敷に入った。白石を一瞥した高木は、柳田に鋭い視線を向けた。

「構わん。白石殿は既に我らが味方だ。話しても構わんぞ」

「それでは、本日の調べにて得た新たな事柄を」

高木が姿勢を正すと、白石は腰を浮かせた。

「拙者のような一介の儒学者が、奉行所の、しかも隠密廻の事柄を知るわけには参りませぬ」

律儀な白石らしい言葉だった。柳田は思い切り声の調子を落とした。

「勘定所の内情についてでも、ですかな?」

「それはすなわち……」

「暴政ともいえる手段を講じ、勘定所内部を掻き回している荻原重秀殿についてでござる」

柳田が荻原の名を出した途端、白石は自ら銚子を手に取り、猪口に酒を注いだ。

「先に己の上役である勘定奉行三名を厳罰に追い込んだと聞き及びましたが」

「左様」

柳田は高木に目をやり、先を話すよう促した。

「勘定吟味役になられた荻原殿は、勘定所内の賂を全廃すべく動き出す模様です」

「いかにしてその話の端緒をつかんだのだ？」

「それがしがこのような態《てい》をしておりますのも、勘定所に出入りする紙問屋の手代に化けたため、でございます」

感情を押し殺した声で、高木は告げた。対面で白石が目を見開いている。柳田は頷いてから、訊いた。

「それで？」

「勘定所内の間者によれば、荻原殿は近く布令《ふれ》を出されるそうにございます」

「中身は？」

「吟味役と相対して過去の賂の額を申告する。また、同僚の分についても知っている限りの話を包み隠さず荻原殿に明かす、と聞き及びました」

「互いに監視させ、疑心暗鬼にさせようという企みか。考えよったな」

柳田がそう言った直後だった。白石が猪口を膳に叩きつけるように置いた。

「その話はまことでござるか？」

「間違いはないかと存じます」

高木が告げると、白石のこめかみに青筋が浮かんだ。

「けしからん。あやつ、彦次郎は五徳をなんと心得るか」

白石は孔子の教えを持ち出し、怒りを露わにした。

「仁は人を思いやるに素直であれ。義は正義を貫くに素直であれ、礼を尽くすに……」

酔いに任せ、白石が捲し立て始めた。柳田はそれを手で制した。

「白石殿が怒っておられるのは、こういうことであるな。〈信無くば立たず〉でしたかな」

おぼろげな記憶を辿りながら柳田が言うと、白石は力強く頷いた。

「……いかにも。己の位が上がったからといって、部下や同僚らの懐に手を入れ、これを他人にも申告させるとは、人の道にもとる。いや、五徳という孔子様の教えの根本を否定するもの。けしからん」

「しかし、あの荻原殿ならばやってのけよう」

柳田が冷静に切り返すと、白石は瞳にも怒りの色を浮かべた。白石に酌をしたあと、柳田は高木に顔を向けた。

「以前、神田にある筆の老舗《しにせ》を調べに行ったようだが、花園社近くに現れた年増の女の素性は割れたのか?」

「店の主人に教えるように言いましたが、断わられました。秘かに得意先台帳も調べましたが、あの日現れたと思しき女と合致する者の名はありませんでした」

「それで、いかように調べを進めるのだ?」

「女が現れた居酒屋の亭主を連日市中に引き連れ、調べておりますが、今のところは」

鈍い光を発していた高木の目が、一瞬だけ曇った。そのとき、白石が咳払いした。

「お話しの途中、申し訳ない。筆の老舗、あるいは花園社近くの居酒屋と言われましたが、先にお話しした双鉤填墨のことでありましょうか？」

「いかにも。白石殿のご助言により、荻原の一味の悪事の一端がわかり申した」

「おお、それがしの話がお役に立ったとは」

「一味は双鉤填墨を悪用し、代官を死に至らしめ、勘定所の幹部を追い落とし申した」

「なんと、けしからん。それで一味の正体は？」

「今のところ、まだ手掛かりはありませぬ」

柳田がそう告げると、白石は猪口の酒で唇を濡らしたのち、再び口を開いた。

「あれ以来、そのことを気にかけており申した。同道した若い塾生にそれとなく聞いてみたところ、一つ気になることを聞き申した」

「気になること？」

高木が白石を睨んだ。高木の視線は鋭い。一方、白石にひるんだ様子はない。荻原のこととなると、肝が据わるようだ。いや、憎悪を糧に、力んでいると言った方がよいかもしれない。

「今から二〇年ほど前、ある塾生の屋敷に若い女が手伝いに来ていた、と聞き及んでおります。その塾生はほんの子供だったそうですが、あまりにも仕事の速い女だったと……」

「仕事とは？」

「屋敷の書物の整理を言いつかったそうですが、その中で、古い書物の写しをやるようにと、その塾生の父親が言いつけ、女は巧みな筆さばきを見せたとか」

「双鉤塡墨をやった、ということですな？」

乗り出して柳田が訊くと、白石は頷いた。

「女は下級旗本の娘だったようです」

「名前は？」

高木が腰を浮かし、白石との間合いを詰めた。

「拙者はわかりませぬ。塾生はわかるかと」

「その塾生の名前と住まいを教えてくださらぬか？」

高木がもう一段、白石との間合いを詰めた。高木の迫力に圧倒されたのか、さすがに白石は後ずさりした。

第三章　渡海

一

元禄四（一六九一）年、二月一五日。四つ過ぎ（午前一〇時頃）、城中御座之間で荻原重秀は徳川綱吉の前に進み出た。

大奥で朝の総触れ（顔見せ）を済ませた綱吉が話し始めた。

「重秀、代官摘発に続いて、勘定所内部の掃除も大分派手にやったようだの」

額を広間の畳に付けたまま、重秀はその通りだと答えた。

「余はもったいぶったことが嫌いじゃ。面を上げよ。普段は九つ過ぎ（正午頃）から様々な差配を行うが、そのほうの話を早う聞《はよ》きたかった故、早めに表向きに参ったのだ」

重秀は顔を上げた。四六歳になった綱吉は、白髪こそ目立ち始めたが、肌艶は良く、切れ長の吊り目と長い顎も以前と同じだ。

重秀が見るところ、綱吉の機嫌は良い。淡々とした口調で重秀は報告を始めた。

「奉行三名の摘発のあと、様々な役職の勘定方、約三〇名に処分を下しました」

重秀が告げると、肘掛に体を預けながら綱吉は言った。

「そのほうの上役だけでなく、近隣に住んでおった者共にも流罪やら切腹を命じたそうだの」

「予め、賂《まいない》や職務の怠慢を自ら申告するよう布令を出しましたが、これに従わない者が存外に多かっただけにございます」

「さぞ、恨みを買ったであろうの」

綱吉が悪戯《いたずら》っぽく笑った。

「左様にございます。ただ、拙者の方針に間違いはなかったと存じおります」

綱吉の目を見据えたまま、重秀は淡々と答えた。綱吉が口角を上げた。

「変わり者で通っている余に向かって、相変わらずズケズケと言いたいことを言う男だの」

「拙者、無駄がなによりも嫌いにございまする。恐れながら、上様に対しても同様。大切なお時間を浪費しとうはございませぬ」

「わかったわかった。それではそのほうを呼びつけた本題に入ろうではないか」

癇癪持ち、独善的……。

老中や御《お》城坊主《しろぼうず》は様々な言葉で綱吉を表す。だが、綱吉はわざと変人風に振る舞っている。常に周囲に緊張を強いることで、将軍の権威をさらに高める狙いがあるのは間違いない。

綱吉を見上げていると、その表情が一変していた。虚勢が消え、一人の優秀な行政官の顔をしている。他の老中連や譜代の雄藩の大名には見せぬ表情だ。

「重秀の働きにより、年貢取り立ての怠慢や、勘定所内の不正は一掃された。これよりもっと大きな働きをしてくれぬか?」

綱吉が真面目な顔で言った。

「いかなることにございましょうか?」

「勘定所の悪習を正したことにより、幕府の台所の風通しが良くなった。このあとはどうしたらよいか?」

綱吉はわざと首を傾げてみせた。

余の本心を当ててみよ。そう問われているのだ。重秀は、代官や勘定所内部の不正摘発と同時に考えていた事柄を、初めて口に出そうと思った。

重秀は姿勢を正した。

「勘定所内の不正は皆無になったも同然。今後は年貢を巡る不手際や不具合はなくなりまする」

「重秀の能力はそこまでだったか」

綱吉の視線が蔑みの色を帯びた。

幾度かこの目を見たことがある。どこまで自分に食いついてくるか。どのような方策を持ち、将軍の前に進み出ているのかを値踏みする目付きだ。さらに考えを言ってみろという合図に他ならない。唾を飲み込んだあと、重秀は話し始めた。

「この上は、幕府全体の台所の入りの部分にさらに手をつけるのが妥当かと存じます」

「入りとは?」

綱吉の口元が歪み、隙のある緩んだ顔になった。これまでこの表情に変わったときの綱吉の心情を読み違え、何人もの大名が改易の憂き目に遭っている。重秀は顎を引き、言葉を継いだ。

「紀伊国屋や越後屋など大店が増えるとともに、日の本すべてで物と小判の交換が勢いづいてお りまする。言い換えれば、商人や町方中心の世が、一層発展していくかと考えます」

重秀の言葉に、また綱吉の顔が変わった。眉根が寄り、重秀を見据えている。

「そのようじゃの。紀伊国屋が吉原で小判をバラ撒いて遊びほうけているという話は、余の耳にも届いておる」

「左様にございます。商人たちは、増え続ける江戸の町人の数に対応するため、各地より産物を仕入れ、手に入れた金子を自らの金蔵に貯め続けておりまする」

「勘定吟味役として、どのようなことを考えておる。遠慮は要らぬ。思っていることを申してみよ」

重秀は考えを巡らせた。すべて口にしてよいものか。綱吉の口ぶりからして、自分は狙いを外していない。重秀は顔を上げ、綱吉を直視した。

「江戸に住まう町人の数が急増し、商いが一段と活発になれば、小判の数が足りなくなるのは自明の理。小判を造る幕府の責務として、佐渡金山の再開発が必要かと存じまする。いえ、やらねばなりませぬ」

ここ七、八年の間、勘定組頭（局長級）、勘定吟味役として忙しなく働く間、重秀は暇を見つけては市中を歩き回った。

日本橋のような商業の中心地だけでなく、品川や千住などの岡場所にも様々な料理屋や小間物屋が増えた。どこの店先にも各地の産品が溢れている。当然、潰れる店もあるが、大方は商売を続け、業容を拡大させている。すなわち、物が売れ、代わりに小判が商人たちに回っているのだ。

真次郎ら微行組の面々からも市中の話をつぶさに聞いてきた。侍社会の中で回る金子は一向に膨らむ気配はないが、商人は違う。このままでは、両者の差は開く一方で、支配者である侍の権限が及ばなくなってしまう恐れがある。この思いは年々強くなってきた。

佐渡金山の再開発という言葉を聞き、綱吉の口元が緩んだ。

「重秀、歳はいくつになった？」

突然、綱吉が話題を変えた。これも綱吉流だ。意外なことを告げ、相手の出方をみるのだ。ここで口籠もるようなことがあれば、綱吉に職を解かれるかもしれない。

「三四になりましてございます」

「まだ力は有り余っておろう」

「痛み入りまする。勘定所に召し上げられた一〇代の頃と相違ございませぬ」

歳と体力の話が唐突に飛び出した。綱吉は小首を傾げ、口元に笑みを浮かべている。

「拙者に別の職務をお与えくださるということでございましょうか？」

「幕府の台所である勘定所から重秀を手放すわけには参らぬ。ただ、今まで通りの人事では手詰まりだ。どうだ、海を渡ってみる気はあるか？」

綱吉の顔から笑みが消えた。これが本来の綱吉の表情だ。奇人ぶっているが、常に先の先までを見通す優れた指揮官だ。海と聞いた瞬間、綱吉がなにを考えているのか、重秀は理解した。小さく頷いてみせると、綱吉は言葉を継いだ。

「佐渡奉行として、そちの狙いである金銀山の再開発に采配を振るってもらいたい」

「勘定吟味役の職務が残っております」

予想はしていたが、やはり綱吉が切り出した構想は大胆な人事だった。今まで異例の若さで勘定所内の役職を駆け上ってきたが、佐渡奉行という役職を自分のような若い人間で務めた者は過去に一人もいない。

「佐渡を始め、遠国奉行は様々な役職を経た者共への名誉職だった。しかし、余は幕府の台所を大胆に変えるために、もはや猶予はないと思うておる。なにより、余をそう言って説得したのは、他ならぬ重秀、そちだ」

「恐縮至極に存じまする」

「案ずるまでもない。もちろん、勘定吟味役の役目はそのままだ。佐渡奉行を兼務せよと申しておる。それとも、重責の兼務は、さしもの重秀にもできぬと申すか？」

脇息《きょうそく》に体を預け、綱吉が見下ろしている。押し黙っていると、綱吉はさらに言った。

「佐渡奉行になって金銀山の検分を行い、再開発を先導する。金や銀の採れ高が上がれば、年貢米の徴収で風通しが良くなった勘定所にとっていいことずくめではないか」

有無を言わさぬ口調だ。綱吉の言う通りだった。

過去に日光東照宮の建立や改築の費用、島原の乱の戦費がかさみ、以来、幕府財政は火の車だった。そこに町方の勢いが増し、大量の小判が吸い取られた。小判不足が顕在化すれば、江戸市中はおろか、日の本全体の商いが滞ってしまう。重秀は、ここ一〇年ほど、ずっと胸に秘めていた考えを口に出すかどうか、逡巡《しゅんじゅん》した。

重秀は上段に座る綱吉に目を向けた。勘定所内の不届き者を粛清し、その上で金の採れ高が増えれば綱吉の言うように、幕府の財政は盤石になる。

「御意にござりまする。しかし、拙者が江戸を空ければ……」

「勘定所の新たな仕組みは、重秀がおらんでも代わりの者が執り行うことができよう。代官摘発でも同じことをやったではないか」

「……御意」

「ならば、勘定吟味役と佐渡奉行の兼務は決まりだ」

綱吉は満足げに言うと、腰を浮かしかけた。

「上様、しばしお待ちいただきとうござりまする。勘定吟味役と佐渡奉行の兼務は承知つかまつりました。ただ、一つお願いがございます」

重秀は、自分でも驚くほど大きな声で言った。

「なんじゃ?」

「佐渡の金銀山を再度検分し、再開発して採れ高が上がったといたします」

「それでよいのだ」

綱吉が安堵の息を吐いた。だが、重秀は強く頭を振った。

「実地で検分せねばわかりませんが、佐渡の金銀山は永遠に続く鉱脈ではありませぬ。いずれ金銀を掘り尽くす日が参りまする」

綱吉は眉根を寄せた。

「なにが言いたいのじゃ？」

「ずっと考えてきたことでござりまする」

一旦言葉を区切り、重秀は考えた。口に出して大丈夫か。ここ九年の間、綱吉には目をかけてもらった。幕府の台所事情を好転させるため微行組を組織し、隠密裏に不届き者を粛清することまでやってきた。すべては幕府、いや、日の本全体のことを考え抜いたからに他ならない。

「申してみよ。ズケズケと物を言う重秀らしくもない」

顔を上げると、綱吉の眉間に深い皺が刻まれていた。

「金銀を掘り尽くす日がいつだと言うのか？」

綱吉の目付きが険しさを増していた。

「実際に金銀山を見ぬうちはわかりかねまする。ただ、限りある金銀の量を見誤り、このまま手をこまねいておれば、公儀はおろか、市中は大混乱に陥ることでありましょう」

「小判がなくなると申すか」

綱吉の眉間の皺が一段と深くなった。

明らかに綱吉は機嫌を損ねている。小判がなくなるかと問われ、重秀は唇を嚙んだが、わずかな時間で意を決した。

「御意にござりまする」

そう答えたあと、重秀は平伏した。

「考えを申してみよ」

不機嫌な声だったが、綱吉にまだ自分を切る意思はない。秘かに安堵の息を吐き、重秀は話し始めた。

「佐渡の検分を済ませぬうちは、上様といえども詳細は明かせませぬ。ただ、権現様の定めを覆すお覚悟だけは、今のうちからお持ちくださいませ」

重秀はゆっくりと顔を上げた。綱吉の不機嫌な表情は、驚きに満ちたものに変わっていた。

「権現様の定めとは……まさか、重秀……」

「お察しいただき、かたじけのうござりまする。しかし今の段階ではまだ上様の胸の内にお留めください」

「……あいわかった。重秀、そこまで考えておったか」

綱吉は天井を仰ぎ見ていた。

権現様の定め……。

江戸幕府を開いた徳川家康の遺命を覆す覚悟はあるか。いや、定めに背く日が必ず来ると、重秀はあえて言った。察しの良い綱吉は、早速覚悟を決めた様子だ。

「上様を誹謗《ひぼう》中傷する凄まじい風潮が高まりましょう」

重秀はあえて厳しい事柄を告げた。

「この職を引き受けたときから、なにを言われようと構わんという気概でやってきた。だが、権現様の定めにまで手をつけることになるとはな」

綱吉の目は天井を睨んだままだった。

「年貢米と小判、勃興する大店の商人……理由はいくらもございます。しかし、このまま古い仕組みを放置しておれば、必ずや幕府の台所が窮する日が訪れます」

「あいわかった。ひとまず佐渡の金銀山の検分を急げ」

低い声で、綱吉が言った。普段と変わらぬ声音に戻っていた。

「佐渡奉行として渡海するまで、二月ほど時をいただきとうございまする」

「なに故じゃ？」

「権現様の定めを覆す日が来るやもしれませぬ。そのときに向け、色々と備えをいたしたく」

「備え？」

微行組……そう言いかけて、重秀は思い止まった。

「佐渡に連れて行く者共の人選や、船頭や人足の手配がございます」

「あいわかった」

佐渡渡海に向け、二月の猶予を得た。綱吉が腰を浮かしかけた。

「最後にもう一つだけ、お願いがございます」

「なんじゃ？」

「ここ数年、拙者の周辺を北町奉行所が嗅ぎ回っております。公儀のため、不正なことなど一つもいたしておりませぬ。どうか上様のお口添えで、隠密廻を封じ込めていただきとうございます」

重秀は意を決し、隠密廻の部分に力を込めて、告げた。

真次郎らが調べ上げた結果、北町奉行所の高木五郎衛門という腕利きの同心が微行組や重秀の動向を監視しているのは明らかだった。微行組の誰かが狙われているという具体的な事柄までは判明していないが、大胆な改革を行う前に手を打つべきだ。今なら綱吉が直接、手を回してくれるはずだ。

「隠密廻だと?」

「代官摘発や勘定所内の粛清で、様々な方面から恨みを買っております故、誰かが逆恨みして北町奉行所にあることないこと密告したのかもしれませぬ」

綱吉は小首を傾げたのちに答えた。

「重秀にやましいところはないのだな?」

「御意にござりまする……」

微行組のことを明かすわけにはいかぬ。公儀のために働いているとはいえ、あくまでもその存在は秘密でなければならない。勘定所の荻原には絶対に逆らえないという風潮を維持するためにも、微行組はずっと影の存在であり続ける必要がある。

「やましいことがないのであれば、隠密廻を封じ込めることはせぬ。生類憐《あわれ》みの令を出して以降、公儀に対して不穏な考えを持つ輩が増えておる。隠密廻の同心らが不届き者を相次ぎ捕縛しておるのだ。隠密廻は余にとっても、公儀全体にも欠かせない存在だ」

舌打ちを堪えながら、重秀は平伏した。

「承知つかまつりました」

「隠密廻は、市中の不届き者だけでなく、幕閣の不審者も確実に炙り出しておる。今、彼らの機嫌を損ねるようなことは、たとえ将軍であっても避けねばならぬ」

綱吉はおどけた調子だった。

「佐渡奉行の就任は、渡海直前に発令いたす。それまで準備に励め」

綱吉はついに腰を上げた。

「全身全霊で勤め上げ奉りまする」

遠ざかる将軍の後ろ姿を一瞥したあと、重秀はさらに平伏した。

二

勘定所に戻って執務を終えた重秀は、大川（隅田川）沿いの社に一人で足を向けた。

綱吉との謁見で佐渡奉行を拝命した際、神君家康の定めを覆す覚悟を迫った。果たしてそこまでできるか。

大川には、大店の大きな紋を染め抜いた帆を張った商船が数隻、ゆったりと行き交っている。

ぼんやりと川の景色を眺めるうち、綱吉の言葉が脳裏に蘇った。

〈彼らの機嫌を損ねるようなことは、たとえ将軍であっても避けねばならぬ〉

家康の定めに背く事態に直面した際、とりわけ勘定所への風当たりは強まる。その際、微行組を使って思い通りに事を運ばねば、先々必ず幕府の財政は破綻してしまう。

しかし、幕府の財政再建を果たすためには、隠密廻の存在は脅威だ。綱吉が言った通り、幕閣の中で綱吉に不満を抱き、陰口を叩いていた数人の大名が、突然改易される事態が何度かあった。御城坊主らによれば、隠密廻らが市中の情報を集め、側用人《そばようにん》の柳沢吉保に報告しているという。綱吉でなくとも、側用人の柳沢に微行組の存在を明かすべきか。微行組を隠密廻から守ってやらねば、最終的には幕府は危機に直面する……大川を遡る大きな商船を見ながら、重秀は考え続けた。

ゆったりとした川の流れに目をやり、先々の方策を練る。だが、明確な答えは見つからない。半刻（一時間）ほど川を行く千石船を見つめるうち、重秀は異変に気付いた。風をいっぱいに受けた帆の中心部、帆柱の辺りから煙が上がり始めていた。

「船火事だ！」

社の周辺の商家から、若い小僧が何人も大川沿いの堤防に集まっていくのが見える。声に導かれるまま、重秀も土手沿いの道を進んだ。次第に周囲に人垣ができ始めた。千石船の中では、数人の男たちが桶《おけ》に水を汲《く》み、帆柱辺りの火元に向かっている。船内からは、怒号に近い声が響き始めた。

「どこの船だ？」

野次馬の間から声が漏れ聞こえた。帆にある紋を指し、小網町の大きな米問屋だと答える声が続いた。

「あんなでかい船が沈んじまったら、また米の値が騰がる。たまんねぇや」

人垣の中で、若い職人風の男が吐き捨てるように言ったとき、重秀は雷に打たれたような感覚に襲われた。

「船が沈めば、値が騰がる……」

取り憑《つ》かれたように、重秀は何度も同じ言葉を繰り返した。


大川沿いの社から馬喰町の屋敷に駆け戻ると、妻のみつがきょとんとした顔で重秀を出迎えた。みつの腕の中で、四歳になった息子の源八郎《げんぱちろう》も小首を傾げている。みつは普段と変わらず、のんびりした口調で話し始めた。

「殿様、どうなされましたか？」

「使いを出し、至急、真次郎を呼べ」

「真次郎様を？」

みつと源八郎を玄関先に残し、重秀は屋敷奥の座敷に駆け込んだ。

〈船が沈めば、値が騰がる……〉

土手沿いの道から屋敷に戻る途中、重秀はなんども同じ言葉を口にした。文机に向かう。硯箱の筆を手に取り、値が騰がると半紙に書き込んだ。家康の定めに背くとき、この原則は絶対の決め手になる。重秀が確信したとき、廊下で足音が響いた。

「仰せの通り、使いを出しました。いったいどうなされました？　船だとか、値が騰がるとかずっと仰っておられましたが」

襖を開けたみつが、重秀を見つめている。相変わらず、口調は穏やかだが、今はみつと話をする時間も惜しかった。

「気にするでない。上様から内々に新たなお役目を仰せつかったのだ」

「それが船とか値が騰がることと関係するのですか？」

「大いに関係するのだ」

文机に目を戻すと、重秀は腕を組んだ。

「考え事をなさるようですから、早々に失礼いたしますが、新たなお役目とは？」

「佐渡奉行を兼任することになった」

「勘定吟味役のまま、ですか？」

「いかにも」

「おめでとうございます。それではみつも佐渡に連れて行っていただけるのでしょうか」

みつの声が弾んでいた。

佐渡は風光明媚《めいび》な美しい島として江戸でも知れ渡っている。多くの人々と同じように江戸から一度も出たことのないみつが喜ぶのは無理もない。

「いや、みつは残っておれ。兼任と言っても、現地を検分し、新たな仕組みを作りに行くだけだ。短期間で江戸に舞い戻ってくる」

「真次郎様たちはご一緒に？」

「もちろんだ」

「ずるい」

襖の方に目をやると、みつは思い切り頬を膨らませていた。事情を説明しようと腰を浮かした途端、みつはぴしゃりと大きな音を立てて襖を閉めた。

三

使いの者とともに、勝部真次郎は馬喰町の重秀の屋敷に入った。

「殿様がお待ちです」

頬を膨らませたみつがぶっきらぼうに迎えた。いつも愛想良く真次郎を迎え入れるみつだが、今日は様子がおかしい。

「いかがされましたか？」

「ずるい、真次郎様」

「なにがずるいのですか？」

「早く殿様からお話を聞いてください。もう、本当にずるい」

みつはぷいと横を向き、厨《くりや》の方に去った。肩をすくめたあと、真次郎は奥の重秀の座敷へ急いだ。みつは母親になったが、心根はまだ娘のままだ。

「入れ」

足音を聞いていたのだろう、襖の向こう側から重秀の声が響いた。襖を開けると、重秀は文机を睨みつけていた。

「いかがなされました？」

「早速だが、二月後に佐渡へ参る。真次郎ら微行組の面々も秘かに帯同いたす」

「ははぁ、それでだ」

溜息交じりに真次郎が言うと、重秀の顔が曇った。

「どうした？」

「奥方様のご機嫌が悪うございました」

「あぁ、むくれておるのだ。しかし、渡海は遊びではない。新たな仕事のためだ」

「新たな仕事とは？」

「本日、上様から内々に佐渡奉行を拝命した。正式な布令は二月後となる。従来通り勘定吟味役もお務めいたす」

「おめでとうございます」

真次郎は平伏した。

三四歳にして勘定吟味役という勘定所全体を監視監督する、老中直属の任務に就いているだけでも前例がない。そこに佐渡奉行を兼務するという。もはや異数、異例という形容さえ当てはまらぬような出世だ。佐渡奉行には功績を重ねた老練な旗本が名誉職として就くのが慣例だ。それが勘定吟味役という重責も務めたままという。真次郎の胸の内を見透かしたように重秀が言った。

「めでたくはない。上様から新たな任務を命じられたのだ」

「佐渡へ渡り、金銀山のテコ入れを？」

真次郎が訊くと、重秀は頷いた。

佐渡の金銀山の採れ高が年々減っているとの風評は、真次郎ら下級の旗本の間にも漏れ聞こえていた。

「勘定所の大掃除を済ませたあとに金銀山のテコ入れが加われば、公儀全体の入りが円滑に増えていくことになりましょうか」

「表向きの理屈はそうだ」

重秀の表情が険しくなった。勘定吟味役と佐渡奉行の兼務。前例はないが、重秀の出世であり、能力を高く買われている証左だ。賞讃の意味を込めて真次郎は円滑という言葉を使ったが、重秀の反応は芳しくない。

「歴代の佐渡奉行は金銀山の将来よりも、己の出世の喜びを嚙み締めておれば務まった。しかし、俺は違う」

「めでたくはない、ということですか？」

「佐渡の金銀山は永遠には続かぬ、ということだ。いずれ鉱脈は枯れよう。俺はその先を見据えておくべきと上様に進言した。金銀は米とは違う」

重秀が言い切った。たしかに、米は毎年百姓が作付けを行い、天災がなければ秋に収穫される。

だが、金銀を作付けすることはできない。重秀の説明には一切の無駄がない。

「鉱脈が涸れれば、また新たな金山を探す……いや、涸れる前に残りの量を見極める必要がありますな」

真次郎が答えると、重秀は頭を振った。

「甲斐《かい》や伊豆の金山はあらかた掘り尽くされておる。大鉱脈とはいえ、佐渡も同じ運命にある。今後、新たな金山が安定的に見つかるという保証は何一つない。となれば、残された道はただ一つだ」

顎を引き、低い声で重秀は言った。たった一つの方策とはなにか。口を真一文字に結び、真次郎は考えを巡らせた。答えは一向に出てこない。

「権現様の定めに背く日が来る」

突然、重秀が口を開いた。

家康の定めとはなにを指すのか。佐渡金銀山の先行きと、佐渡奉行と勘定吟味役の兼務。先ほどから飛び出した新たな要素を考え合わせてみる。すると、真次郎の頭にぼんやりと考えが浮かんだ。

「もしや、金銀貨の吹き直しを?」

「吹き直すだけでなく、金位、銀位（含有率）を減じて吹き改めることまでせねば、日の本という国自体が、近いうちに立ち行かなくなってしまう」

重秀が早口で告げた。

真次郎は自らの懐の巾着をまさぐった。一両小判と銭貨が手の先に当たった。秘かに懐中で小判を手に載せた。ずっしりとした存在感が掌全体にかかる。河村瑞賢の配慮により、微行組の活動資金は潤沢で、真次郎の手元には常に小判がある。吉原の用心棒をしている頃は、この存在とは無縁の荒《すさ》んだ生活を送っていた。

貧乏生活を長年強いられただけに、小判の重みには執着すらある。吹き直しで混ぜ物が増えれば、ありがたみが減ってしまう。重秀の身近にいて、合理的な判断に慣れている真次郎でさえ、吹き直しは容易には受け入れ得ぬことだ。

「……吹き直しは簡単には参りますまい」

真次郎が己の経験を話し始めると、重秀は右手で制した。

「真次郎の思いはわかっておる。城中でも町方でもそれぞれ小判への強い思い入れがあろうことも存じておる」

「左様にございます。ですから、一概に吹き直しという号令をかけても……」

「様々なところで不平不満が爆発するであろう。人それぞれの思惑が金子には詰まっておるからな。しかし、このままいけば、御金蔵《おかねぐら》の分銅金をすべて潰してしまうことになる。公儀の御金蔵が空になってしまっては、政《まつりごと》は一斉に止まってしまうのだ」

溜息交じりに言ったあと、重秀は姿勢を正し、真次郎の方を向いた。

「微行組には、これまで様々なことを頼んできた。次の仕事は最大の難関となろう」

「なんなりとお申し付けくださいい」

頭を下げ、真次郎が言うと、重秀の重々しい声が響いた。

「上様に隠密廻を封じ込めてほしいと頼んだが、断わられた。今後、様々な妨害が微行組に降り掛かってこよう」

評判の悪い生類憐みの令を巡り、綱吉が隠密廻を頼りにしているため、抑えが利かないと重秀は明かした。

「画師の集まる筆屋でお多恵を調べていた高木と申す同心ですが、あれ以降目立った動きはありません。もちろん、我らは周囲を警戒しておりますが、怪しい輩はおりませんし、特段見張られているという気配もありません」

「ならばよいが、呉々も油断のないようにな」

重秀の声に、普段の張りが戻った。

「二月後の渡海は、来るべき吹き直しへの布石と考えてほしい。そこで、一つ相談だ」

身を乗り出した重秀は、文机の上に置いた半紙を取り、真次郎の前に差し出した。手に取ってみると、墨をたっぷりと含んだ、重秀の手になる文字が目に入った。

〈船が沈めば、値が騰がる〉

「どういうことでしょうか?」

「渡海に向け、腕利きの、できれば当代一の船頭を見つけてほしい」

船が沈む、にも拘わらず腕利きの船頭。真次郎は重秀の狙いがわからなかった。

目の前の半紙を重秀に戻すと、真次郎は訊いた。

「船頭の腕が良ければ、船は沈みませぬ」

「そういう意味ではない。俺の狙いはこうだ」

半紙を文机に置き、重秀は猛烈な速さで筆を走らせた。腰を浮かせ、真次郎が様子を見ていると、重秀は文字だけでなく、丸や四角の画も描いている。その横顔は、無邪気な子供のようでもあった。

「屋敷に戻る前、大川の商船が火事を起こした」

奇妙な画を描きながら、重秀が言った。

「どこぞの米問屋の千石船だったのだが、野次馬がたくさん見物に出てきて、思いがけぬことを言った。そこで閃《ひらめ》いた」

「それが、先ほどの〈船が沈めば、値が騰がる〉ということですね」

「いかにも」

そう言って重秀は筆を硯箱に置いた。描き終えた半紙を再び真次郎に差し出すと、重秀は弾んだ声で告げた。

「俺の狙いは、このような仕組みだ」

〈船が沈めば、値が騰がる〉の文字の周囲に、殴り描きに近い三角や四角の枠がある。その中には、細かい文字が多数記されていた。

「彦様には読めても、それがしにはさっぱり理解できません」

半紙を重秀に戻しながら、真次郎は言った。

今までに出会ったすべての人物の顔と名前を鮮明に記憶し、将棋や囲碁では数十手以上も先を読む重秀と、凡庸な真次郎の頭では違いがありすぎる。不思議そうな顔で見つめているが、重秀の記した図は、真次郎には一向に理解できない。

「ならば、わかりやすく教えよう。源平衛の手妻《てづま》（手品）の規模を、より大きくするのだ」

「手妻を佐渡で使うのですか？」

「いかにも」

自信たっぷりの口調で重秀は答えた。

「いつぞや、喜代松の座敷で源平衛が花札の箱を使った手妻を見せてくれたことがあった。あの原理を佐渡で使うのだ」

「それは、佐渡にも花札はありましょう。しかし、なぜわざわざ海を渡ってまで？」

「使うのは花札の空き箱ではないぞ、これだ」

重秀が得意気に半紙の一点を指した。細い指の先を辿ると、真次郎の目に一つの文字が飛び込んできた。

〈船〉

空き箱のあとに飛び出した〈船〉という文字。真次郎には、さっぱり狙いがわからない。

〈花札の箱〉と〈船〉

たしかに、源平衛は花札の箱を使った手妻を得意とする。だが、船とどうつながるのか。

「源平衛は花札の空き箱に金子を入れた。同じことを船でやったらどうなる？」

「佐渡で船といえば、採れた金を積む特大の御用船です……まさか……袂に別の空き箱を隠したような仕掛けで、御用船を消してしまうということですか?」

「いかにも」

重秀が白い歯を見せ、笑った。

真次郎はもう一度半紙を手に取り、細かい文字と複数の図形に目を凝らした。様々な効能を持つあまたの生薬を調合する図式のようでもあり、大きな神社仏閣を建てる前の指図(設計図)にも見える。

ほんのわずかな時間で、重秀の頭の中には幾筋もの指図と策略が描かれ、その一端が真次郎の手の内の半紙に表されているのだ。

「米問屋の千石船が沈めば、市中に出回る米が減り、先を争って在庫の米を奪う動きが強まる。すなわち米の急騰だ。これを公儀の小判に置き換えればどうなる?」

巧妙な悪戯を思いついた子供のように、重秀が言った。

腕を組み、真次郎は考え込んだ。

元々、佐渡の金銀山の産出量が減っていることは真次郎ら下級武士にも知れ渡っている。一方で、紀伊国屋や越後屋のような大店が勃興し、市中を行き交う小判は増え続けている。その小判の源泉には、佐渡や甲斐、伊豆の金山で採れた金そのものを充《あ》てている。金の需要は今後絶対に減らない。しかもその原材料を供給する金山そのものは衰退の一途を辿る。重秀の千里眼は、既に幕府財政の破綻を見据えているのだ。

「上様には、権現様が定められた慶長小判の質を違える覚悟を決めていただいた。公儀の大義は固まったも同然」

「しかし、吹き直しで小判の中の金が減れば、不平不満が渦巻く……」

「そこへ小判を満載した御用船が姿を消す。〈御用船帰還せず〉と瓦版が一斉に書き立ててみよ」

重秀から笑みが消えた。鋭く、そして醒めた目付きだった。真次郎は唾を飲み込んだ。

「大量の小判が姿を消せば、市中全体に流通する金子が不足するという危機意識が行き渡りましょう」

「吹き直しも止《や》む無しと皆が納得する。そのための手妻だ」

にこりともせず、重秀が言ってのけた。重秀が告げた〈手妻〉こそ、微行組が担う新たな任務に他ならない。真次郎は身震いした。

四

馬を駆った柳田佑磨は、花園社近くの猥雑な飲食店が立ち並ぶ一角に着いた。半刻前に、北町奉行所の与力番所に岡っ引きが急ぎの文を届けた。送り主は隠密廻の高木五郎衛門だった。

既に馴染みとなった居酒屋・金色屋の戸を引くと、奥の小上がりに虚無僧《こむそう》の後ろ姿が見えた。尺八と深編み笠が傍らにある。

「待たせたのう」

「一つ、大きな動きがありました」

高木が声を潜めて言った。亭主に酒と香の物を頼むと、柳田は高木の対面に座った。

「二月後、荻原殿が佐渡奉行として渡海され申す。現在の勘定吟味役との兼務になるとか」

各地の代官摘発に続き、荻原主導で勘定所内部に粛清の嵐が吹き荒れた。かつて柳田と学問所で机を並べた平勘定の父親が切腹、また別の一人が流罪の厳罰を受けた。日本橋で無礼な口をきかれて以降、気にしてきた男は、親しき旧友を殺《あや》めたも同然の仇《かたき》になった。

「どこから話が漏れてきたのだ？」

「……詳しくは柳田様といえども明かせません。信頼する者の一人にございます」

「荻原はたしか三四歳。佐渡奉行は年寄りの役職だ。上様はなにを企んでおるのだ」

唸るように柳田が言うと、高木は身を乗り出した。

「ここ数年、目に見えて採れ高が減っております故、金銀山を整備させるのが狙いとか」

柳田は腕を組み、考え込んだ。

佐渡金銀山の衰退はなんどか耳にしたことがある。既に鉱脈が枯れたとの流言も聞いた。遣り手の若手官吏を任命し、金銀山を検分して先々の方策を練るのだろう。柳田が考えを伝えると、高木の目の奥が鈍い光を放った。

「代官摘発、勘定所内部の粛清と荻原殿が動く度、あまたの死人が出ております。今度も同じようなことが起こる、それがしはそう睨んでおります」

高木の言う通りだ。あえて波風を立てるような仕組みを導入し、逆らった者は容赦なく切り捨てる。これが荻原の非情なやり方に他ならない。

「荻原が佐渡奉行になることで、どんな事態が起こり得るのか？」

「遠国奉行に植え付けた間者によれば、漏れ聞いた話に戦々恐々だとのこと。特に佐渡では、ほとんど検地がなされておりませぬ故、職務怠慢を咎められるのではないかと」

「その程度で済ませる荻原ではあるまい」

「同感です」

「見張りはどうなっておる？」

「荻原本人には、常に手の者が付いております」

高木は懐中から文書を取り出し、卓に広げた。細かい文字で日付と刻《とき》が記され、屋敷への出入りの詳細が綴られていた。

文書を手に取ると、柳田は細かく書かれた名前に見入った。魚屋や酒屋など出入りの商人の名が並ぶ。名の横には、高木の配下の同心や岡っ引きが調べ上げたそれぞれの生まれ年、親の名などが記されている。一番左には、高木の筆で〈×〉の印が入れてある。

「この印はなんだ？」

「不審でない者共にございます」

柳田はさらに綴りをめくった。すると、〈△〉の印が目に飛び込んできた。

「この勝部真次郎という者は？」

記された名前を指し、柳田は訊いた。

「荻原の屋敷に出入りする者の中で、一番怪しい旗本にございます。元々、父親の代で困窮し、荻原家の援助で……」

金色屋の亭主が近づいてきたため、高木が消え入りそうな声で告げた。徳利と香の物を置いた亭主が小上がりから離れると、高木は再び口を開いた。

「仕官の道が拓かれず、花街で用心棒をしていたところ、ある日を境に荻原の家に頻繁に出入りするようになり申した」

「なに故怪しいと狙いをつけた？」

「これといった仕事をしておらぬ割に、金回りが良いからでございます。ちなみに住まいは馬喰町近くの貧乏長屋です」

「人相は？」

柳田が訊くと、高木は文書を手に取り、勢いよく繰り始めた。その最後の方に、丸顔で無精ひげの男の顔が載っていた。一見すると愛想の良い男に見えるが、目付きは鋭い。武術か剣術で鍛えた手練の目線だ。

「普段はこのような浪人面ですが、時折、町方の恰好に化けたり、仕官した侍風の風体のときもあり申す」

「ということは？」

「隠密廻の真似事をしている頭目ではないかと」

「つまり、代官摘発や勘定所内の大粛清に加担したというのだな？」

人相書を睨みながら、柳田は腕を組んだ。

「手下の者共が集めた調べの結果を考えると、その公算が大きいと言わざるを得ません」

「この勝部も見張っておるのだな？」

柳田の言葉に、高木は小さく頷き、文書をめくりながら、言葉を継いだ。

「勝部を張っておりましたところ、以下の者の存在が明らかになりました」

高木が人相書を指した。細面でやや出っ歯の若い町人だった。

「源平衛と申す者。手妻を駆使し、縁日などで香具師をやっております」

「縁日だと？」

「勘定奉行の大岡殿を見張った際、花園社で不審な動きをした手妻の男であります」

「荻原は、その者らを頼みに、代官摘発や数々の粛清の証しを手に入れていたのだ」

「それがしもそう睨んでおります」

高木が低い声で告げた。

「これらの調べの結果は、まだお奉行様にもお伝えしていない事柄。柳田様は特別にござる。荻原が佐渡奉行になる以上、今までよりもさらに手の込んだことを仕掛けると睨み、早速ご報告した次第です」

「あいわかった。他にも一味はおるのだな？」

「はい。勝部や源平衛らの行動を逐一見張った結果、定期的に会う者共が判明しました」

そう言ったあと、高木は文書をめくった。小銀杏髷《こいちょうまげ》の優男、そして切れ長の美しい目を持つ女の人相書があった。

「この女は、例の画師も通う筆屋にて特殊な極細筆を購《あがな》っている者に相違ござらぬ。新井白石殿の塾生のツテを辿り、ようやく突き止めました」

高木の瞳の奥が、鈍い光を発した。

「この小銀杏髷の男は？」

「父親が寺社奉行を罷免された元旗本で、稲葉平十郎という者です」

「それで、今後はどうする？」

「それがしにお任せを。あの者共は自らを微行組と称しておるようです。小賢しいにもほどがあり申す。隠密廻を真似るような連中には仕置きをせねばなりますまい」

高木がドスの利いた声で言った。口元に薄笑いが浮かんでいた。

徹底的に獲物を調べ上げると聞かされてはいたが、隠密廻の仕事は微に入り細を穿《うが》ち、隙がないと、柳田は思い知った。それにしても〈微行組〉とは、つくづくふざけた名前だと思った。〈微行〉とは、老中級の大名、あるいは京の公家など身分の高い層の人々が秘かに出かけたり、他人に悟られぬように行動することだ。ひるがえって組を操っている荻原は下級武士だ。使っている者共も食いっぱぐれていた旗本などだろう。所詮、表社会に出られぬような輩に違いない。それが町奉行の権威に盾突くなど、看過できることではない。

五

重秀から新たな仕事を命じられた真次郎は、早速動いた。佐渡に向かうまでの間、やれることはすべてやっておかねばならない。自らにそう言い聞かせながら動き回った。

本所で小さな塾を開き、旗本の子弟などへの画の手ほどきを生業にし始めた稲葉平十郎を伴い、小網町の喜代松に向かった。浅草で露店を出している源平衛にも使いを出し、顔を見せるよう伝えた。

道すがら、重秀が更なる出世を果たすこと、そして近い将来取り組むであろう難しい仕事の概要を平十郎に伝えた。お多恵を加えた微行組の面々でざっくばらんに意見を出し合い、御用船を消す策を練ろうと考えた。

芳町の小路を抜ける辺りで、平十郎とは別行動を執った。つい一刻(二時間)ほど前に重秀の口から飛び出した隠密廻の存在が改めて気にかかったからだ。考えすぎだと言う平十郎を諭し、小網町の喜代松には別々に到着することにした。

日本橋川の河岸沿いの裏木戸を開けると、金之助がたらいに鰻を選り分けていた。

「偉いな金坊。精が出るな」

「井戸水に鰻を浸《つ》けて泥を吐かせます。それより、真次郎おじさん。もう金坊はよしてくださいよ」

微かに声が擦れていた。

「そろそろ声変わりか、金坊？」

「そのようです」

金之助が照れくさそうに笑った。クリクリと目を動かし、真次郎や平十郎に甘え、源平衛を歳の離れた兄のように慕っていた坊主は、いつの間にか一四歳となり、男の仲間入りを果たそうとしている。真次郎がまじまじと金之助の顔を見ていると、裏木戸が静かに開いた。

「遅いぞ、平十……」

そう言いかけて、真次郎は口を噤《つぐ》んだ。

「おや、勝部様ではないですか。久しぶりですな」

鷹揚な口調の老境の男が立っていた。面食らった真次郎は深く頭を下げた。

「これは瑞賢殿。こちらこそ、すっかりご無沙汰しておりました」

真次郎は江戸随一の御用商人である河村瑞賢を招き入れた。

「金坊、達者かの？」

瑞賢が声をかけると、金之助は一瞬下唇を嚙み、厨房に走り去った。瑞賢は細めた目で、金之助の後ろ姿を追っていた。

咳払いしたあと、真次郎は瑞賢に改めて目をやった。瑞賢がゆっくりと頷いた。

「例の事情はつい先月、お多恵から本人に伝えました」

「なるほど、それで金坊ははにかんでいるのですか……」

厨房に目をやると、金之助が泥抜きの済んだ鰻のたらいを職人に手渡しているのが見えた。瑞賢は父親の目で、その姿を見つめている。

「私のもとで修業するかと聞いたところ、この店を継ぎたいと申しました。本人のやる気が一番ですから、好きなようにやらせてみます」

「あの子は、職人から真摯に教えを請い、働いておるのでしょう。さぞ良い店主になりましょう」

真次郎はそう言って瑞賢を裏座敷への入り口に導いた。

狭い三和土《たたき》を経て廊下を進み、瑞賢を先にして裏階段を上った。いつもの微行組専用の座敷に入ると、真次郎は口を開いた。

「彦様から新たなご下命を受け申した」

「難儀なことですかな？」

「いかにも」

真次郎が答えたとき、襖が開いた。

「ひとまず、酒と香の物をお持ちいたしました」

敷居の外で金之助が頭を下げていた。瑞賢に目配せすると、真次郎は金之助を座敷に招き入れた。小さな膳を置いたあと、金之助は姿勢を正した。

「金坊、いや、金之助。一つ訊いてもよいか？　近いうちに、おっかさんと我らは旅に出ることになる。寂しくはないか？」

真次郎の問いに、金之助は首を振った。

「真次郎おじさん、先ほども申しましたが、もう子供ではありませぬ」

はっきりした口調で答える金之助を見て、瑞賢が満足げに頷いた。おっかさんと旅に出る。その一言で、瑞賢と金之助は微行組が再始動することを改めて理解したはずだ。

「あいわかった。店の方はどうだ？　困りはせぬか？」

「番頭さんと新たに入った女中頭のおよしさんがいてくださいます。馴染みのお客様がお尋ねになるかもしれませんが、今までのように親戚の用事で留守を、とお伝えいたします」

金之助は気負う様子もなく、はきはきと答えた。

「今度の旅の行程には、佐渡への渡海も含んでおる。少々難儀なことになるやもしれぬ。さらに、万が一、という事態も考えておかねばならぬ」

真次郎は、金之助の目を見据えて言った。隣の瑞賢が身を乗り出した。

「俺が万が一と言うた意味がわかるか？」

「嵐に遭《お》うて、船が沈むということでしょうか？」

金之助の瞳に不安の色が浮かんだ。真次郎は淡々と言葉を継いだ。

「左様、そのようなこともあろう。また道中は長い。山越えをする間、山賊の類いに襲われるやもしれぬ」

「しかし、真次郎おじさんは柔術の遣い手、平十郎おじさんは剣術に長けておられます」

「我らとて万能ではない。危険な旅であることは間違いない」

金之助は頷いた。

「母様からは、真次郎おじさんたちとの旅の中身を訊くなと小さい頃から言いつかっています。ただ、真次郎おじさんがいれば、安心だとも」

肩を強張らせながら、金之助が言った。真次郎はゆっくりと告げた。

「何があろうとも、おまえのおっかさんは守る。だが、今度ばかりはな、今までで一番困難な仕事になるであろう」

真次郎はかつてないほど、厳しい口調で言った。金之助は大きく頷く。

「旅の中身はわかりませぬが、覚悟はできております」

金之助が言い切った。先ほど瞳に現れた不安の色は、いつの間にか消えていた。

「下がってもよいぞ」

真次郎が言うと金之助は頭を下げ、座敷から出ていった。真次郎は銚子を瑞賢に向けた。

「金坊は、あっという間に立派な男になり申した」

「お多恵の躾が行き届いているからでしょう。さすが武家に生まれた女子です」

猪口の酒を飲み干し、瑞賢が答えた。満足げな顔をしている、と真次郎は思った。

「ところで、およしとはどのような女中でしょうか」

真次郎が訊いた。

「かねてより、お多恵が女中を探しておりましてな。手前が紹介した者にございます」

「やはり、器用なのでしょうな？」

「いやいや、その逆でしてな」

瑞賢の言葉に、真次郎は首を傾げた。

「手前どもの女中の中で、一番不器用だった女です。しかし、熱いかまどの前にいても弱音を吐かず、我慢強い女でしてな。お多恵は、およしの実直で不器用、それを懸命に克服しようとする姿を気に入ったようです」

「なるほど」

越後屋や紀伊国屋など江戸でも一、二を争う大店の主人や番頭連は金子を湯水のように使って遊びほうけているが、瑞賢は違う。

お多恵という女を見出《みいだ》した上に、店を持たせるという形で投資した。金之助という子も授かった。有意義な金の遣い方をしたからこそ、徳のある表情が生まれるのだ。

これから重秀が考えた大仕事の概要を話さねばならない。真次郎は姿勢を正した。

「瑞賢殿、先ほどの続きにございます」

「難儀なことを申し付けられたとか。それで、佐渡への渡海と仰られていましたが、何をお手伝いすればよろしいかな?」

我が子を愛でていた瑞賢の優しい目付きが、難事業を次々とこなしてきた百戦錬磨の商人の顔に変わった。

「日の本で一番の船頭を我らに紹介してくだされ」

「船頭?　手前は海運を一新した者です。何人でもご紹介いたしましょう」

拍子抜けしたように瑞賢が言った。真次郎は強く頭を振った。

「並の船頭ではだめなのです」

「瑞賢が知る船頭はみな優秀ですぞ。多少荒れた海でも難なく千石船を操り、巧みに岩礁を避け、確実に荷を目的地に送り届ける強者《つわもの》ばかり。いや、強者ばかり揃えたからこそ、航路を拓けたのです」

「存じております……」

一旦言葉を区切ったあと、真次郎は瑞賢を見た。様々な苦難を乗り越えてきた商人でさえ、重秀の本当の狙いをまだ察していない。真次郎は声を低くして言った。

「荒海に乗り出す度胸はもちろんのこと、口が堅く、かつ我らと同じく、彦様を心底信じてくれる船頭でなければなりませぬ」

真次郎が言うと、瑞賢は腕を組み、天井を睨んだ。

「度胸だけでなく、繊細な心を持つ船頭はたくさんおりまする。海が荒れても、仔細《しさい》に潮目を読む力がなければ、船を操れませんからな。重秀様についても、勝部様らを見ていれば、自然に敬う気持ちが高まっていくに違いありません」

もう一度、真次郎は頭を振り、言葉を継いだ。

「佐渡にある公儀の御用船をご存じでしょうか?」

「もちろん」

答えながらも、瑞賢は首を傾げた。老練な商人の顔に戸惑いの色が浮かんだ。

「我らは、彦様の命令により御用船を消す所存です。公儀で一番の船を消すのです。日の本一の船頭でなければ務まりませぬ」

真次郎が一気に言うと、瑞賢は狐につままれたような顔をした。

「御用船を消す、と申されたか？」

「いかにも」

真次郎は、重秀の狙いを話し始めた。

金銀山の産出量が減る一方で、商人の活動が広がりをみせている昨今、このまま手をこまねいていれば間違いなく小判が市中から消える事態に直面する。金銀山が衰えている以上、打開策は小判の吹き直し、改鋳しか手立てがない。吹き直しには批判が渦巻くだろう。下手をすれば、市中の不満に乗じて、幕府転覆を企む外様大名が出てくる恐れさえある。公儀の金銀を大量に積んだ御用船の行方がわからなくなれば、絶対的に金が不足し、改鋳も止む無しとの風潮につながる。今回、微行組が負ったのは、そのための策だ。

重秀が考え抜いた大胆な一手を伝えると、瑞賢の表情が曇った。

「だからといって吹き直しをすれば、幕府の祖である家康公の定めに背くことになりましょう」

「彦様は既に上様の許しを取り付けておられます」

真次郎が言い切ると、瑞賢は目を見開いた。

「それでは、近々吹き直しの布令が出るということですかな？」

「まだ申しておりませんでしたが、彦様は佐渡奉行を兼務されます。佐渡には二月後に向かわれます。実際に現地にて金銀山を検分し、実情を見極められるおつもりです」

「佐渡奉行を兼務されるとは、それは上様が本気の証拠ですな」

「左様にござる」

「なるほど、運上金が減る一方であれば、吹き直しの時期も早まる、という理屈ですな」

「いかにも。我ら微行組は、来るべき吹き直しに備え、秘かに彦様の後について佐渡に参ります」

真次郎は簡略に重秀の考えを説明したが、瑞賢はあっという間に仕組みを頭の中で描き始めたようだ。

「吹き直しが天下に言い渡されれば、大混乱になりますな」

天井を仰ぎ見ながら、瑞賢が言った。

「それがしも初めて聞いたときは耳を疑いました」

「小判の持つ独特の重みは、我々商人にとって特別に思い入れの強いものです。吹き直しを号令し、市中の小判を集めれば、幕府は莫大《ばくだい》な出目《でめ》（利益）を得ることになりましょう。金銀山の衰えと台所の危機を一度に解決なさろうとは、さすが重秀様だ」

「そうか……幕府の出目を稼ぐとの狙いもありますな」

重秀から直接聞かされていなかったが、瑞賢の言葉で真次郎は改めて感心した。ただ、目の前の瑞賢の表情は冴えない。

「町衆、特に商人の抵抗は凄まじいことになりましょう。貯め込んだ富をみすみす吸い取られることになりますからな」

「そのためにも、一気に金そのものがなくなるという危機感を煽る必要がある、彦様は先を見越して御用船を消すという方策を考えつかれたのです」

真次郎は、噛んで含めるように丁寧に説明を続けた。

瑞賢の言う通り、吹き直しを実施すれば町衆の抵抗は必至だ。ただ、重秀によれば、綱吉は強権政治を成功させている。この間に幕府の台所事情を一気に変えるような荒療治をせねば、混乱はいずれもっと大きくなって返ってくるのだ。真次郎の言葉に瑞賢は唸った。

「……なるほど。金坊に覚悟を迫ったのはそのためであられたか」

なんども頷きながら、瑞賢が言った。

「いかにも。もちろん、お多恵は全力で守ります故、ご安心くだされ」

「しかし、そのような荒唐無稽な策が果たしてうまくいきますかな？」

「突飛な策故、世間に与える衝撃も大きくなります。そのためにも、どうか日の本一の船頭をご紹介くだされ」

真次郎は両手をつき、頭を下げた。

「ならばのんびりとはしておられませんな。早速、船頭選びにかかりましょう」

瑞賢は忙しなく席を立った。

六

瑞賢が座敷を後にして四半刻（三〇分）ほど経った頃、平十郎とお多恵、源平衛が喜代松の座敷に顔を揃えた。

真次郎が改めて重秀から下された新たな任務を告げると、お多恵と源平衛は顔を見合わせた。二人の表情が曇っている。

「吹き直しの布令が出たら……市中は大混乱になるよ」

お多恵が口を尖らせた。右手でお多恵を制し、真次郎は言った。

「その混乱を収めるために、我らが策を講じるのだ」

「そんなこと言ってもさ、話が突飛すぎるよ」

お多恵はなおも不満顔だ。無茶な策だというのはわかり切っている。だが、その無茶を現実のものにしなければ、後々さらに大変な混乱が起こるのは必至だ。重秀に代わり、真次郎は訴えた。

「突飛なことをせねば、新たなご政道の舵取りはできん。彦様はそう考えておいでだ」

真次郎が諭しても、なお一同の表情は冴えない。依然不服そうなお多恵が口を開いた。

「本当に公儀の一番大きな船を消せるのかい？」

「おいらの袂に隠せるのは、花札の空き箱が限界だよ」

お多恵に源平衛も加勢した。ここは絶対に納得させねばならない。真次郎は声の調子を落とし、告げた。

「微行組は、誰でもやれるような仕事をやってきたのか?」

真次郎の言葉に、二人が押し黙った。

「でも、二人が言うのも無理はないぜ。人様の懐から恋文を抜き出すのとはわけが違う」

ここに来る道すがら話を聞いていた平十郎までもが弱音を吐いた。

「先ほど瑞賢殿に願いを聞いてもらった。近いうちに日の本一の船頭が我らの仲間に加わる手筈は整っている」

「船頭の目星はついた、と。でもその他の策はどうする?」

冷静な口調で平十郎が訊いた。

「それを話し合うために、集まってもらったのだ。なにか良い策はないか?」

真次郎は一同を見渡した。依然として微行組の面々は口を開かない。真次郎は源平衛に顔を向けた。

「花札のほかに、どのような手妻が得意だ?」

「それじゃ、小粒(豆板銀)を拝借」

源平衛が右手を差し出した。真次郎は懐から小さな豆板銀(銀貨)を取り出し、座卓の上に置いた。源平衛は得意気に銀貨を右手に取ると、一同に見えるように手を広げた。

「それじゃ、お立ち会い」

源平衛は銀貨を使って三度卓を叩いてみせた。乾いた音が座敷に響いた次の瞬間、小粒の銀貨が一同の前から消えた。

「どうだい？　小粒が座卓を通りぬけたんだぜ？」

源平衛が得意気に言った。すると、平十郎が溜息を吐いた。

「たしかに源平衛の手際は速い。しかしな、右手から、座卓下に置いた左手に素早く小粒を移動させたのであろう。叩く音は、左手で座卓を下から叩いたから鳴った」

たちまち源平衛が萎《しお》れた。

「バレたか……しょうがねえな」

源平衛は座卓の下から左手を出し、一同の前で広げてみせた。平十郎の言う通り、豆板銀があった。真次郎の側からは見えなかったが、源平衛の斜め前に座る平十郎には仕掛けがわかったのだろう。

「真次郎、別に見えたわけじゃないぜ」

即座に顔をしかめた平十郎が言った。

「御用船を消すと言っても、小粒を隠すようにはいかないってことさ。冷静に考えれば、今の手妻だって所詮子供騙しにすぎん」

「そりゃ、言いすぎだろう」

源平衛がむくれた。だが、平十郎はいたって冷静だった。お多恵の心配性と同様、平十郎の理詰めの考えはいつも微行組を救ってきた。

「吹き直しがいつになるのかはわからんが、もっと大掛かりで、かつ繊細な策を練らねばならん」

そう言うと平十郎は腰を浮かした。

「帰るのか？」

真次郎が訊くと、平十郎は頷いた。

「俺なりに考える。塾の仕事が残っているので、ひとまず帰る。源平衛、悪く思うなよ」

「わかってらい」

源平衛の口調は不貞腐《ふてくさ》れたままだったが、平十郎は黙って座敷を後にした。

主要な面子が一人抜けたことで、一気に座の雰囲気が沈んだ。俯きがちなお多恵と源平衛を真次郎は見やったあと、口を開いた。

「実際に佐渡に赴き、現地の事情を勘案しながら策を練ることにしよう。それまでの間も、皆でひたすら考え続けるのだ」

真次郎は発破をかけた。依然として、お多恵と源平衛の反応はいまひとつ乏しい。

「明日のメシの心配をせずに生きていけるようになったのは、彦様のおかげだ。忘れたのか？」

強い口調で問うと、二人は顔を上げた。しばらくすると、両人の目に精気が戻ってきた。

七

大川近くにある八幡宮の御旅所だった。玄関先に着くと、柳田は岡っ引きに案内され二階の部屋に通された。

部屋の奥に大きな窓があり、窓枠の陰に着流しで町方風の男髷《おとこまげ》を結った高木がいた。

「こんな所まで呼び出しおって、何用だ?」

岡っ引きに駄賃を渡しながら、柳田は言った。すると、高木が口の前で人さし指を立て、次いで窓の向こうを指した。

「誰かを見張っておるのか?」

小声で訊くと、高木は頷いた。足音を潜めながら、窓枠に近づいた。高木の視線を辿る。隣家の庭の松の木を通して、畳一〇枚ほどの広間が視界に入った。

「誰だ?」

「稲葉平十郎という浪人にございます」

「荻原が使《つこ》うておる勝部真次郎らの一味だったな」

「いかにも」

高木が隣家の座敷を指さした。目鼻立ちがはっきりした総髪の男の前に、壮年の町人がいる。穏やかな笑みをたたえた中年の男だ。

〈稲葉様さえよろしければ、すぐにでも……〉

高木に視線を戻した。口元に薄ら笑いが浮かんでいた。

「仕込んだのか?」

「いかにも。しばらくは二人のやりとりを」

「あいわかった」

隣家の座敷を見下ろし、柳田は再び耳を欹てた。

〈画の指南をそれがしが？〉

〈名前は明かせませぬが、さる高貴なお武家様のお姫様がいたく稲葉様の画を気に入られまして〉

〈いずこで、それがしの画を？〉

隣家の座敷で、稲葉平十郎という男が訝しげな声をあげた。高木を見やると、小さく首を振った。心配ない、ということなのだろう。

〈稲葉様のお弟子様で……〉

壮年の町人が二、三の旗本の名を口にした。

〈習い事のお手本にしておくのはもったいない画筆の捌き方だとそのお姫様は……〉

〈左様でござるか。それはまたとないお話で〉

稲葉という男の声が弾んでいた。柳田の傍らで、高木がくくっと笑った。

柳田は隣家の座敷を凝視し、耳を澄ました。

〈週に一、二度で結構でございます。先方のご指定なさる屋敷や茶屋に出向いていただきます。そこで稲葉様は画の手ほどきをしてくださるだけで結構です〉

〈この塾にはお出ましになりにくい？〉

〈お姫様の父君の言いつけにございます。年頃の娘御ですから、男子ばかりの塾に出されるのは

……〉

〈なるほど、あいわかり申した〉

私塾で画を教えているという稲葉は、なかなか用心深い性格のようだ。勝部真次郎らとともに、隠密廻の真似事をしているだけに、当然かもしれないと柳田は思った。

〈ありがとうございます。これで私も大恩あるお武家様に報いることができます。つきましては、これはほんの手付けということで……〉

町人が、紫の袱紗を取り出して稲葉に差し出した。稲葉の視線が素早く動くのが見えた。袱紗をめくった稲葉は、驚いたように口を開いた。

〈二五両……〉

〈少のうございましたか？〉

〈滅相もない。手付けでこれほどの大金を受け取るわけには参りませぬ。週に一、二度の割合で考えれば、向こう一〇年分はあります〉

稲葉は慌てて袱紗を町人の方に差し戻した。

〈これはお武家様からお預かりいたしたもの。戻されては私が叱られてしまいます。どうかお納めを〉

相手の出方をみて、即座に答えを出す。高木が差し向けた町人は、巧みな話術の持ち主だ。

「あの町人、なかなかやるの……」

「隠密廻が抱えている元歌舞伎役者にございます。町人だけでなく、武家や百姓にも化けることができる強者にて」

　高木は淡々としていた。

「これからどうするのだ?」

「画を習いたいという娘を使い、一味の狙いを聞き出し、監視して参ります」

「その娘というのは……」

「柳田様にも明かせません。ただ、美貌だけでなく、読み書きから茶の湯に至るまで、武家以上の素養を備えた者にございます」

「絶対に奴から目を離すな」

　窓枠から離れ、柳田は言った。二人のやりとりを睨みながら、高木は口元を歪めた。

八

　小網町の喜代松で河村瑞賢と話してから三日後だった。真次郎が仮住まいにしている長屋に瑞賢から文が届いた。

　品川宿の旅籠をねぐらにしている左平次《さへいじ》という船頭に会え、と記されていた。ただ、文の最後にはこうも付け加えられていた。

〈少々曲者《くせもの》だが、腕は確か〉……。

潮の香りに引き寄せられるように、真次郎は品川宿を歩いた。江戸と上方を結ぶ東海道の要衝の一つだけに、客引きをする旅籠の留女《とめおんな》の声に張りがあった。

旅籠のほかに団子や饅頭を売る露店や、海産物を扱う商家が通りの両脇に所狭しと並んでいる。重秀の言う通り、町方の勢いを肌で感じられる場所だ。

品川宿本陣を通り過ぎ、三つ目の小路を陸側に折れたところで、真次郎は目的の旅籠・相模屋《さがみ》の看板を見つけた。

真次郎は入り口に歩み寄り、下働きの幼い丁稚に駄賃を与え、訊いた。

「この宿に左平次という船頭はおるか?」

「はい、二階の奥の部屋におられますが……付き馬さんですか?」

駄賃で弾んでいた丁稚の声が、たちまち萎れた。

付き馬とは、遊郭で金を払わない客につき添って家まで行き、料金を回収する男衆の総称だ。着流しに無精ひげの風体ではそう思われても致し方ない。

「いや、それがしは付き馬ではない。なにか事情でもあるのか?」

「なにやらお取り込み中のようでして……」

顔を曇らせた丁稚が言った。瑞賢が文に記した〈曲者〉の文字が頭をよぎった。

「ともかく上がるぞ」

玄関を上がり、三和土の脇にある段梯子を勢いよく上る。浜風が心地よく流れ込む廊下を進むと、なにやら女たちの声が聞こえ始めた。

〈いったい、どこまでだらしないのさ〉

〈そうだよ。これだけ女に恥をかかせる男はいないよ〉

聞き耳を立てるまでもなく、ぽんぽんと威勢のよい女たちの声が耳に飛び込んできた。廊下を進み、一番奥の部屋の前で立ち止まった。わざとらしく大きな咳払いをした真次郎は、襖の前で口を開いた。

「ごめん。左平次はおるか?」

すると勢いよく襖が開いた。ぎろりと真次郎を睨み上げた年増の女が口を開いた。

「誰だい? 今度は付き馬かい?」

「かつて用心棒は務めておったが、付き馬をしたことはない」

苦々しく思いながら、真次郎は答えた。

付き馬かと尋ねた年増の女は三十路をわずかに超えた程度だろう。顔立ちは整っているが、頬骨が尖って気の強そうな女だ。ほかに、二人の女が浴衣姿で座り込む男を取り囲んでいた。

「河村瑞賢殿の紹介で参った勝部真次郎だ」

真次郎が名乗ると、輪の中心にいた男が顔を上げた。月代《さかやき》から顔まで赤黒く日焼けしている。真次郎と同世代、四〇代前半か半ばくらいか。浴衣越しでも両肩が盛り上がっているのがわかる。

「旦那、助けてくれよ」

精悍《せいかん》な風貌とは裏腹に、か弱い声が座敷に響いた。

「あんた、何者なのさ?」

年増の女の隣にいた丸顔の若い女が口を開いた。

「仕事の話をしに参った者だ。そのほうら、しばし外してくれぬか」

真次郎が告げた直後、今度は左平次と同年代に近い大年増の女が腰を浮かした。

「ちょいと、聞いとくれよ」

全く話が嚙み合わない。そもそも女は苦手だ。しかも三人も集まり、それぞれが心底怒っているようだ。感情を高ぶらせた女たちに、理屈を言っても通じるとは思えないし、説得するだけの自信も持ち合わせていない。真次郎は肩をすくめた。

「この人ったら、あたしだけだって言ったのに、他に女を二人もこしらえてたのさ」

大年増が二人の女を睨んだ。すると、気の強い年増が言い返した。

「ふざけちゃいけないよ。俺は若い女はダメだ、おまえくらいの三十路女が好きだって言うからさ、一生懸命貢いだのに、このざまだよ。それになんだい。若い女は太っているし、もう一人は婆さんだ。一体全体どんな好みしてんだい」

若い丸顔の女が顔を真っ赤にして怒った。

「太ってて悪かったわね。でもね、この人はね、張りがある餅のようなおまえの肌が好きだっていつも言ってくれてたのよ。弛《たる》んだ婆さんに言われたくないね」

若い女が言うと、三人は同時に顔を寄せた。しばらく互いに睨み合ったあと、女たちは左平次に顔を向けた。

「江戸でこんな具合なら、あちこちの港にもたくさん女をこしらえているんだね?」

大年増の女が言った。次は、気の強い女の番だ。

「いつぞや、船に乗せとくれって頼んだのに、女はダメだ、海の神様が怒るとか言ってたよね。そりゃ、浮気がバレるからだろ？」

今度は若い丸顔の番だ。

「女房子供はいないからって安心していたのに……もっとタチが悪いよ」

溜息を吐き、真次郎は左平次を見た。

「この騒ぎはいつまで続くのだ」

「さあね、女が怒ったときは、さすがのあっしにも、一向に潮目が読めねえ」

左平次が肩をすくめて言った直後だった。女たちが一斉に左平次に詰め寄った。

「大体あんたがだらしないから、こんなことになるんじゃないか」

気の強い女が、左平次の襟元をつかんだ。大きく息を吐き出したあと、真次郎は腕を伸ばし、女の手首を取った。

「もういい加減にせんか」

「冗談じゃないよ。こいつにお灸《きゅう》据えないと、こっちの気持ちが収まらないよ」

「話してわからぬのなら、こうするしかないな」

真次郎は女の手首をつかんだ腕に少しだけ力を込め、捻った。

「いてて、なにすんだい！」

「この場は俺の顔に免じて、引き下がってくれぬか。もちろん、ただとは言わぬ」

女の手を放すと、真次郎は巾着を取り出した。

「近所の茶屋で団子を食うもよし、小料理屋で酒を飲んでもよい。とにかくひとまず収めてくれ」

真次郎は気の強い年増の女から順に、それぞれの掌に豆板銀を載せた。すると、大年増の表情が一変した。

「あたしゃ、金離れのいい男が好きだよ」

真次郎に色目を使った大年増は、わざとしなを作りながら腰を上げた。次いで、若い女、年増の順で立ち上がった。

「誰にするのか、次に会うときまでに決めとくんだ。あたしじゃなきゃ承知しないよ」

目を吊り上げた年増の女が、捨て台詞《ぜりふ》を残して座敷を後にした。残りの二人も左平次を睨み、出ていった。

「旦那、かたじけねえ」

ほっと息をついた左平次が頭を下げた。

「瑞賢殿が言っておられた少々曲者とは、こういうことか」

「大旦那がそんなことを？　参ったなぁ。まあ本当だからしょうがねえけどさ」

「女好きは数々見てきたが、おぬしのようなタガが外れた好き者は初めてだ」

首を振りながら真次郎は言った。

「あっしだってばかじゃねえや。あれが女二人だったら、刃物を持ち出して修羅場になったね。

でもね、三人いると、みんな愛想を尽かして、あっしを責める。結果、刃傷沙汰《にんじょうざた》にはならねえんだ。どうだい、考えただろ？」

襟元を直しながら、左平次は平然としていた。

「しかし、三人は多すぎやしないか？」

「一人だと飽きるからさ。若くて肉付きのいい女、細めの年増、床上手な大年増と取り替えてりゃ、しばらく遊べるからな」

悪びれた様子もなく、左平次は言い切った。

「女を船に乗せると神様が怒るってのは方便だよ。海の上じゃいつ時化《しけ》に遭って死ぬかしれたもんじゃねえ。女は陸の上で、安心して待っていてほしいからな」

女を陸で待たせ、その安全を守る。度の過ぎた女好きは呆れるばかりだが、船頭としての資質は、案外真面目なのかもしれない。

姿勢を正したのち、真次郎は切り出した。

「まあよい。仕事の話をさせてくれぬか？」

「大旦那からは、お侍がおいでになるから粗相のないようにって言いつかってますから」

階下の丁稚に酒肴を頼むと、真次郎は左平次と向き合った。

「難しい仕事を頼まれてほしい」

真次郎の言葉を受け、左平次は腕組みした。

「瑞賢の旦那から、よく話を聞け、そう言われました。それで肝心の仕事の中身は？」

女を前にして背中を丸めていた左平次が身を乗り出してきた。

「この仕事を請けるも請けぬもおぬし次第だ。ただ、これから話す仕事の中身は、今後一切他言無用だ。万が一漏れたら、そちを絞め殺さねばならん」

真次郎が年増の手首を捻ったところを見ていたのだろう、左平次は素直に頷いた。

「荷主の秘密は墓場まで持っていくのが船頭だ。漏らしゃしないよ」

「よかろう。まずは結論から申す。佐渡の港を発つ御用船を近い将来消す」

真次郎がそう言っても、左平次は特段驚きの表情を見せなかった。

「瑞賢の旦那と知り合うまでは、色んな危ない橋を渡ってきたけどさ、そんな突拍子もない仕事は初めてだ。でもね、御用船を消しちまうなんて、さすがに無理だよ」

左平次の目に戸惑いの色はない。幾多の困難を乗り越えてきた船頭の顔だった。

「消すと言っても、御用金を積んだまま沈めるわけではない。然《しか》るべき場所に、適当な時期が来るまで隠す、という意味だ」

真次郎が説くと、左平次はさらに身を乗り出した。

「今回の仕事の発案者は、勘定吟味役の荻原重秀様だ」

そう言ったあと、真次郎は佐渡の金銀山の先行き、そして勃興著しい町方の商いにより、小判の元である金が足りなくなる恐れがあると続けた。左平次は鋭い眼差しで真次郎の話に聴き入っている。

「いずれ、必ず公儀は小判の吹き直しを迫られる。一方で、必ずや不満が渦巻く。荻原様は、御用船を一時的に消し去ることによって、一気に世の中の危機感を高め、吹き直しを認めさせようとお考えなのだ」

吹き直しは、小判の金含有量を少なくすることだ。大元となる金が大量に消失すれば、否応《いやおう》なく吹き直しを実施しなければならないと誰もがわかる。策の狙いはこの一点に尽きると真次郎は説いた。

「ご公儀の偉いお方で、そんな突拍子もない話を考える人がいるのかい。面白そうじゃないか」

「ならば、やってもらえるか？」

真次郎が詰め寄ると、左平次は右手を差し出した。

「旦那がいくらもらうのか知らんが、あっしは安かぁねえぜ」

「おぬしの言い値で出そう」

「それなら、話は早い。乗ったぜ」

真次郎が頭を下げると、左平次が切り出した。

「金といえば、佐渡だ。港を発ったあと、どこに隠すつもりなんだい？　それに、御用船には専属の御船手役《おふなてやく》がいる。あっしみてえな商人に雇われた船頭たちには、触ることさえ難しいぜ」

さすが本職の船頭だ。真次郎らが未《いま》だ考え及ばない点にまで知恵が回る。心強い味方を得た。瑞賢の目に狂いはないと思った。

「近々佐渡に渡って検分いたす。一緒についてきてくれるか？」

「ようがす。佐渡の港は、北前船《きたまえぶね》が着く小木《おぎ》と廻船業者が住む宿根木《しゅくねぎ》くらいしか知らねえからな。

あれだけ大きな島だ。探せばいい入り江があるかもしれねえやな」

左平次は言いながら、天井を見上げていた。風向きを見極める船頭の顔だった。

「なぁに、佐渡だけじゃない。あっしは北前船を使って蝦夷地《えぞち》にだって行ったことがある」

思いも寄らぬ地名が飛び出した。佐渡から出た船を蝦夷地まで持っていけば追っ手は来ないのではないか。真次郎の頭の中に、漠然とした策の見取り図が浮かび始めた。

九

八幡宮の御旅所に呼び出されてから四日後だった。柳田は、牛込《うしごめ》の二十騎町《にじっきまち》の南側にある屋敷に足を向けた。

屋敷前で、汚れた手拭いで頰被《ほおかぶ》りした男の出迎えを受けた。隠密廻の高木だった。作務衣《さむえ》に身を包んだ高木に、敷地奥の小さな物置に通された。埃《ほこり》を被った戸棚をどかした高木が口を開いた。

「まもなく稲葉平十郎が現れます」

「二十騎町の近くにこのような屋敷があったとはな……」

手で埃を払いながら、戸棚に隠されていた板壁の節穴に目を当てた。二十騎町には、柳田のような南北町奉行所の与力が住まう屋敷が集まる。だが、この屋敷の存在は知らなかった。

「金子に窮したある藩が、秘かに町方へ貸し出しております」

作務衣姿の高木が小声で言ったとき、節穴の向こうに人の気配があった。

〈早速のご指南、まことにありがとうございます〉

御旅所の窓から見た町人、いや北町奉行所隠密廻が雇っている手練の役者だった。

〈いやいや、お気遣いなく。しかし、与力ばかりが住まわれる町の近くに、このような趣のある屋敷があるとは存じませんでした〉

風呂敷包みを携えた稲葉が姿を見せた。稲葉は檜《ひのき》の柱や、欄間の細工をしきりに褒めている。すると、町人が声を潜め、某藩の持ち家が貸しに出されていると告げた。

〈庭も手入れが行き届いておりますな〉

稲葉が言った直後、足音を忍ばせて高木は物置を後にした。わずかに間が空いたのち、竹箒《たけぼうき》で庭を掃く音が物置にも響いてきた。節穴から目を凝らすと、頬被りで作務衣姿の高木が庭の掃除を始めていた。直後、軒先の方向から鳩の鳴き声が響いた。

〈大変お待たせいたしました。かよにございます〉

奥座敷の方向から、か細い女の声が聞こえた。目を向けると、柳田の狭い視界の中に、島田髷《しまだまげ》の若い女が見えた。遠目で柄まではよく見えないが、高価そうな綸子《りんず》地らしき小袖を身に纏《まと》っている。

女は稲葉の前まで進み出て、両手をついた。稲葉が名乗ると、女は顔を上げた。その瞬間、柳田は息を呑んだ。隠密廻の仕込みだとわかってはいるが、瓜実顔《うりざねがお》で、目鼻立ちが整った美しい女だった。

屋敷の物置に籠もってから半刻ほど経った。

壮年の町人は別の間に移り、座敷には稲葉とかよと名乗った隠密廻の配下の女の二人きりとなった。

〈かよ殿は大変筋がよろしい。教えた通りの描き方を早くも会得されておられる。なによりためらいなく一気に引く線が良い〉

半紙に描いたばかりの庭の松の木の画を持ち、稲葉は笑顔を浮かべている。

節穴から様子をうかがいつつ、柳田は唸った。

高木によれば、かよと名乗る女は吉原で花魁だったという。吉原は、士農工商の身分の隔たりなく、金子さえあれば綺麗に着飾った女と遊べる場所だ。

一方、人気の花魁を抱える妓楼《ぎろう》は、幼少の頃から女に踊りや和歌、絵画などを徹底的に教え込む。困窮を極める下級武士の子弟が何十人束になってもかなわないほどの教育を施されているので、墨画などは初歩中の初歩にすぎない。

〈まずは、画の対象となる物をじっくりと見つめることです〉

風呂敷包みの中から、稲葉が自分で描いた見本を取り出し、かよに手渡しているのが見えた。

〈すごい……紙の上に本物の壺があるようでございます〉

いずこかの青磁の壺を写生したもののようだ。かよの横に座り直すと、稲葉は講釈を始めた。

〈もう一枚お見せいたしましょう。こちらは下画を元に描いた本画でござる〉

〈下画の輪郭はそのままに……あとは影で表すわけですね〉

〈目に見える物をすべて描いてはなりませぬ。影や光を空間に落とし込むことで、より美しくな

ります〉

稲葉がもっともらしく頷いたとき、軒下で再び鳩が鳴き始めた。すると、かよは稲葉の顔を見上げ、甘えた声を出し始めた。

〈週に一、二度といわず、一日おきに教えていただくわけには参りませんでしょうか?〉

〈しばらくは構いませんが、あと二月もすると旅に出ねばなりませぬ〉

〈稲葉様についていきとうございます〉

はにかんだ口調でかよが言った。

事情を知る柳田でさえ、身震いするほど艶のある声だった。柳田は稲葉を凝視した。画師を名乗る男はとまどった顔をしながら、首筋を掻いている。

〈何人か女中を連れて参ります故、足手まといになるようなことはございません〉

かよはさらに男の心のひだをくすぐるように言った。

〈画の修行ですので、残念ながら……〉

〈かよは江戸から出たことがございません。父の説得なら自信があります。どうか、お連れいただけませんか?〉

女は自らを〈かよ〉と呼び、さらに甘えた声を発した。さすがに元花魁であり、男の心の奥底をとろかす術を知っている。柳田は素直に感心した。稲葉はどう反応するのか。

〈なりませぬ。画の修行のほかにも、やらねばならぬことがあります故〉

稲葉は首を振った。

〈稲葉様の邪魔をするようなこともありませぬ。女中たちに身の回りのこと一切を任せればよいのではありませんか〉

一転して、かよはすねた声になった。甘えたのちは怒ってみせる。女として男の扱いに長けている証左だ。

〈無理です〉

稲葉が強い口調で言うと、かよは洟をすすり始めた。

〈せめて……せめて行き先だけでもお教えいただけませんか?〉

〈なぜですか?〉

〈無事のお帰りを祈願するため、神社に行きとうございます。方角だけでも知らねば、神主様がお困りになります〉

かよが涙声で告げると、稲葉が溜息を吐いた。

〈佐渡に参り、山海の絶景を写しとる所存にござる〉

具体的な地名が稲葉の口から飛び出した。荻原が奉行として渡海する佐渡だ。柳田は全身の神経を研ぎ澄まし、稲葉とかよのやりとりに聴き入った。

柳田はさらに考えを巡らせた。荻原の佐渡奉行就任の情報は高木から知らされていた。奉行が佐渡に渡るのは当然だが、そこに勝部らの一味が加わるのであれば、何事かを企んでいるのは間違いない。公儀に背くような謀はなんとしても防がねばならない。柳田は二人のやりとりに神経を集中させた。

一〇

真次郎は左平次を伴って日本橋小網町の喜代松の裏木戸を開けた。

「この店の女将《おかみ》はたいそうべっぴんの年増だが、変な考えを起こさんでくれよ」

「どうしてだい？」

「瑞賢殿のコレだ」

真次郎が小指を立てると、左平次は肩をすくめた。

「さすがのあっしも、大旦那に背くつもりはないぜ」

裏木戸から専用座敷に続く廊下を歩きながら、左平次は河村瑞賢との関わりを話し始めた。酒と女で身を持ち崩し、前の雇い主から馘首されたばかりの左平次を、瑞賢は船頭としての力量だけを見込んで知り合いの廻船問屋に紹介してくれたという。

「酒と女、いずれか断てと大旦那に諭されてね。あっしは女を取った」

「とにかく、仕事はしっかり頼む」

真次郎が襖を開けると、源平衛とお多恵が待っていた。左平次はお多恵を一瞥したあと、再び肩をすくめてみせた。おとなしくしておれ、真次郎は目でそう命じたあと、一同に左平次を紹介した。

「来るべき佐渡渡海には、この左平次も同行してもらう故、二人とも、よろしく頼む」

左平次は金之助が持ってきた番茶を啜りながら、自己紹介を始めた。歳は四三、河村瑞賢が東廻り航路を拓いた際、千石船で多くの水主《かこ》（船員）を束ねる船頭を務めていたという。

お多恵と源平衛も互いに短く身の上を話し、それぞれが打ち解け始めたとき、真次郎は口を開いた。

「平十郎はどうした？」

「使いの者は出したんだけどねえ……」

お多恵が首を傾げたとき、段梯子を上る足音が聞こえた。

「申し訳ない。塾が立て込んでいた……」

額に汗を浮かべた平十郎が座敷に入ってきた。真次郎は左平次を引き合わせた。

「塾ってそんなに忙しいのかい？」

源平衛が訊くと、平十郎は旗本の子弟相手ではなく、個別の特別な指南を始めたばかりだと明かした。

「本当に画心のある美しい娘でな。早速写してきた」

平十郎は懐から半紙を取り出し、広げた。瓜実顔の島田髷、睫毛《まつげ》の長い女の人相書だった。真次郎らが見入っていると、突然、お多恵が素っ頓狂な声をあげた。

真次郎はお多恵に顔を向けた。

「いかがした？」

「この女……見たことあるよ」

お多恵の言葉に、平十郎が敏感に反応した。

「塾の紹介者からは、さる公家の遠縁にあたる武家の娘御だと聞かされておる」

平十郎の言葉に、お多恵は首を傾げた。同時に、しきりに下唇を噛み始めた。お多恵の胸の内で、なにか不安の種が芽生えたのだ。

「……なにか、気になるね」

お多恵が睨むと、平十郎は顔をしかめた。

「どういうことだ?」

「平さん、どこかで会ったような気がするんだよ」

お多恵が見覚えのある娘となれば、花街の住人だったということか。真次郎はお多恵に顔を向けた。

「芸者か花魁だったということか?」

「うーん、よく思い出せないね。でも、なにか気になる」

「吉原で長らく用心棒を務めておったが、この人相書の女は知らんぞ」

真次郎が言った。お多恵は依然として唇を噛んでいる。

「得体の知れない人物ではないはずだ」

そう言うと、平十郎は懐から紫の袱紗を取り出した。

「前金で二五両ももらった。そこいらの町方に出せる金額ではない」

普段は冷静な平十郎がムキになって言った。真次郎は紫の包みに目をやり、口を開いた。

「なにか、娘に話したか?」

強い調子で真次郎が訊くと、平十郎の顔が曇り、しきりに首筋を搔き始めた。

「すまぬ……佐渡行きについて話してしまった。この娘への指南は取りやめる」

突然頭を下げ、平十郎は一同に詫びた。だが、真次郎は強く頭を振った。

「やめる必要はない」

真次郎の言葉に、一同が首を傾げた。

「相手を信頼している、そう思い込ませるのだ。その先はいかようにも騙せる」

「なるほど、騙されたふりを続ければよいのだな」

「そうだ、柳田らは既に彦様の佐渡奉行兼務を知っているはず。そうなれば、我らが渡海するものと考えておろう」

真次郎が言うと、平十郎はほっと息を吐き出した。

「お多恵が感じ取った以上、なにかあると俺は思っている。昔のツテを辿って確かめる」

強い口調で微行組一同に告げ、真次郎は立ち上がった。

二

小網町から早駕籠《はやかご》を仕立てた真次郎は柳橋に向かい、船宿に急ぎの猪牙舟《ちょきぶね》を頼んだ。手間賃と酒代を弾み、手練の船頭を雇うと、真次郎は舟に乗り込んだ。

「馴染みの花魁に会いに?」

「いや、違う」

そう言ったきり、真次郎は口を噤んだ。平十郎の私塾に現れた女は何者か。大店か雄藩の娘であれば、ポンと多額の前金を置いていくのは理解できる。だが、お多恵の心配顔がどうにも気になった。

巧みな棹《さお》さばきで、船頭は大川を遡る。四半刻もすると、猪牙舟は山谷《さんや》堀《ぼり》に着いた。舟を降りると、真次郎は土手八丁を駆けた。やがて日本堤が終わり、緩い坂を下ると、見返り柳が見え始めた。

「おや、お久しぶりで」

吉原大門を過ぎた辺りで、若衆たちが何人も真次郎に愛想を振りまいた。微行組を率いるまで、真次郎は延べ一〇年近く大店の用心棒を務めた。その頃の知り合いたちだった。

大門をくぐり、番所の脇を通り過ぎ、真次郎は引き手茶屋の裏口に向かった。小さな引き戸を開けると、老婆が真次郎の顔を見るなり嬌声をあげた。

「なんだい、随分とご無沙汰じゃないか」

「すまぬ、少し急ぎでな」

真次郎は懐から平十郎が描いた人相書を取り出し、茶屋の老婆に見せた。

「どこかで見た顔だね……」

人相書を睨み、老婆が言った。

「角海老《かどえび》、三浦屋あたりの大店にいた花魁か？」

「うーん、どうだろうね」

老婆は小さな戸棚から細見（案内書）を取り出し、勢いよく紙をめくり始めた。

「最近の花魁じゃないね……でも、どこかに勤めていた妓《こ》だと思うけどね」

「かたじけない。思い出したらまた教えてくれ」

真次郎は老婆から人相書を取り上げると、吉原の中央通りに向かった。

江戸町一丁目には、若い職人たちの集団のほか、裕福そうな商人、頭巾を被った侍らが行き交っている。吉原細見を手に、真剣な眼差しで大店を見つめる者、仲間たちとはしゃぎながら冷やかしを楽しむ者など、様々な客が集まっていた。今も昔も、この町には勢いがあると真次郎は感じ入った。

角海老、三浦屋、松葉屋の前を通り過ぎ、梅屋と大菱《おおびし》屋の角を曲がると、また知った顔の若衆に声をかけられた。

「真次郎の旦那じゃないか」

「おお、久しぶりだな」

江戸町二丁目の大店の一つ、檜屋《ひのきや》の若衆だった。若衆とはいえ、年齢は真次郎よりも五つも上だ。左右の鬢《びん》に白い物が目立つようになっていた。

「少し、頼まれ事をしてもらえないか？」

真次郎が言うと、若衆は頷いた。

「旦那には随分と助けてもらったからな。お安い御用だ」

先ほどの引き手茶屋の老婆と同じく、真次郎は人相書を見せた。すると、若衆の表情が一変した。

「旦那ちょっとこっちへ」

若衆は素早く真次郎の袖を引くと、妓楼の裏手に回った。

「知っておるのか？」

「多分、あの女だと思うんだけど」

裏口を開け、若衆は上がり框《がまち》に真次郎を座らせると、側にいた禿《かむろ》に茶を持ってくるよう言った。

「あの女とは？」

「すぐに身請けされた女だと思うんだがね……」

若衆がそう言ったときだった。ほのかに紅の匂いが真次郎の鼻腔《びこう》を刺激した。

「まあ、お久しゅうござんす」

顔を上げると、細面で瞳の大きな花魁が真次郎を見つめていた。

まだ座敷に上がる前で、湯から上がったばかりのようだ。化粧もしていない浴衣姿だった。真次郎は首を傾げた。吉原の町とは既に一〇年以上疎遠になっていた。微行組の仕事に専念するようになってから、一度も訪れていない。檜屋の若衆や引き手茶屋の老婆の記憶はあっても、眼前の花魁に覚えはない。

「少しだけ、寄ってくんなまし」

花魁がにっこりと笑みを浮かべ、真次郎の手を取った。若衆に目をやると、ついていけと目で言った。

「そろそろ客が上がる時分ではないのか？」

「まだ大丈夫でありんす」

真次郎の腕を引く手は存外に強かった。真次郎は上がり框から廊下に向かい、花魁に導かれるまま、小さな居間に入った。

「どうぞ、喫んでくんなまし」

部屋には火鉢があり、花魁が器用に煙管に刻み煙草を詰め、炭で火を点けた。

「かたじけない」

渡された煙管をつかむと、真次郎は煙草を吹かした。紫煙の間から花魁の顔を改めて見つめた。細面で、一際両目が大きい。歳の頃は一九か二〇歳くらいか。

「お忘れざんすか？」

小首を傾げ、花魁が笑みを浮かべた。

「吉原で用心棒をしておったが、もう昔の話だ」

もう一服したあと、真次郎は煙管の雁首を火鉢の縁で叩いた。

「……伊達の女は嫌い？」

いきなり、眼前の花魁が廓《くるわ》言葉ではなく、訛《なま》りのきつい口調になった。その瞬間、真次郎の脳裏に、おかっぱ頭の幼女の顔が浮かんだ。

「おまえさん、いつぞやの禿か？」

「やっぱり、覚えていてくれたんだ」

「たしか、名前はさとと申したな？」

「そう、嬉しい」

艶めかしい浴衣姿と、年頃の娘のはしゃぐ声が妙にちぐはぐで、それが逆に色気を誘っていた。

眼前の花魁は、仙台伊達家中の足軽の娘だった。弟二人の仕官に伴い出費がかさんだ上、冷夏のあおりで飢饉《ききん》が発生し、一〇歳前後で吉原に売られてきたのだと先ほど会った若衆に聞いた覚えがある。

花魁の世話に明け暮れる禿に対し、真次郎はなんどか焼き芋や団子を買い与えたことがあった。

「そうか、あのときの禿がこんな綺麗な花魁になったのか」

「もう二年も牡丹太夫《ぼたんだゆう》として勤めております」

そう言うと、花魁は大げさにしなを作ってみせた。

「よせやい、そんなつもりで来たんじゃない」

真次郎は懐から人相書を取り出し、牡丹太夫ことさとに見せた。すると、太夫は眉根を寄せた。

「細見には載っていないようだが」

真次郎が訊くと、太夫は頷いた。

「松葉屋さんで突き出し（御披露目）から、一月でどこかの大店の主人に身請けされたって聞いたわよ。名前はたしか、夕霧太夫《ゆうぎりだゆう》。だから細見にも載ることなく消えたの。伝説の太夫なんていう人もいたくらい……」

牡丹太夫が告げた直後、若衆が廊下から声をかけてきた。

「旦那、あいすみません」

「いかがした？」

「……あっしも思い出しましたよ」

「なんだ？　夕霧太夫のことか」

「へい」

「入れ」

真次郎が声をかけると、若衆は背中を丸め、座敷に入ってきた。もう一度人相書に目をやると、若衆は言葉を継いだ。

「いえね、普通なら、身請けした旦那は見せびらかしたいから、小間物の店を持たせたり、あちこち出歩くときに伴ったりするもんですがね」

真次郎の頭の中に、何人もの大店の主人や身請けされた元花魁の顔が浮かんだ。たしかに、脂ぎった顔の商人が絶世の美女を伴って日本橋界隈を我が物顔で歩く場面になんども遭遇した。

「夕霧太夫に関しては、その手の話が一切漏れてこなかった……」

若衆は言葉を濁した。真次郎が目で先を続けろと指示すると、若衆は眉根を寄せながら言った。

「大店の身請けは隠れ蓑《みの》で、南か北の町奉行所……つまり、隠密廻が使っているんじゃないかって、置屋の遣り手たちが話していたことを覚えておりやす」

突然飛び出した隠密廻という言葉に、真次郎の両腕が一気に粟立った。懸命に腕をしごきながら、真次郎は訊いた。

「なぜ隠密廻だという見立てが？」

「夕霧太夫の父親ですがね、盗賊一味に斬られて死んだ同心だって噂がありましてね」

真次郎は腕を組み、考え込んだ。

奉行所の同心や与力同士の絆が強固だとは聞いたことがある。わずかな人員で凶悪な盗賊や人斬りと対峙する常に危険が付きまとう仕事だ。

仮に夕霧太夫の父親が斬殺されたとしたら、遺族が困窮することは十分あり得る。娘が吉原に身を沈めるような事態に直面しても不思議ではない。

そんな中で、誰かが太夫の存在を知ったとしたら。吉原に詳しい奉行所の関係者が、太夫を元同僚の娘だと気付いたらどうか。十分に説得力のある話だ。大店の不正に対し、目を瞑ってやる代わりに身請けの金を払わせ、その後は隠密廻の駒にする……。そんな考えが浮かんだとき、もう一度真次郎の両腕が粟立った。

「……あり得る話だな」

真次郎は、牡丹太夫に目をやった。

「花魁は幼い頃から徹底的に習い事をやらされる。書画の類いもだ」

真次郎が言うと、太夫は口元に笑みを浮かべた。

「もちろん、わちきもありとあらゆる稽古をしました」

〈今後、様々な妨害が微行組に降り掛かってこよう〉

太夫の声を聞いた直後、真次郎の頭の奥で、重秀の言葉がなんどもこだました。

将軍綱吉は、隠密廻の動きを抑制できないと重秀に言ったという。将軍のお墨付きを得ているのは、重秀も隠密廻も一緒だ。真次郎らは重秀の策が正義だと信じて動いている。隠密廻も与えられた任務を絶対の正義だと信じて疑わない。手加減してくれるような相手ではないのだ。

真次郎が腕組みして考え込んでいると、突然右腕をつかまれた。驚いて顔を上げると、牡丹太夫ことさとが口元に艶めかしい笑みを浮かべていた。

「今度はいつ来てくんなますか？」

「……やめろ。さとを抱こうなんて考えは毛頭ない」

ムキになって腕を振り払うと、太夫は頬を膨らませた。

「いじわる」

「馬鹿者、こう見えても今は忙しい身の上なのだ」

真次郎と太夫のやりとりを見ていた若衆が、口に手を当てて笑いを堪えているのがわかった。

真次郎は懐から巾着を取り出すと、豆板銀を太夫の手の上に置いた。

「俺を相手にそんな声を出すのはやめろ。これで焼き芋か団子を買え」

真次郎は座敷を後にした。

一二

平十郎に隠密廻が急接近している、との疑惑が深まってから一月半が経った。真次郎ら微行組は、越後の出雲崎《いずもざき》の港に立った。

「今のところ、異常はないな」

入港する千石船の巨大な帆を見上げながら、真次郎は微行組の一行に小声で言った。真次郎は小間物問屋の番頭・真之介に、源平衛はその手代に扮して同道し、お多恵は三味線の師匠、平十郎は旅の先々で画を描く御用画師として、別個に出雲崎の港に入った。

「道中は二手に分かれてきたし、こっちには追っ手がいる気配はなかったよ」

「油断はできん。相手は隠密廻だ」

自らの気持ちを引き締めるように、真次郎は低い声で言った。次第に千石船の姿が大きくなってきた。目の前の船は、左平次が船頭として水主衆《かこしゅう》（船員）を差配している。

あとわずかで、千石船が着岸する時分になると、畳一六〇枚分もある巨大な帆が下ろされ始めた。

左平次によれば、船の長さは八〇尺（約二四メートル）、幅は二五尺。積載できる石高は五〇〇を超えるという。米俵にして一四〇〇俵余りになる。仮に人足が陸を運ぶとなれば、二〇〇人以上、馬でさえ七〇〇頭近くを要する計算になる。

「でけえな」

巨大な木造船を見上げ、源平衛が言った。お多恵も平十郎も同様に驚いている様子だ。千石船は、江戸市中にある小高い丘がそのまま移動しているような大きさだ。帆に風が当たる度、鈍く低い風切りの音が港中に響き渡る。

「荷降ろしが先、その後で、新たな荷を積み込め。乗り合いの客は一番後だ」

船の一番先で、聞き覚えのある声が響いた。真っ黒に日焼けした姿を目で追ったあと、真次郎は周囲を見回した。微行組のほかには、行李《こうり》を背負った年老いた商人が二人、あとは金山に行くのだろう、屈強な男衆が五名。道中で出会った者はいない。

真次郎ら乗り合い客が荷降ろしの様子を見ていると、岸壁に騎馬の一団が現れた。人数は六名。いずれも陣笠《じんがさ》を目深に被っている。一人の侍と目が合った。額が広く、鼻梁が高い。重秀だった。

真次郎と重秀は互いに目で無事を確認し合った。


一月前、重秀は河村瑞賢に対し、千石船の手配を頼み、渡海の準備を進め始めた。

真次郎と重秀、河村瑞賢の三者で秘かに協議した。結果、重秀の安全のために御用船を使わず、ちょうどそのとき、幕命により越後の上田銀山を経営していた瑞賢の口利きで、出雲崎から佐渡に向かう千石船を用立てることが決まった。もちろん、船頭は左平次だ。

その席で、平十郎が隠密廻に監視されている旨を真次郎は重秀と瑞賢に告げた。瑞賢は眉根を寄せ、重秀は腕を組んで考え込んだ。

〈しかし、いきなり稽古をやめてしまっては、かえって怪しまれます。騙されたふりを続けるのが肝要かと存じます〉

真次郎は二人に秘策を告げた。平十郎と背恰好《せかっこう》が似た男をお多恵の知り合いの店から探し出し、化けさせるという策略だった。

〈頃合いをみて、佐渡行きの予定を確かめてくるだろう。その時に伊豆に変更になったと答えます。我らが江戸を発つ直前、偽の平十郎を駕籠で波止場まで運び、別の船に乗せます。もちろん、隠密廻は伊豆まで追ってくるでしょうが、気付いた頃には我らは既に佐渡へ向かっているという寸法でござる〉

真次郎の策を聞くと、瑞賢は膝を打った。

〈平十郎は見張りに気付いていない、隠密廻には最後までそう思い込ませる所存にございます〉

〈あいわかった〉

腕組みしたまま、重秀が答えた。

〈佐渡で彦様はどのような日程で動かれるのでしょうか?〉

〈まずは島を一巡りしてみようと思う。検地の参考にいたす。そのあとは、実際に金山の検分を行い、佐渡・相川《あいかわ》の奉行所の仕組みを変える〉

佐渡に行ったあと、隠密廻への警戒を怠りませぬよう、そう言いかけて、真次郎は口を噤んだ。重秀の任務はあくまでも公務なのだ。まずは金山や検地に専念してもらわねばならない。

〈相変わらず、忙しい御仁だ〉

鷹揚な口調で瑞賢が言った。すると、にこりともせずに重秀は答えた。

〈それがしのような若輩が勘定吟味役と佐渡奉行を兼務いたすのです。今は非常時、一時の暇も惜しゅうござる〉


越後・出雲崎の港で千石船の荷の積み降ろしが終わった。重秀ら勘定所の一行や侍、屈強な水主衆が乗り込んだことを確認した真次郎は、お多恵、源平衛、平十郎を促して乗船した。踏立板《ふだていた》（取り外し式甲板）に降り立ったとき、いま一度港を見渡したが、怪しい人影はなかった。

携えてきた小型の行李を船倉に置くと、真次郎は再び踏立板に上った。

「帆を上げろ」

ちょうど左平次が水主衆に指図していた。互いに目で合図したあと、真次郎は船縁《ふなべり》の垣立《かきたつ》に手をかけ、港を見渡した。

四月（新暦五月）で、港の背後に広がる低い山々の新緑が陽《ひ》の光に映えていた。折しも山側から風が吹き下ろし、巨大な帆が広がるところだった。

左平次がさらに水主衆を叱咤《しった》する。踏立板の下には大きな木製の轆轤《ろくろ》がある。水主が三人がかりで轆轤を回すと、蝉《せみ》といわれる滑車が連動し、畳一六〇枚分の帆を吊るす巨大な帆桁《ほげた》が上下動する仕組みだ。

ギシギシと帆柱が軋《きし》む音が響いたあとは、船の舵がゆっくりと動く。風向きと潮目を見ながら、左平次がそれぞれの持ち場の水主衆に檄《げき》を飛ばしている。

品川宿で女たちに囲まれ、萎れていた男とは別人だ。左平次の声は大きく、指示は的確なようだ。あの河村瑞賢が見込んだだけのことはある。ねじり鉢巻きで赤黒く日焼けした肌が、躍るように動いている。

港を出るときはゆっくりだった船足が次第に速まっていくのがわかる。帆を見上げると、いっぱいに風を受けている。風待ちで出雲崎に何日か逗留《とうりゅう》することを覚悟していたが、着いてから半日で洋上に出られたことは運が良かった。

四半刻もかからぬうちに出雲崎の港が握り拳ほどの大きさになった。波は高くないが、風が強いせいか、波を砕くように進むと船首方向から細かいしぶきが飛んでくる。

大川を遡って吉原に向かう猪牙舟に乗ったことはなんどもあるが、千石船のような大型船は初めてだった。左平次によれば、風の具合が良いので、出雲崎から佐渡の小木までは半日ほどで渡ることができるという。

船首の先に佐渡島《さどがしま》の姿がくっきりと見えた。空気の澄んだ初夏特有の景色に他ならない。

「飛ばすぞ」

帆柱の裏手に設《しつら》えられた船頭用の矢倉で、左平次が指示を飛ばすと、船のそこかしこから怒号のような野太い返事が聞こえた。

「なかなか心持ちの良いものだな」

独り言のように真次郎が呟《つぶや》くと、左平次は笑みを浮かべた。

「こんな日和はめったにねえからな」

左平次の赤黒い肌と真っ白な歯が陽の光に映えた。

一三

踏立板の上で真次郎は改めて周囲を見回した。後方に、越後の緩やかな海岸線が広がっていた。

「海縁《うみべり》に見えるのが越後の名山の一つ、弥彦山《やひこやま》だ」

真次郎の視線に気づいた左平次が矢倉から言った。

今のところ隠密廻の気配はなく、妨害を受けるような懸念もない。懐から携帯用の小さな煙草入れを取り出し、真次郎は安堵の息を吐き出した。煙管に煙草を詰め込み、火打石に手をかけたときだった。

「それがしもよいかの？」

にこやかに笑う侍が船倉から梯子《はしご》を上って、顔を出した。

「もちろんでございます」

四〇過ぎと思しき侍だった。出雲崎の港では、重秀とともに陣笠を目深に被っていた。今までに見たことのない顔だが、重秀に同行しているということは、勘定所の者に違いない。

「手前は、佐渡島へ初めて渡ります。江戸は石町《こくちょう》新道の小間物問屋の番頭・真之介と申します」

火打石を叩いて火口に火を移す。侍は頃合い良く煙管を吸い、一回で煙草に火が点いた。

「かたじけない。それがしは勘定所に勤める金沢佐太夫《かなざわさだゆう》と申す」

うまそうに煙草を吹かした侍が名乗った。

「それでは、失敬して手前も」

真次郎は煙管の先で火打石を打つ。今度も一発で火が点いた。

「金沢様はなんどか佐渡には行っておられるのですか？」

商人らしく腰を屈《かが》めて訊くと、金沢は頭を振った。

「いや、初めてだ。寺社奉行所から勘定所に配置替えとなり、すぐに上役の帯同を命じられての。風光明媚な美しい島と評判故、不謹慎ながら少し楽しみにして参った」

金沢は人懐こい笑みを浮かべ、答えた。

「それはそれは、手前も同じにございます」

金沢が穏やかな表情で頷いた。

「だが、同行する若い上役が厳しい方と聞き及んでおってな、なかなか複雑なのだ」

「お務めも大変にございますな」

真次郎が言うと、金沢は苦笑いした。船縁で煙管を叩き、金沢は船倉に戻っていった。

その役人と入れ違いに、平十郎が踏立板に姿を見せた。

船着き場で出会ったかのごとく、差し障りのない会話を周囲に聞こえるよう演じたあと、平十郎は大きく伸びをしながら海原に視線を向けた。

「彦様の同行の者は、なかなか良さそうな人物ではないか」

船倉の方を見ながら平十郎が言った。

「たしかに、愛想は良かった」

もう一服喫もうと、火打石で点けた火を火口から煙管に移しながら真次郎は言った。

「なにか引っかかる言い方だな」

「油断するな」

「なにをだ？」

海原に視線を向けたまま、平十郎が不機嫌な声をあげた。

「気付かなかったか？」

煙管を持ったまま、真次郎は平十郎に体を向けた。

「だから、なにをだ？」

平十郎が苛立った声をあげたので、真次郎はとっさに口の前に人さし指を立てた。

「これだよ」

右手に握った煙管を平十郎に見せた。真次郎は細筆を使うときと同じように煙管を持った。吸い口と雁首の間にある竹製の羅宇《ラウ》のちょうど中間点辺りに人さし指を添えてある。

「それがどうしたのだ？」

「俺が普段、喜代松でどうやって煙管を握っているか、覚えておらぬか？」

真次郎の問いかけに、平十郎は首を傾げた。

「普段、侍の恰好をしておるときは、こう持っている」

真次郎は煙管を持ち替えた。今度は掌が上を向く。親指と人差し指で、吸い口と雁首の中間点にある羅宇をつまむ形だ。みるみるうちに、平十郎の目付きが変わった。

「これが侍の持ち方で、先ほどの型は町民の典型的な仕草だ」

「言われてみればそうだな……ということは、先ほどの役人は……」

「町民と同じ、つまり今、俺が化けている恰好と同じ種類の人間の仕草だった」

真次郎はそう言うと、垣立で煙管を叩き、灰を海中に落とした。溜息を吐き、別の握り方で煙管を持った。雁首を下から支えるような形だ。

「これは百姓。吸い口に近いところを、筆を持つようにするのが博徒だ」

「ということは、彦様の随行者は隠密廻の手の者か?」

「わからん。ただ、その疑いはあるな」

船縁をつかんでいた平十郎が歩き出そうとすると、真次郎は頭を振った。

「慌てるな。まだはっきりしておらぬ。しばらく泳がせておく」

「わかった……これからどうする?」

「色々考えねばなるまい。あの男が隠密廻の者とすると、予想以上に深いところまで奴らは食い込んでいる」

自らの口からこぼれ出た言葉だったが、言い様のない気味の悪さを真次郎は感じていた。

美しい大海原と、頬を撫《な》でる心地よい風がある。一方で、正体の知れぬ隠密廻の存在が見え隠れし始めた。

「お多恵と源平衛にはこっそりと伝えておく。泳がせておく、という点も念入りにな」

そう言うと、平十郎は船倉に戻っていった。

今は洋上にいる。ここで無駄に揉め事を起こせば、重秀の身にどんな迷惑が降り掛かるかもしれぬ。たとえ相手が隠密廻だとしても、今は無用な動きをすべきではない。

煙草を喫まなければ、金沢という男の本当の顔を見抜くことはできなかった。吉原や深川で用心棒を務めていた頃、下足番の若衆から聞かされたことが活きた。

〈遊びに来るお大尽も、草履《ぞうり》や下駄の手入れや履き方で人柄がわかりやすね……〉

共に賄い料理を食べた若衆からも同じようなことを聞かされた。

〈身なりは粗末でも、金持ちの生まれは自分から布団をかけない……〉

様々な人間の裏側を見通す力を花街で培ってきたことが、微行組の仕事にも役立っている。いや、今回ばかりは、重秀の身を守ることに直結する。

佐渡という江戸から遠く離れた島だ。まして、今は洋上にある。重秀の存在を疎ましく思う勢力、あるいは排除しようとする反対派が隠密廻の背後にいるとしたら。あの金沢という男は、重秀の喉元に匕首《あいくち》を突きつけられる位置にいるのだ。

だが、重秀に隠密廻の存在を伝えてしまえば、検地や金山の検分に向けるはずの力を削ぐことにもなりかねない。重秀の身に危険が降り掛からぬよう、細心の注意を払う必要がある。

一四

日没後に小木に到着したあと、真次郎らは重秀と同じ宿に泊まり、秘かに重秀の周囲を監視することにした。金沢佐太夫という役人が不審な動きをみせることはなく、真次郎は安堵の息を吐いた。

実際に到着してみると、出雲崎よりも小木の港の方がはるかに磯《いそ》の香りが強かった。時化に遭うようなこともなく、左平次の読み通り、千石船は半日で海峡を渡り切った。

翌日、朝を迎えた岸壁近くでは、海女《あま》たちが獲《と》れたばかりの鮑《あわび》や栄螺《さざえ》を威勢のいい声で売っていた。新鮮な魚介だけでなく、筒鱈《つったら》や干し烏賊《いか》を売る子供たちの姿も目立つ。港全体が活気に満ちていた。

難儀な策を練りつつ、秘かに重秀の安全も確保するという任務がなければ、物売りたちを冷やかして歩くところだ。

微行組の仕事を通じ、関東近隣の様々な町や村に足を運んだ。その土地土地が持つ独特の雰囲気がある。物売りの活気を肌で感じる限り、佐渡は今までで一番豊かで、勢いがある場所だと真次郎は瞬時に察した。

活気の源泉は、言うまでもなく佐渡金銀山の存在だ。険しい岩礁に囲まれ、厳しい風雪に晒されていた孤島に、金や銀を生み出す鉱脈が見つかった。

金銀を掘り出す金穿大工《かなほりだいく》（採鉱夫）や山師だけでなく、彼らに寝床を世話する宿屋、食事を供する飯屋のほか、遊女も数多く海を渡ってきたという。金銀山という一大産業を起点に、人と金子、それらを融通し合う仕組みが短期間のうちに出来上がったことが、江戸の市中にも引けを取らぬ活気や熱気につながったのは間違いない。ただし、金銀山の衰えによって今の佐渡は衰退に向かっている。

港やその周辺を見渡し、真次郎は口を開いた。

「彦様は本日より金銀山の麓にある相川の奉行所に向かわれる。俺と源平衛、お多恵で秘かに跡を追う」

重秀や他の勘定所の役人、そして金穿大工らしい屈強な男たちが宿を出たことを確かめたあと、真次郎は港の物売りを珍しげに眺めていたお多恵と源平衛に顔を向けた。

「彦様たちは馬だよ？　追いつけるのかい」

お多恵が言った。

「安心せよ。駕籠を用立てる。もちろん、乗るのはお多恵だけだ」

そう言うと、源平衛が不満げな顔で頷いた。

「貧相な身なりの男二人が駕籠に乗ったら怪しまれる。我慢せよ」

「わかったよ」

源平衛は渋面のまま言った。すると、平十郎が真面目な顔で口を開いた。

「それで、俺はどうすればよい？」

真次郎は船の整備のために矢倉の上にいる左平次を見上げ、答えた。

「小木で小さな漁船を調達し、左平次とともに小木から相川までの入り江を調べてもらいたい。御用船を隠せる場所はもちろん、潮目や潮の満ち干、岩礁の具合などありとあらゆる特性を探るのだ」

「なるほど、早速策を練り始めるわけだな」

平十郎が納得したように言った。

「左平次がおれば、船頭の目で色々と検分してくれるはずだ。既に話はつけてある」

水主衆を差配する左平次を見ながら、真次郎は言った。

「俺たちは、相川に宿を取る。おぬしたちが合流する際には、どこにおるかわかるよう手筈を整えておく故、しっかりと検分を頼む」

真次郎の声に、平十郎は頷きつつ、肩をすくめてみせた。

「わかった。なら、俺は左平次の体が空くまでこの辺でブラブラするとしよう」

平十郎は帯から矢立を引き抜き、懐から懐紙を取り出した。

「仕事でなければ、最高の眺めなんだがな」

平十郎は時折、筆を目の前にかざしている。画の構図を決めているようだ。

「番頭さん、そろそろ行きますぜ」

源平衛が告げた。おどけた口調で、先ほどまでの渋面は消えていた。

昨日、船倉の中での博打で、源平衛は得意の手妻を使って、金穿大工たちから金子を巻き上げていただけに、気分は基本的には良いのだろう。

平十郎と左平次を残し、真次郎は歩き始めた。お多恵とは船内で知己を得て、相川までの道中を共にすると周囲にそれとなく伝えていた。小間物問屋の番頭と手代、三味線の師匠という組み合わせで佐渡の街道を歩いても不自然ではないはずだ。

波止場のはずれで、真次郎は改めて千石船を仰ぎ見た。

流れの速い海峡の潮を易々と渡ってきただけに、初めて見たときよりもその姿が大きく感じられた。近い将来、千石船と同様に堅牢《けんろう》な船を消さねばならない。方策を見つけるまでの暇は少ない。真次郎は船の姿を瞼に焼き付けた。

一五

奉行所の用意した馬に乗ると、重秀は周囲を見回した。離島に来るのは初めてで、勢いのある港町の雰囲気に圧倒された。物売りの声がそこかしこから聞こえる。

港から街道に抜ける道伝いには、乾物屋や一膳飯屋が軒を連ねていた。

迎えに来ていた佐渡奉行所の真壁藤二郎《まかべとうじろう》という若い同心によれば、金銀山のお膝元である相川はもっと栄えていたという。南蛮との唯一の貿易窓口になっている長崎に五万人が居住しているのに対し、相川には、三〇年ほど前までは四万人近くが住んでいたという。しかし、今では一万人ほどに減ったらしい。それだけ金銀山の盛衰の影響が大きいということになる。

「近くに宿根木という美しい入り江がありますが、観ていかれますか?」

「美しいというのは、見物に値するという意味か?」

重秀が訊くと、真壁は頷いた。

「代々、新任の奉行様が寄っていかれるものですから」

はきはきした口調で真壁が言った。

「要らぬ」

いつもの調子で重秀が言うと、真壁は頷いた。

「それでは奉行所に直接向かわれる旨、飛脚を出します」

そう言うが早いか、真壁は側に控えていた中間に指示を飛ばした。

重秀は真壁の横顔をまじまじと見た。江戸では、重秀のぶっきらぼうな態度にためらう若い同心が多い。この真壁という若者は違う。重秀の評判を聞き及んでいたにせよ、物怖《ものお》じすることなく、中間を使いこなしている。

「真壁と申したな」

「藤二郎で結構でございます」

真壁が笑顔で言った。

「藤二郎、俺が怖くないのか?」

重秀が訊くと、真壁は小首を傾げた。

「拙者の役目は、奉行様に気持ちよくお勤めいただくことにございます。江戸よりの報せにて、極力無駄を排するお方だと聞き及んでおりました故、事前に準備を進めており申した」

真壁は端整な顔に再び笑みを浮かべた。

「あいわかった。よろしく頼む」

そう言ったあと、重秀は手綱を握り、馬を歩かせ始めた。

「では、僭越ながら拙者が先導をつかまつります」

馬に飛び乗ると、真壁は重秀の馬を追い抜き、街道を目指した。

真壁の後ろ姿を見つめながら、重秀は頭の中で記憶を辿った。江戸を出立する直前、佐渡奉行所に勤める者たちの経歴を読み込んだ。それによれば、真壁は江戸の二十騎町の生まれだ。代々、南町奉行所に仕えてきた同心の息子で、一年半前から佐渡奉行所に勤めている二三歳……。

物怖じしない性格で機転も利く。時折、重秀の方を振り返って様子を見る気配りもある。これから成し遂げる大掛かりな極秘任務の懐刀として、使えるかもしれない。重秀は若い同心を観察し続けた。


小木の町を出たあと、街道が緩やかな上り坂に変わった。丘を上りきったところで振り返ると、馬上から小木の港が見えた。

金を運ぶ出雲崎発の航路のほかに、河村瑞賢の航路刷新によって北前船が寄港することになったため、小木の町全体の活気につながったのだと確信した。

ゆっくりと馬を進める。すると、遥か前方に残雪を宿した金北山《きんぽくさん》の西斜面が見えた。美しい山並みだった。視線を近くに転じると、敷物が階段状になって眼下に見え始めた。いや、敷物などではなく、田植えを終えた水田の波だった。物見遊山の道中にはしないと小木の港を出るときに言ったばかりだが、周囲に広がる光景は圧倒的な力を宿していると重秀は率直に感じ入った。

「天領の佐渡は、米どころにござる」

重秀の視線を辿っていた真壁が口を開いた。真壁は臆することがない。無駄口や世辞を言うこともない。馬の手配も万全だった。咳払いをしたのち、重秀は口を開いた。

「大まかな取れ高は確認しておるか？」

「歴代の奉行様への報告は、およそ三〇〇万束程度かと」

「ふむ」

重秀は、かつて勘定方に召し出された直後に担当した畿内地方の検地を思い起こした。灌漑や治水が進み、事前に勘定所が入手していた報告よりも実地の方が遥かに多いと直感した記憶が鮮明に蘇る。

眼前に広がる雄大な棚田の景色は、畿内よりも石高が多いと確信させるだけの広さがあった。青々とした苗が並ぶ水面が、浜から吹き上がってくる風に揺れる。画心はないが、平十郎のような画師にはたまらない風景なのだろうと思った。

美しい風景の中に、日頃の務めに疲れた体を委ね、張りつめた心を緩めたい。棚田の連なりが永遠に続くかのような風景に吸い込まれそうになったとき、切れ長の目をした将軍綱吉の顔が浮かんだ。なにか言いたげな顔だった。風流を楽しむ暇は、己には一切許されていない。

強く頭を振ったあと、頭の中の美しい風景を勘定所の帳面とそろばんの画に置き換えた。無理矢理頭を切り替えざるを得ないほど、目の前の風景は美しく、今までに接したことのない、心を躍らせるような力を持っていた。

重秀の頭上を鋭い鳴き声をあげながら、大きな桃色の翼を持つ鳥が二羽、通り過ぎた。日の本で一番美しいと称《たた》えられる朱鷺《とき》だった。頰を撫でる風が柔らかい。このまま、ずっとこの場所に留まりたい。

だが、そのような贅沢《ぜいたく》は一切許されていないのだ。己は実務と実利にのみ、生き甲斐を見出した人間である。重秀は強く自分に言い聞かせた。

〈およそ三〇〇万束程度かと〉……。

先ほど真壁が言った数字を頭の中で揉み込んだ。

棚田で植え付けや収穫に手間はかかろうとも、その程度の石高のはずがない。畿内や北関東の平地と違い、起伏に富んだ佐渡に洪水や鉄砲水の懸念は小さいだろう。今まで申告されていた数字は絶対に少ない。

「大佐渡、小佐渡を合算すれば五〇〇万束は下るまい」

真壁に向け、重秀は言った。

二枚の枇杷《びわ》の葉を上下に並べたような形の佐渡島は、大佐渡山地を抱く北部、小佐渡山地を抱く南部、その二つに挟まれた中央部の国中平野《くになか》から成る。国中平野は、かねてより肥沃な土地だと聞いていた。今、丘陵地帯の棚田を見ただけでも順調に苗が育っているのがわかる。三〇〇万束はどう考えても少なすぎる。

　真壁が顔をしかめ、言った。

「しかし、名主たちからは……」

　今まで嫌というほど聞かされてきた言い訳だった。太閤秀吉の実施した検地の頃からずっと、論功のあった土着の武士や郷士が、代々諸国の代官として家禄を継いできた。畿内や北関東、その他の地域において、古いしがらみは重秀が主導する形で断ち切ってきた。だが、この佐渡という天領にはかつてのしがらみが根強く残っているのだ。

「名主たちの報告などあてにならぬ。それがしが奉行となった以上、今までのような馴《な》れ合いは断じて許さぬ。一〇日以内に正しい石高を知らせるよう名主全員に布令を出すぞ」

「一〇日ですね」

　真壁の顔が明るくなった。

「やれるか?」

「もちろんにございます」

　やり通さねばならぬ。重秀は頷き返した。既に数々の書状や本土と行き来する役人たちから、己の評判は伝わっているはずだ。ここで手綱を緩めるわけにはいかなかった。

「一日、いや一刻の遅れも断じて許されぬ。徹底せよ」

　重秀が強い口調で言うと、真壁は大きく頷いた。すると、江戸から同行した金沢佐太夫が口を開いた。

「お奉行様、着いた翌日から厳しいことを言わずともよいではないですか」

四〇代半ばの金沢は、鷹揚な口調で言った。

「それがしは遊びに来たのではない。一時でさえ暇が惜しい。それから、名主には血判も添えるよう伝えよ。石高のわずかな漏れも許さない」

指示を伝えると、真壁は懐中から筆と書き付けを取り出した。まあまあと金沢がとりなす。馬を一旦停めると、重秀は金沢を見た。

「金沢殿、寺社奉行所はのんびりしたところだったかもしれぬが、勘定所および佐渡奉行所は公儀の中でも一番仕事が忙しいところだと心得てくだされ」

「承知いたしました」

馬上で金沢が渋々頷いた。

江戸を発つ一〇日前、老中の一人から寺社奉行所の金沢を勘定所に配置替えすると聞かされた。勘定所の内部で賂を正直に申告しない向きが大量に処分された直後であったため、検分なしに人柄の十分な金沢を受け入れた。穏やかな気質はいささか殺気立っていた勘定所の面々にすぐに受け入れられた。

金沢を引き入れた老中の命により、渡海に帯同した。江戸から中山道を経て、小諸《こもろ》、鉢崎《はっさき》、出雲崎と供させてきたが、老年の平勘定や、旅籠の番頭に至るまで金沢は気を遣い続けた。今も真壁を庇《かば》っているのだ。だが、今までの佐渡奉行の任務と、己の役目は全く違う。多少怖がられても、思いは貫き通さねばならない。

「金沢殿、佐渡金山の上納高をご存じか？」

「昔、学問所で習ったのは、二一〇貫（約八〇〇キロ）だったと記憶しております」

「それは大昔の話でござる。昨年は、二七貫（約一〇〇キロ）まで減っておる」

「えっ……それほどまでに」

「左様。このため、我らが異例ずくめの態勢で相川まで参るのじゃ。気を引き締めてかかっていただきとうござる」

重秀は秘かに舌打ちした。

老中の口添えがなければ、勘定所にとって金沢のような凡庸な役人は無用なのだ。人柄の善さだけで、世間を渡ってきた金沢という男は、佐渡に赴くにあたって、下調べさえしていない。真壁とは対照的な存在といえる。重秀は顔をしかめた。

一六

真次郎、お多恵、源平衛が相川に着いたのは夕刻だった。

小木の港を発ったあと、なだらかな丘陵地帯をいくつか越えた。その後は、御金荷《おかねに》（上納金）を運ぶ街道をつたって平坦な国中平野を行き、外海に沿った海岸の街道を進んだ。

「あたしが宿を見てくるよ」

駕籠から降りたお多恵はそう言うと、足早に一軒の旅籠に消えた。

「番頭さん、さすがに疲れたよ」

「そうだな……」

重秀一行は騎馬だった。駕籠と駆け足の男二人が追いつけるはずはなかった。顔中に脂汗が浮かんでいた。まずは湯屋に寄って一刻も早く汗を流したい。

お多恵が戻ってきた。

「この先に出雲屋って小綺麗《こぎれい》な旅籠があって、三部屋空いているって」

「そこにしようぜ、旦那」

真次郎と同様、脂汗を浮かべた源平衛が言った。お多恵に先導され、真次郎と源平衛は賑やかな相川の中心部を通って宿に向かった。

「彦様は無事に着いたのかい？」

早足で歩きながら、お多恵が訊いた。

「途中、奉行所の前を通ったとき、小さな生成《きな》りの布が外塀に括られていた。無事の報せだ」

千石船を降りる際、金沢佐太夫への疑念には触れず、隠密廻を警戒するよう改めて重秀に告げた。すると重秀は奉行所の塀に布を結ぶと言った。

相川の町に入る直前、遠回りになると嫌がる源平衛をなだめすかし、丘の上に建つ奉行所の前を通って確認した。

「湯屋に行ったら、早速動くよ」

先を行くお多恵が言った。

「お多恵はどうするのだ？」

「奉行所の役人や山師が出入りする山崎町の廓や煮売り屋の類いを調べてみる」

「姐さんが動く以上、おいらが遊んでいるわけにはいかねえな」

表情を引き締めた源平衛が言った。

「こういう賑やかな町で、一番早いのは金子が動く場所だよ」

そう言うと、源平衛は花札を切る仕草を始めた。

「なるほどな。わかった。俺も一緒に行こう」

船旅の後に一〇里余りの歩行で真次郎の体は疲れ切っていた。それでも新たな仕事の一里塚となる大事な行程だ。真次郎は両手で自らの頰を張った。


「壺っ」

真次郎の横に座る中盆《なかぼん》が一同を見回し、鋭い声を発した。その途端、相対していた壺振りが素早く賽子《さいころ》を壺に投げ込み、盆ゴザの上に置いた。

「丁半、どっちもどっちも」

もう一度中盆が鋭い声で言うと、隣にいた源平衛が壺振りの側に木札を三枚、置いた。

「丁だ」

源平衛が威勢のいい調子で告げると、赤い牡丹と昇り龍の彫り物を背負った中盆はにんまりと笑った。

丁、丁、半と座のあちこちから声が飛び交う。中盆の側にもあっという間に丁と同じ程度の木札が集まった。

「丁は手どまり。半方ないか、半方ないか」

真次郎は半に木札一枚を賭け、壺を睨んだ。

「双方、手どまり、丁半駒揃いました。勝負っ」

中盆の低い声が賭場に響き渡った。

旅籠から半丁ほど山側に入った造り酒屋の古い土蔵には、屈強な金穿大工や商人、流れ者の博徒らしき青年など一〇人ほどが集まっていた。旅の小間物問屋の番頭とその手代という触れ込みで真次郎と源平衛は賭場に入った。周囲に目を配ったが、怪しまれている気配はない。源平衛とともに江戸の様々な賭場に出入りした経験があるだけに、佐渡でも自然に場に溶け込んでいるとの自負はある。

「はい、二六の丁」

壺振りが気合の籠もった声で壺を開けた瞬間、にやりと笑った源平衛に真次郎は気付いた。

「本気になるなよ」

「わかってらい」

真次郎は顎を小さく動かした。

「対面の一番右端の男、注意して見ていろ」

「合点だ」

一見して二〇枚以上の木札を持つ中年の男が真次郎の視線の先に座っていた。いかつい肩と赤黒く日焼けした顔が他の客と趣を異にしていた。

「おそらく船頭だ」

真次郎は小声で源平衛に言った。赤黒い顔は、左平次と一緒だ。

「勝ってるみたいだけど、なぜあんなにつまらなそうな顔なんだい？」

「やはりそう見えるか。ならば、誘ってみるか」

船頭と思しき男は勝負に集中せず、なんどかあくびをしていた。勝っているにしては様子がおかしいと賭場に入ったときから感じていた。

真次郎は席を立ち、男に近づいた。

一七

「いやぁ、やはりお強いですな。潮目を読む眼力が花札の勝負も見通すのでしょう」

「そうかい？　たまたまツキがあっただけだ」

旅籠にほど近い料理屋の小上がりに入ると、真次郎と源平衛は花札を始めた。睨んだ通り、賭場でつまらなさそうな顔をしていた中年の男は船頭で、辻世五郎《つじよごろう》という名だった。

「さあ、世五郎の旦那。今日は本当に降参だ。たんと飲んでおくれよ」

源平衛が銚子を差し出すと、世五郎は猪口の酒を飲み干した。

「よっ、いけるクチだね」

数人の水主を遊ばせるため、世五郎は賭場に行っていたという。丁半博打は単純すぎて面白みがない……真次郎は腐っていた世五郎を外に連れ出し、源平衛とともに花札に興じた。もちろん、世五郎に良い役が作れる光札《ひかりふだ》が渡るよう、源平衛は仕込みを施しておいた。

半刻ほどで世五郎は一両も勝ち、すっかり機嫌が良くなった。ここから、色々と佐渡の海の事情を訊き出さねばならない。

笑みを作った真次郎は手揉《ても》みしながら口を開いた。

「それより、明朝の船出に差し障りはありませんか?」

真次郎が訊くと、世五郎は頭を振った。

「当分、わしの出番はない。新しいお奉行様が相川に入られてな、島のあちこちを検分なさる。その間は御用船の出船はまかりならぬって、寸法だ」

猪口を凝視する世五郎の口から、思わぬ言葉が飛び出した。真次郎と源平衛は互いに目で合図を送った。

「ほほう、そういうことがあるのですな。それでは世五郎さんは、御用船の御船手役ってことで?」

おどけた調子で真次郎が言うと、世五郎は頷いた。

「わしの家は、慶長の頃から代々御船手役を務めている」

世五郎の顔がほのかに赤みを増している。口調にはどこか誇らしさが籠もっていた。

「なるほど、そうでございましょうな。先代、先々代と腕を見込まれたからこそ、御用船を操られる」

　相手がさらに気持ち良くなるよう、真次郎は揉み手を続けた。

「腕だけじゃないぜ」

　世五郎は首元に下がっていた麻紐をたぐった。

「何年も何十年も真面目に勤めてきたからこそ、勘定所の偉い人から信用されているのだ」

　世五郎は麻紐をたぐり続けると、胸元から麻袋が現れた。所々に汗染みがある上、継ぎ当ても目立つ。お世辞にも綺麗な袋ではない。

「これを預かってもうかれこれ九〇年になる」

　世五郎は慈しむように、黒い物体を取り出した。源平衛と顔を見合わせたあと、真次郎は口を開いた。

「その大きな鍵はなんでございますか?」

　世五郎が鉄製の鍵を卓に置いた。同心の十手を一回りほど小さくしたような大きさだ。

「御用船の一番肝心な部分に使う物だ」

「肝心とは?」

　真次郎は酒を勧めながら訊いた。顔を酒で赤らめた世五郎がもったいぶった口調で告げた。

「停泊中の御用船はな、舵を鎖で固定して施錠してある。佐渡で造った金銀小判を運ぶ船だ。盗賊の手に渡すわけにはいかねえ」

いい塩梅《あんばい》に酔いが回ってきたのだろう、世五郎の口調が次第に砕け始めた。珍しい玩具《おもちゃ》を見るような目付きを作り、真次郎は言った。

「触ってもよろしいですか?」

「少しだけならな」

口調は穏やかだが、世五郎の目は笑っていなかった。頭を下げたあと、真次郎は鍵に触れた。世五郎の懐中にあったからか、ほのかに温かい。ずっしりとした重みがある。これだけの重みを持つ鍵を常に身に付けていれば、首や肩が凝ってしまうだろう。

「普通の鍵じゃないぜ」

世五郎が鍵の先端を指した。

「この相方の錠はな、江戸でも一番の職人が作った特製の海老錠《えびじょう》だ。どんな盗賊が挑んでも、この鍵でなければ絶対に開かない」

世五郎の太い指先を辿ると、たしかに今までに見たこともない鍵の形だ。普通は、鍵の棒の先に一つか、せいぜいで二つ、爪のような鍵山がある。眼前の鍵は、鍵山の数が五つだ。しかも、互いに向きが違う。今まで目にしたことのない異様な形だ。どのような腕を持った鍛冶《かじ》職人か知らないが、一本の鋼から爪を打ち出す術は尋常ではない。

「鍵穴を通って、錠のばねに当たる箇所が五つもある。錠前師と鍛冶屋が一年もかけてこさえた専用の鍵と錠だ。誰にも真似はできねえよ」

歌舞伎役者が見得を切るような調子で世五郎は誇らしげに言った。

「そりゃすごい。後学のために、その職人さんたちのお名前をお聞かせいただけますか？」

「江戸は上野の留介《とめすけ》という錠前師と、麻布の竜太《りゅうた》という鍛冶屋だ」

世五郎はすらすらと答えた。

「江戸に戻った際は、ぜひとも会うてみようと思います。手前も暖簾分けしてもらって身代を大きくした暁には、ぜひお二人に蔵の鍵を頼まねば」

真次郎が言うと、世五郎はいきなり笑い出した。

「そりゃ無理な相談だ」

真次郎が首を傾げると、世五郎は小声になった。

「二人とも、既に死んでいるからだ。その弟子たちもな」

「死んでいる？」

「正しくは、殺された、だな」

世五郎の瞳が鈍く光った。

「盗賊にでも身柄を攫《さら》われたら、同じ物を作られてしまう恐れがある。だから、御用船の錠前が完成したあと、二人とも些細な罪をでっちあげられ、公儀の手によって斬られた」

「なるほど……」

真次郎は唸った。

職人には気の毒だが、念には念を、ということだったのだろう。それだけ小判や金銀を満載した御用船は大事なのだ。江戸に戻り、金子を弾めば同じ物を作ってもらえると踏んだが、幕府の方が上手だった。

世五郎がしっかりと鍵を保持していれば、万全なのだ。万が一、海上で乗っ取られるようなことが起きても、肝心の舵を操ることができねば、針路が取れない。船に留まっておれば、岩礁にぶつかって沈む恐れさえある。

「その鍵は、世五郎さんがいつもお持ちなのですね？」

「もちろんだ。お奉行様も持っていないからな。長年、御用船の御船手役だけに委ねられている。海賊に襲われても、わしが鍵を持ったまま海に沈めばそれで船を守ることができるからな」

世五郎の声に張りが出てきた。酒の力だけでなく、己の仕事に自信を持っていることが自然と態度に出てきたものとみえる。

「それで、旦那は肌身離さず持ち歩いているってわけですかい？」

前のめりになりながら、源平衛が訊いた。

「もちろんだ。湯屋でも離さない」

「さすが御船手役だ。見事な男っぷりだねぇ」

源平衛が露骨に褒め上げる。

「この世五郎を含め、御用船の船頭は二人しかいねえ。もう一人は加藤という者だ。それぞれが自分の船の鍵に命を賭けているのさ」

「なるほど。やはりその道に秀でた方のお話はさすがですな」

真次郎が言うと、世五郎は頷いた。

「文字通り、御用船と世五郎は一心同体だ」

真次郎は源平衛に目をやった。このあたりが潮時だ。肝心の情報も存外に早く手に入れることができた。早めに宿に戻り、策を練る土台にしたい。

「手前どもは明日の朝から佐渡のあちこちを商売して回ります。今宵はこれで失礼いたします」

巾着から豆板銀を五つほど取り出したあと、真次郎は卓に載せた。

「旦那、今度は負けねえからな」

源平衛が言うと、世五郎は豪快に笑った。

一八

相川の旅籠・出雲屋に戻ると、佐渡各地の入り江を探した平十郎と左平次は既に到着していた。

真次郎が相部屋に入ると、夕餉を摂《と》っていた平十郎と目が合った。

「二人とも、なんだかいい顔色になってるじゃないか」

「早速、大きな収穫があったのだ。多少の酒には目を瞑れ」

真次郎が御用船の鍵の話を始めると、すぐに左平次が反応し、浴衣の袖を捲り上げた。

「なるほど、そんな仕掛けがあったのかい……舵に鎖をかけて鍵までするのか。さすがに考えたな」

左平次は、千石船の舵には施錠はしないと言い、御用船にはふんだんに金子がかけられているようだと感想を漏らした。

「ご公儀の大事な財産を運ぶのだ。万に一つも間違いがあってはならぬからな」

「それで、その鍵を手に入れねば、御用船は動かせぬということなのだな？」

平十郎の問いに、真次郎は頷いた。

「彦様に頼んで、合鍵をもらうのか？」

平十郎が心配げに言ったが、真次郎は首を振った。

「いや、合鍵はない。それに、あの金沢佐太夫とかいう役人も疑わしいが、隠密廻の目がどこに潜んでいるかわからん。今回ばかりは彦様を頼ることはできん。なんとかして我らの手で奪わねばなるまい」

「それじゃ、その御船手役の船頭を殺《や》っちまうのかい？」

左平次が刀を振り回すような仕草で言った。

「いや、船頭に恨みはない。殺す理由もない」

真次郎は再度首を振り、答えた。

「ならば、おいらがなんとかするしかねえな」

源平衛が真面目な口調で言うと、平十郎が口を開いた。

「かすめ取ったとしても、お多恵の得意技は使えないぜ。錠前師に頼み込んで、同じ形の鍵を作ってもらうとか、やり方を色々考えねばなるまい」

平十郎が冷静な口調で言った。だが、あの鍵にはまだまだ仕掛けがあるのだ。

「いや、あれだけの鍵と錠を作る職人はもはやおるまい」

真次郎が説明を加えると、途中から平十郎が画筆を取り、鍵の形を書き始めた。

「うむ、こんな仕掛けのある鍵は、よほどの腕の錠前師でなければ作れまい……」

平十郎が描き上げた絵を覗き込み、左平次は唸った。

「こりゃ、想像以上に厄介だぜ」

「だからこそ、我ら微行組がやらねばならんのだ」

真次郎は、一同を見渡して強い口調で告げた。

平十郎と左平次が夕餉を済ませたところで、真次郎は改めて訊いた。

「入り江の様子はどうだった？」

左平次が口を開いた。

「半日ばかり小木周辺から相川までの沿岸を回った。面白い場所はあそこだけだな」

左平次が平十郎に顔を向けた。

「小木の港の近くに、宿根木という集落がある。深い入り江があり、周囲には廻船業者がたくさん住んでいる」

「小木の港には御用船と北前船の出入りがあるが、宿根木の港はあっしらのような傭船《ようせん》専門だ。千石船が一度に一〇隻係留できる」

「なぜ面白いのだ？」

真次郎が訊くと、左平次は身を乗り出した。

「積み荷を間違える機会が多いからだよ。同じような船がたくさんあるからな。あっしはそんな間抜けはしないが、新顔の水主は荷を別の船に積み込むようなことがある」

一〇隻、積み荷間違い……。左平次の言葉が真次郎の胸に引っかかった。

「どうした、真次郎？」

考え込んでいると、平十郎が顔を覗き込んできた。

「近いうちに、その宿根木という所に行ってみたいな。なにか良い策が浮かぶやもしれん」

平十郎が大きく頷いた。

「陸に上がってみたのだが、たしかに面白い場所だった。船大工が建てた家々が迷路のように入り組んでいる。あんな場所には初めて行った」

「はやる気持ちを押さえ込み、迷路みたいな路地を通って、女の所に行くのがオツなんだ」

左平次がそう言ったとき、真次郎は、頭の中に薄明かりが灯ったのを感じた。

「宿根木という所、御用船の御船手役は詳しいのか？」

「いや、知らねえはずだよ。小木という立派な港があるからな」

「……そうか」

なんとかして御用船の御船手役を連れ出し、鍵を奪うことができないか。

「簡単に画を描いてきた」

平十郎が紙を差し出した。

細い筆で描いた淡い色合いの風景だ。画の奥側に白い波が立っている一方、入り江の水面は穏やかだ。

外洋から深く入り込んだ美しい入り江に、二隻の千石船が浮かんでいる。入り江の全景とともに、御用船を消し去る策略の一部が真次郎の目の前に広がり始めた。

一九

朝の強い日差しを浴びて、重秀は目を覚ました。

相川の奉行所は海を臨む高台に建てられている。金銀山の方向に大御門があり、南側には金銀や小判、灰吹銀《はいふきぎん》が収められた御金蔵が据えられていた。

敷地の真ん中には奉行の重秀や下役が実務を執り行う御役所があり、門から見て一番奥の海側に御役宅（奉行の住居）が設えてある。

島に着いてから一〇日経った。

最初の三日間で国中平野や大佐渡、小佐渡の検地に立ち会った。各地の名主からも続々と血判入りの報告が届いていた。なにをやるかわからない奉行、そんな風評は確実に佐渡中に広がっていた。

この間、若い同心の真壁が重秀の指示を着実にこなしたことも、大きな助けとなった。重秀は黙って真壁の働きを観察し続け、策略の同志に加える確信を強めていった。

その後は、金銀山の釜の口（坑口）を見て歩いた。供は山師と奉行所の金沢だった。釜の口からのぞく間歩《まぶ》（坑道）の狭さと暗さに驚いた。山師によれば、最近間歩のいたる所から水が湧き出し、これを掻き出すことに労力を割かれ、採れ高の減少の主因になっていると知らされた。

たしかに、下帯姿の水替穿子《みずかえほりこ》（坑内排水にあたる人足）たちが二〇名程度かかりきりで水汲《みずく》みに追われていた。山師は新たに水貫間切《みずぬきけんぎり》（排水坑道）を切り通し、水を効率的に山の外に押し出す仕組みが必要だと訴えた。実地で検分すると、水替穿子たちが余計な働きを強いられていることが即座にわかった。

急いで身なりを整え、お白洲近くにある組頭詰所に向かった。文机で筆を手に取ると、江戸の勘定所宛に文を書いた。

検地の様子や金銀山の詳細を老中に伝える内容だ。文を書き終えると、重秀は大広間や使者の間を通り抜け、御金蔵の方向へ歩き出した。

相川の奉行所に着いてから、ずっと敷地内の細かな所まで検分した。

あと何年、いや何カ月後に早まるかもしれないが、小判の吹き直しのあと、秘かにやらねばならないことがある。誰にも明かすことはできないが、確実に実行せねばならない。

御金蔵の前では、五名の奉行所の門番が寝ずに見張りを行っていた。それぞれに挨拶したあと、重秀は蔵の裏手に回り込んだ。高い黒塀と建物の間は五間（約九メートル）ほどある。両手を広げて再度長さを確認した。門番以外の人気《ひとけ》のないうちに、真壁を呼んでおこう。ここならば、真壁に本心を明かしても大丈夫だ。そう思って奉行所の方向に体を向けると、不意に声をかけられた。

「お奉行様、なにをしておいでですか?」

振り返ると、笑みをたたえた金沢が立っていた。金沢の声音はいつもの通り柔らかい。ただ、普段よりも醒めた目をしている。重秀は瞬時にそう感じた。

「御金蔵を破る不届き者の入る余地がないか、検分しておった」

「そのようなことは、我らにお任せくだされ」

「あいわかった」

短く答えたのち、重秀は玄関の方に歩み出した。すると、すれ違い様に金沢が口を開いた。

「奉行所に着いた当日、生成りの布を塀の所に括られておられましたな?」

「そうか?」

立ちどまり、金沢の顔を見た。いつの間にか笑みが消えていた。言い様のない不気味さが漂っている。

「翌朝、布はどこかに消えておりました。その後も三度ほど布を括られていたようですが、町娘との逢い引きの合図でございますか?」

おどけた口調で金沢が訊いた。声音はいつもの通りだが、先ほどから目は笑っていない。

「それがしも、たまには息抜きをしたい。奉行という立場上、なかなか表立って遊郭には参ることができぬ故、廓の奉公人を仲介役としておったのだ」

とっさに出任せを言った。舐め回すような金沢の視線が重秀の全身を這《は》っているのがわかる。

「そのようなことなら、なおさら、我らにお申し付けくだされ。拙者も女子は好きでございます。

江戸で怖い女房の尻に敷かれております故、ご公儀公認の相川の遊郭は秘かに楽しみにしておりました。早速ですが、今宵はいかがでありましょう?」

「いや、一人で参る」

早口でそう告げると、重秀は玄関に向かった。

〈微行組に急ぎの知らせがある場合は、藍色の布を〉

千石船を降りる際、すれ違った真次郎の言葉を思い出す。玄関で草履を脱ぐと、重秀は廊下を小走りで過ぎた。

金沢に見張られている。平静でいろ。己の胸に強く言い聞かせるが、小走りの足取りは変わらなかった。金沢を推した老中の顔が浮かぶ。隠密廻になにか弱味でも握られ、金沢を送り込むよう指示されたのではないか。様々な考えが重秀の頭の中を駆け巡った。

二〇

相川の町の東側、金銀山につながる街道沿いの茶屋で待っていると、真次郎の耳に、蹄《ひづめ》の音が響いた。ほどなく、騎乗した陣笠姿の重秀が曲がり角を過ぎるのが見えた。

今朝、相川の宿で朝餉《あさげ》を摂っているときに、奉行所に出入りする道具屋を介して使いが来た。小さな紙袋の中には、藍色の布と茶屋町の茶屋で待てとの短い文があった。

重秀の周囲でのっぴきならない事態が起きたのだ。同時に、金沢という奉行所の役人の顔が浮かんだ。何事があったのか。真次郎は慌てて宿を飛び出し、茶屋に出向いた。

「朝からすまぬ」

馬から下りると、重秀は陣笠を外した。額に玉のような汗が浮かんでいる。

「いかがされましたか？」

「金沢だ」

やはり悪い予感は的中した。

「金沢殿がなにか？」

「俺を見張っておった。生成りの布がバレた」

生成りの布は、重秀が異常のないことを微行組に伝える合図だ。

「布を括り付けた三度ともに、奉行所の人間には見られぬよう注意しておったのだが……」

「金沢殿は、隠密廻の手の者かと。実は佐渡に来る千石船の中から、金沢殿は怪しいと睨んでおりました。彦様を動揺させぬよう黙っておりました」

「……そうだったのか。金沢はある老中によって勘定所に引き入れられ、急遽渡海に帯同した」

重秀の声が沈んだ。

「隠密廻には、食い逸《はぐ》れた歌舞伎者が交ざっていると聞き及んだことがございます。そのご老中も隠密廻の協力者でありましょう」

真次郎は、金沢の煙管の握り方に違和感を持ったことが、金沢を怪しむ端緒だったと説明した。

「なるほど、確かに金沢は町人が筆を持つがごとく羅宇に人差し指を添えて、煙草を喫んでいたな……」

　重秀は唸るように言った。重秀の顔に怯えの色が濃く出ていた。異能の官吏だが、隠密廻という得体のしれない組織には免疫がない。視線は茶屋の天井や街道の方向をなんども行き来している。未だに体中を恐れが支配しているのは明らかだった。

「他に、なにかまずいことでも？」

　真次郎は努めて優しい口調で訊いた。

「今朝も、奉行所の敷地にある御金蔵の裏手を調べに参ったのだが……」

　そう言ったあと、重秀は突然言い淀んだ。いつも無駄を廃し、己の言葉を口にするときは明瞭な言いぶりをするだけに、真次郎は違和感を覚えた。

「御金蔵がいかがしました？」

「いや、なんでもない。忘れてくれ。微行組には無縁のことだ」

　そう言うと、重秀が急に視線を外し、店の奥の茶汲《ちゃく》み女に茶と団子を頼んだ。

　茶汲み女が運んだ茶を飲んだあと、重秀は周囲を見回した。

　かます（金銀を入れて背負う筵《むしろ》の袋）にたくさんの鉱石を詰めた穿子《ほりこ》（鉱石を掘る支援をする者）たちが行き来する中、重秀は小声で切り出した。真次郎は顔を近づけ、ひと言も漏らすまいと集中した。

「布については、遊郭に行く合図だと偽ってその場を凌いだ」

「賢明なご判断です。しかし、恐らく金沢は彦様と我らのことを知っているとみた方がよいでしような」

「なぜだ？」

「隠密廻は平十郎に秘かに近づき、我らの佐渡行きを察知したフシがあります。金沢殿が急に寺社奉行所から転じたのも、その一環とみれば理屈に合います」

真次郎は重秀の顔を凝視した。ようやく落ち着きを取り戻したように見える。だが、隠密廻の本当の気味悪さを重秀は知らない。

「平十郎に近づいたのは、盗賊に殺された同心の娘で、元花魁です。吉原で世話になった者より知恵を得て、危ういところを避けたばかりにございます」

真次郎の言葉に、重秀は眉根を寄せた。心持ちのいいことではないが、さらに注意を促さねばならない。

「しかしながら、隠密廻は彦様の喉元に間者を植え付けました。幾重にも網を張り、我らの動向を探っていると思われます。平十郎が狙われた以上、それがしやお多恵、源平衛の人相も割れていると思わねばなりませぬ」

低い声で告げると、重秀は顔をしかめた。

「うむ……しかれば、今後どのようにすればよい？」

「当面、検地と金銀山の再開発に注力なさる、これしかありません。布の合図はしばし見合わせましょう。御用船の一件は、我らにお任せください」

「金沢はどうすればよい？」

眉間に皺を寄せたまま、重秀が言った。

「万が一の際は我らが排除せねばなりますまい」

「……わかった。なるべく手荒なことはしないでほしい」

「我らもそのように考えております。しかし、彦様を陥れようとする向きになり、新たな事態にでもなりますれば、排除のときは早まるかと」

「新たな事態とはなにか?」

「上様を無理矢理説得するような輩が現れるといったことです。そのときは金沢殿に躊躇なく刀を抜くでありましょう」

「あいわかった。気をつける」

神妙な面持ちで重秀は答えた。

二

重秀と茶屋で別れた後、廓のある山崎町で情報収集を続けるというお多恵を残し、真次郎は平十郎らとともに相川で小さな漁船を雇い、左平次が着目した宿根木に向かった。

雇った船頭は風向きを見て、一旦外海《そとうみ》に出た。

佐和田《さわた》や真野《まの》など、相川に次ぐ町がある大佐渡と小佐渡の間のえぐれた部分は通り越すのが早道だという。外洋から今度は一気に小佐渡の先端方向を目指す。風が弱くなった段で、船頭は水

かな？」

「旦那、今日は千石船がたくさん出入りしているので、一旦小木港の内の澗《ま》に着けてもいいです
様子を見ていた左平次が得心したように言った。

「まあ、妥当な判断だな」

主衆を差配して艪《ろ》を漕《こ》がせ始めた。


複雑な入り江と巨大な千石船の影が見え始めた段階で船頭が懇願口調で言った。

「それならば致し方あるまい。任せる」

「あいすいません」

会釈したあと、船頭は水主衆に、内の澗へ、と大声で命じた。

「もう昼すぎだ。うまい蕎麦屋があるって聞いたのだが、どうだい？」

左平次が指を箸に見立てた所作をしながら、訊いた。

「八右衛門《はちえもん》ですかい？　あそこの蕎麦は佐渡一、いや、日の本一かもしれません」

「このところ、ずっと根を詰めていたからな。よかろう」

大小様々な岩礁がそそり立つ波打ち際で、半裸の海女たちが器用にたらい舟を操って漁をしているのが見える。

「この辺りの名物でさ」

船頭が目を細めながら言った。

「鮑や栄螺がいる所を皆知っております。この辺りの潮目は速いので、海産物の味は天下一品で

さ」

「たしかに、相川で食った魚や貝はどれも抜群にうまかった」

平十郎がおどけた調子で言うと、船頭は自慢げに頷いた。

ほどなくして船は小木の港に着いた。船頭から聞いた道順で様々な店が軒を並べる筋を進むと板塀の美しい蕎麦屋が見え始めた。店の前の〈八右衛門〉の暖簾が浜風にたなびいている。

店に入ると、すぐに蕎麦が出てきた。小ぶりの丼に十割蕎麦と薬味が載せられ、飛魚出汁《だし》をかけた簡単なものだった。ただし、蕎麦の風味と出汁の香りが絶妙で、真次郎らは次々と追加を頼んだ。

蕎麦を食べたあと、左平次の案内で真次郎らは宿根木に向かった。小木の町並みから小高い丘を越えた。一里ほどで道は急な勾配で下り始める。すると、平十郎が画に描いた風景が、真次郎の眼前に広がった。岩礁が剝き出しとなった深い入り江はことのほか美しい。

「ほお、あそこが船着き場か」

外洋の波は高いが、その内側はほとんど波がない。天然の要衝だと思った。歩みを速め、船着き場に進む。入り江のあちこちに船留め用の石が見える。黒い岩ばかりで、白い柱が一際目立っている。入り江は、入り口が狭く、陸側が広い。広げた扇を逆さにしたような形だ。

「これは立派な船留めだ」

真次郎が拳で白っぽい円柱を叩くと、左平次が得意気に言った。

「瀬戸内の尾道《おのみち》から持ってきた御影石《みかげいし》でさ」

「なぜ、わざわざ瀬戸内から？」

「西廻り航路で、上方に荷物を満載していくのはいいが、帰りは船倉が空っぽになっちまう。荒波を受けたらまずいので、代わりの荷として積んできたのさ。わざわざ御影石なんて高い石を買うんだ。この辺りの廻船業者は金持ちってことさ」

左平次は船頭の顔で真次郎に言った。

「それにしても、立派な石だ」

もう一度船留め石に触れながら言うと、左平次は言葉を継いだ。

「瀬戸内の御影石は、江戸の大店の旦那衆が一家の墓石としてわざわざ取り寄せることもある。それだけ値の張る贅沢品ってことさ」

「大店が使う石を船留めにするとは、たしかに贅《ぜい》を尽くしているな」

真次郎はゆっくりと入り江を見渡した。大型の千石船が四隻係留されているほか、外洋から一隻入ってくるのが見える。

「御用船も問題なく入れるな」

真次郎がぽつりと言うと、左平次は力強く頷いた。

「小木の港になんらかの細工をして、ここに誘い込めば船を奪うことができる。もとより、舵の鍵を手に入れておく必要はあるがな」

入港する千石船を睨みながら左平次が言った。真次郎は改めて周囲を見回した。深く切れ込んだ入り江の広さは、日本橋の河岸程度か。どうやってここに御用船をおびき寄せるか。季節はいつか。様々な策略の下画が頭の中に浮かんだ。

「町の方も見てみようぜ」

茶屋の暖簾に視線を移した源平衛が言った。街道を挟んで山側が宿根木の集落となっている。谷間の小さな町を覆うように、高い竹垣が設えてある。

竹垣の中ほどにある引き戸をくぐると、目の前に幅一間ほどの狭い小路が現れた。立て札には〈世捨小路《よすて》〉とある。人を食った名だと真次郎は思った。

真次郎がその立て札を眺めていると、左平次が言った。

「村で弔いがあったときは、寺から出た棺がここを通って焼き場に行くそうだ。だからこの名が付いたと聞いたことがある」

左平次が先を行く。

酒屋の脇を過ぎて小路が突き当たると、道が左に逸れる。世捨小路と同様、極端に道幅が狭い。花園社下にある町と同じようだ。あの猥雑な一角と違うのは、周囲の家々の造作がとても豪奢なことだ。

「この一帯は、廻船業者が住んでいる。見なよ、贅沢な檜や檜葉《ひば》をふんだんに使ってら」

道の両脇から、板塀や家の壁が迫る。左平次が言う通り、高価そうな板材が使われていた。

「あっちを見てみなよ」

左平次が小路の先を指した。奇妙な曲線を持つ家が別の小路と交差する角に建っている。

「三角家《さんかくや》っていうのさ。狭い小路に建てるので、工夫してるってわけだ」

「なるほどな」

「腕の良い船大工が建てたと聞いた。佐渡の職人の腕は大したもんさ」

得意気な口調で左平次が言う。

「馴染みの廻船問屋はいるのか？」

真次郎が訊くと、左平次は顎で三軒ほど先の家を指した。

「なんども仕事をしたことがある。清十郎《せいじゅうろう》さんという気風《きっぷ》のいい問屋だ。宿根木だけでなく、佐渡でも一、二を争うほどの金持ちだ」

真次郎が歩み寄ると、小さな表札に〈清十郎〉の名が刻んであった。だが、金持ちと言われても、家を覆う板こそ高価そうだが、造作は他の家並みと変わりはない。真次郎が首を傾げていると、左平次が頭を振った。

「奉行所に目を付けられるのが嫌で、外回りは平凡なのさ。中はすごいぜ。京の職人に彫らせた欄間や、有名な画師に描かせた春夏秋冬を表す襖絵《ふすまえ》なんざ、江戸の大店にもひけをとらねえ」

左平次がそう言ったときだった。小路の先から、ゆっくりと歩み寄る人影が見えた。陣笠を被った侍だ。真次郎は平十郎や源平衛に目で離れろと合図した。二人はゆっくりと今来た小路を戻っていく。

「これは、いつぞや船でお会いした真之介さんではありませんか」

陣笠を外した侍が口を開いた。佐渡に渡る千石船で乗り合わせた奉行所の金沢だ。穏やかな笑みを浮かべた金沢が一歩一歩、ゆっくりと真次郎に近づいた。

「これは金沢様」

「ご商売ですかな？」

柔和な顔は船のときと一緒だが、目付きが違った。金沢は突然口元を歪め、不気味な笑みを浮かべた。

「金沢様は、ご公儀の任務でございますか？」

平静を装い、真次郎は訊いた。

「左様。不審な者共が島に紛れ込んでいるとの報せがあった故、あちこちを調べておる」

もう一度、金沢の口元が歪んだ。千石船で出会ったときの顔が穏やかだっただけに、歪んだ表情が不気味さを際立たせている。金沢はさらに真次郎との間合いを詰めた。

「ここ数日来、お奉行様に近づこうとする者共がいるやに聞いておる。ちなみに真之介さん、おぬしは相川の廓をお奉行様に紹介するなどということはしておらんよの？」

もう一歩、金沢が踏み出した。真次郎は秘かに小路の両脇の塀と足元を確認した。

「小間物の商いが本業でございますので、あいにくとそちら方面は」

「おぬしに似た者がお奉行様と一緒にいるのを見た、そのように申す奉行所の人間が何人もおるのだがの」

そう言った途端、金沢は右足を大きく踏み出した。と同時に、右手が刀の柄《つか》にかかった。しかも柄をつかむ手は逆さだ。

逆手で刀を抜く。煙管の握り方と同様、侍ではあり得ない剣法だ。市中の俠客が狭い部屋や小路でいきなり斬りつけるときに用いる抜き方に他ならない。

　真次郎はとっさに草履を脱ぎ捨て、右肩から地面に転がり込んだ。金沢の足元に突進したとき、頬のすぐ脇を刀が通り過ぎた。寸前で刀をかわした真次郎は、頭上から再び振り下ろされる刃先を避けた。カキンと乾いた音が小路に響く。

　金沢が舌打ちしたとき、真次郎はがら空きになっている金沢の左腿《ひだりもも》に己の両腕を絡ませた。

「そなた、やはり侍ではないな」

「微行組など小賢しいわ。殺してやる」

　そう言うと、金沢はもう一度刀を振り下ろそうと構えた。真次郎は両腕に力を込めると同時に立ち上がり、己の体重をすべて金沢の背中にかけた。右腕を振り上げていた金沢はたちまち顔から地面に倒れ込んだ。もう一度、乾いた音が小路に響いた。

　倒れ込んだ金沢の左腿から手を外すと、真次郎は一気呵成《いっきかせい》に攻め込んだ。背中に乗りかかったまま、両腕を金沢の喉元に回し、締め付けた。

「そなたは隠密廻だな。誰の命で奉行様を見張っておるのだ？」

「そんなこと、言えるか」

　額を真っ赤にした金沢は声も絶え絶えに言った。

「そなたを勘定所に推薦した老中の思惑はなんだ？」

「下っ端にそんなことまでわかるかい」

「これでも言わぬか？」

真次郎が両腕に力を込めたとき、平十郎や源平衛、そして左平次が駆け寄ってきた。

「よせ、真次郎。このままだと絞め殺してしまうぞ」

「こうせねば、こちらが殺される」

もう一回、真次郎は締め上げた。金沢の首筋に浮き出た血管が、どくどくと脈打っているのがわかる。

「俺を殺したら、面倒なことになるぞ」

「殺される前に、誰が指図しているのか明かすのだ。北町奉行所の与力か?」

「……知らねえ」

真次郎が金沢の顔を覗き込むと、次第に顔面全体が赤みを帯びてきた。一旦力を緩めると、金沢はもがき始めた。

「暴れるな。素直に吐けば、命だけは助ける」

真次郎がそう言った瞬間だった。様子を見ていた平十郎らの顔が醜く歪んだ。と同時に、きつく金沢の首を絞め上げていた真次郎の左腕に、生温かい液体が溢れ落ちた。

「舌を嚙み切ったぜ……」

と言いながら平十郎は顔をしかめている。腕を解き、首の向きを変える。両目を大きく見開き、口元を鮮血に染めた金沢が真次郎を睨んだあと、絶命した。

「……無駄な殺生をしてしまった」

真次郎が呟くと、平十郎が言った。

「小木の港にある番所に届けねばならぬ。理由はどういたす?」

「躓いて転び、過って舌を嚙み切った。我らが駆け付けたときには事切れていた……そう言い繕うしかあるまい」

真次郎が目配せすると、意を察した源平衛が駆け出した。すぐに奉行所から役人が来るだろう。不審に思われても、最終的には重秀が守ってくれる。だが、ついに、隠密廻と正面からぶつかってしまった。今後、さらにつけ狙われるのは確実だ。血潮を吐きながら絶命した金沢を凝視し、真次郎は考え込んだ。

二二

北町奉行所の与力番所で柳田が町民の訴えを記した書状を点検していると、唐突に襖が開いた。蠟燭《ろうそく》の灯に浮かび上がったのは、両頰がこけた無精ひげの男だった。

「高木ではないか。いかがした」

「先ほど、急ぎの飛脚がこちらを……」

高木が差し出した書状をひったくるように受け取ると、柳田は文字に目を凝らした。信じ難い一文が目に飛び込んできた。

「……金沢佐太夫が死んだ?」

柳田が唸ると、高木が対面で頷いた。荻原の渡海に合わせるように、隠密廻の間者を放ったことは聞いていた。金沢の人となりについても、隠密廻の中でも相当な手練だと高木から知らされていた。まさか死ぬとは思いもしなかった。

「……宿根木という集落で石畳に躓き、誤って舌を嚙み切った。この見立ては本当なのか？」

小木番所の同心が駆け付けて検分し、金沢の死はやむを得ない事故だったと結論づけていた。

柳田の言葉に、高木は強く首を振った。

「転んで死ぬような輩ではないはずだ。違うか？」

「仰せの通りです。金沢、いや公助《こうすけ》は元々旅回りの軽業師でございます。万に一つもそのようなことはありますまい」

そう言うと、高木は別の文を柳田の目の前に差し出した。

「佐渡奉行所に出入りする間者からの文にございます」

「……宿根木で金沢を発見したのは、江戸駒込の真之介と名乗る小間物問屋の番頭、その連れの手代ら計四名……金沢の首元には強引に締め上げた痕が残り……」

文を持つ柳田の手が微かに震え始めた。

「あの連中では？」

「金沢からは、佐渡に着いた初日に書かれた文が届いております。人相書で確認したところ、勝部真次郎ら微行組一行に相違ないとの連絡を受けておりました。勝部は柔術の遣い手故、殺めたのは奴に違いありません」

「なぜ両者がぶつかったのだ？」

「わかりません。ただ、間者によれば、佐渡奉行の荻原殿がなんどか慌てた様子で奉行所を出入りする姿が下役に見られておりました。金沢の存在を疎ましく思い、勝部に殺害の指示を出したとしたら、理屈は合います」

「やはり微行組が動くと死人が出る。素人が隠密の真似事などするからだ」

目の前の文を思い切り引きちぎりたい衝動を柳田はなんとか押さえ込んだ。

「北町奉行所としては、敵を討たねばなるまい」

奥歯を嚙み締めながら、柳田は言った。

「既に手を打っております」

薄らと涙が浮かんだ目で、高木が言い切った。

「なぜ勝部らは佐渡にまで出向いたのだ？　荻原の身辺警護だけが目的ではあるまい」

柳田が言うと、高木の瞳が鈍い光を発した。

「真の狙いにつきまして、今、懸命に調べを進めておりまする」

「真の狙いとはどういう意味だ？」

「奴らは当初佐渡行きを漏らしながらも予定を変えたように見せて、偽者を伊豆に行かせ、我らの目を欺こうとしました。奉行に同道して佐渡に行くだけのために、そこまで手の込んだことをするはずがございません」

「それで、どの程度までわかったのだ？」

「今しばし、お待ちください。必ずや奴らの目的を探り出し、謀略を阻止する所存にございます」

高木が唸るように言った。仲間の死で激高しているだけではない。高木はなんらかの端緒をつかんでいる。柳田はそう確信した。

二三

佐渡を発って一月の間上方を回った重秀は、ようやく江戸に戻り、馬喰町にある実家を訪ねた。秋の日差しが例年になく強い日だったが、実家の縁側には大川から心地よい風が流れ込んでいた。女中に尋ねると、父・種重は一〇日ほど前から風邪を患い、床に臥《ふ》せっているという。

廊下を進み、父の寝間の前で膝をついた。

「彦次郎、ただいま江戸に戻りました」

「おお、ご苦労だったな。入ってくれ」

予想していたよりも父の声に張りがあった。安心して襖を開くと、布団の上に、以前よりも痩せた父が横たわっていた。平伏して挨拶する。父は咳き込みながら体を起こした。

「佐渡はいかがであった?」

「初めての検地を行いまして、以前の取れ高よりも二〇〇万束も多いことが明らかになり申した」

重秀が告げると、父は頭を振った。

「そうではない。どんな場所だったかと聞いておる。全くもって風流を解さぬ倅《せがれ》だ」

父は苦笑した。

「画に描いたように風光明媚な美しい場所でありました。米も豊富に取れ、いくつも優れた酒蔵がございました。主な目的だった金銀山の検分も果たして参りました」

金銀山と言った途端、父は再度苦笑した。

「それで、検分の結果はどうだったのだ」

「長年、山のあちこちを掘り続けた結果、酷い出水に悩まされておりました。そこで、間歩（坑道）を測量する振矩師《ふりがねし》（技師）を公儀で雇い入れ、海に通じる南沢への水貫間切を掘り始めました」

「なるほど。いかほど金子がかかるのだ？」

「今後、五、六年で一〇万両ほどになるかと」

ときに咳き込みながらも、父は的確に訊いてくる。

「水替穿子たちは水汲みの労が軽減され、金穿大工たちは金銀掘りに専念できるというわけじゃな？」

「いかにも……」

重秀がその先を言おうとしたときだった。父が顔を覗き込んできた。

「しかし、作業が捗《はかど》るようになっても、と言いたそうじゃの？」

「左様にございまする。出水が数年で解決したとしても、永遠に金が出てくる保証は一つもございません」

「佐渡に渡って、いよいよ決意を固めたか？」

父が意外なことを言った。重秀が首を傾げると、父の瞳が鈍く光った。

「決意とはいかなる意味でしょうか？」

重秀は尋ねた。

「おまえの考えていることは、既に察しがついておる。佐渡に渡ったのは、奉行としての任務はもとより、本当は小判の吹き直しの時期を探るためであろう」

「……いかにも」

図星だ。実の父とはいえ、公儀の極秘任務を漏らすわけにはいかない。事前に話したことはないが、父は真の狙いを的確に理解していた。老いたとはいえ、詰将棋の達人である父の見立てに狂いはない。重秀が押し黙っていると、父が言った。

「いずれ鉱脈は途絶える。そのときまでに、公儀の権威を盤石にすればよいであろう」

詰将棋で数十手先を読んだときのように、父は断言した。

「その通りにございます。公儀への信認が揺るぎないものであれば、小判の質をどうこうする必要はございませぬ」

「小判の中身は、本来は安価な銅、いや、粗末な鉄でも構わんのだ」

存外に強い口調で父が言った。

吹き直しへの布石は打っている。既に将軍綱吉の裁断も仰いだ。あとは実施する時期を慎重に選ぶのみだ。ただ、父は重秀が考えていた事柄よりも、遥かに大胆なことを言った。

「小判の重さや形への思い入れは人それぞれだ。だが、公儀への信用が揺るがぬという大前提があれば、小判など葵《あおい》の御紋を刻んだ鉄でも構わん。そうは思わんか？」

「鉄、でございますか」

「左様。小判は、米の代金や居酒屋の手間賃として使う道具の一つにすぎん。公儀が安泰という信頼があれば、高価な金をふんだんに使う必要はない。今までの大判小判は愚の骨頂だ」

「……金の含みを大幅に減じることは考えておりますが、鉄までとは……」

「そのぐらいの気概で事に臨めということだ」

「肝に銘じまする」

重秀は父に深く頭を下げた。

「もう一つ。おまえは多くの者に誤解され続けておる。己で気付いておると思うが、この際改める気はないのか？」

父は勘定所を経て小普請《こぶしん》入りし、事実上無役となった八一歳の老人だ。頭脳は昔から明晰《めいせき》だ。米相場の先々を見通す千里眼は、勘定所の中でも自身の処世術に活かされた。重秀は自分よりも遥かに優れた人物だととらえてきた。だが父が役人生活を送ってきた時期と、今とでは全く違う。いかにも今は、幕府開闢以来の非常時なのだ。

「お言葉ながら、周囲に心配りをしている暇がございません。多少変わり者だ、奢《おご》っていると言われても、次々と沙汰を下さねばなりませぬ」

重秀は、嘘偽りのない気持ちを父に伝えた。すると、眉間に皺を寄せながら、父は言った。

「幕府内だけでなく、新井白石にも気をつけろ。師匠の木下順庵《きのしたじゅんあん》の紹介で上様の甥《おい》に仕えるやもしれんと聞いた。さすれば公方様に万一のことがあったとき、白石は次期将軍の後見役となる。一気に出世しておまえに噛みつくであろう」

「それがしには微行組がおりまする」

重秀が言うと、父の顔が緩んだ。

「……そうか。そのために真次郎らがおるのだからな。皆は達者でおるか？」

「佐渡にも秘かに同道させました。吹き直しに向け、色々と準備をさせておりまする」

「そうか。これだけは肝に銘じておけ」

そう言うと、父の目付きが幾分きつくなった。

「真次郎らを裏切るようなことは絶対にいたすな。あの者らは心底おまえを信頼しておる」

父は意外なことを言い出した。なぜこのようなことをわざわざ言うのか。

「……無論にございます」

一瞬だが、重秀は口籠もった。すると、即座に父が問い返した。

「なにか隠し事でもあるのか？」

この一点だけは、いかに父とはいえ明かすわけにはいかない。重秀は畳の目を睨みながら言った。

「政務が多岐に亘る故、すべてを微行組に報せておるわけではありません」

「本当のことを言え。真次郎ら微行組を欺いてはおるまいな？」

「おりませぬ」

重秀は平伏し、真意を悟られぬように告げた。

「そうか。それならばよい。おまえのやることは、絶対に間違ってはおらぬ」

「ありがたきお言葉です」

重秀が両手を畳につき、さらに深く頭を下げると、突然父が激しく咳き込み始めた。慌てて寄り添った重秀は、右手で父の背中をさすった。浮き出た背骨が痛々しかった。

「ところで、佐渡の奉行所に真壁という者はおらぬか？」

突然、父が話題を変えた。首を傾げていると、父はさらに言った。

「おらぬのか？」

「いえ、真壁藤二郎という若い同心がおります。しかし、なぜご存じなのですか？」

重秀が尋ねると、父は笑みを浮かべた。

「真壁の家は代々南町奉行所に勤めておったが、その親戚筋に少し所縁《ゆかり》があっての」

父は真壁藤二郎の叔父がかつて勘定所に勤めていたと明かした。

「その真壁の妻が一時病に臥せっておったことがあった。南蛮由来の珍しい薬が必要な病であった」

天井を見上げて父が言った。

「もしや、父上がその薬代を工面したのでしょうか？」

「いかにも」

佐渡で初めて会った真壁だが、ぶっきらぼうな新任の上役に臆することがなかったのは、真次郎らと同様、父が耕した畑で育った人物だったからだ。

「ありがとうございます」

頭の奥に、若い藤二郎の顔が浮かんだ。重秀の心理的な負担になることを嫌い、あえて父と叔父の関係に触れなかったのだ。

「父上と所縁のあった若い同心ならば、今後一層目をかけることにいたします」

「そうしてやってくれ。さすれば、真壁の家のためにもなろう」

「あいわかりました」

父に礼を言いながら、重秀は藤二郎に新たな任務を与える肚を決めた。父が用意してくれた畑で育った者であれば、絶対信頼のおける人物だ。姿勢を正し、重秀は口を開いた。

「そろそろ精のつく食べ物をお摂りになった方がよろしいのでは？」

「そうよの、小網町の喜代松の鰻を久々に食いたいのう」

ようやく父の話しぶりが普段の口調に戻った。

「わかりました。丼と肝吸いを取り寄せましょう」

「あと、二、三日して咳が収まってからにいたそう。骨が喉に引っかかったら、命を落とすことになる」

おどけた口調で父が言った。

「それがしも上方で検地後の様子を検分して回り、疲れが溜まっております。鰻で滋養を摂ります故、父上にも近々届けさせましょう」

「おまえがあちこち飛び回っている間に、喜代松は新たな店を芳町に出したぞ」

お多恵からなにも聞いていない。重秀が驚いてみせると、父は言葉を継いだ。

「なんでも三年前に入った女中頭が随分遣り手らしくての。お多恵が不在のときも、二つの店を巧みに切り盛りしているようだ。もちろん、金坊も立派な若い番頭に成長した」

天井を見上げながら、父は慈しむような笑みを浮かべた。

しばらく金坊の顔を見ていない。真次郎から逞《たくま》しく成長していると伝え聞いているが、幼い頃の笑顔しか浮かばない。

「それでは、近いうちに鰻箱を届けさせます故、どうかゆっくりご養生を」

重秀はそう言って父の屋敷を後にした。

第四章　奪取

一

元禄八（一六九五）年七月初旬、荻原重秀は徳川綱吉に謁見するため、勘定所を出た。

初めて佐渡島を訪れてから四年が経った。勘定吟味役と佐渡奉行を兼務しながら、重秀は着実に公儀の無駄を削ぎ落とし、地固めを行ってきた。綱吉に呼ばれ、直接作業の進捗状況を尋ねられる機会も増えた。

今年の夏は様子がおかしかった……御座之間の下段に入り、綱吉の御成りを待つ間、重秀は考えを巡らせた。

梅雨が長引き、寒々しい夏となった。市中では早くも米の不作を予想する声が強まり、じりじりと米や野菜の値段が上がり始めていた。

新たな施策の導入を目前に控え、今日は綱吉への報告に来た。平伏したまま待っていると、小姓が三方を運び込む音が響いた。しばらくして、大きな足音が聞こえた。三方の脚を睨んでいると、綱吉が小判を手に取ったのがわかった。

「これが新しい小判であるな」

袂をたくし上げた綱吉は、人差し指と親指で吹き直しを経た小判をつまんでいた。

「ふむ……多少、以前よりも厚くなった気がするが、重さは変わらぬのう」

目を細めながら、綱吉は小判をまじまじと見つめた。

「御意。金の目方は三割ほど落としましたが、代わりに銀の目方を慎重に調整して増量いたしました結果、四・七六匁《もんめ》（約一八グラム）と同一でございます」

「なるほど……色目も少し薄くなっただけで、以前と変わらぬではないか」

重秀らが一番腐心したのが目方だ。江戸市中の町人だけでなく、幕府内部の官吏たちもそれぞれに小判の重みを体で知っていた。目方が変われば、必ず不満が噴き出す。長年、個人が皮膚感覚で馴染んだ重みという点を変えずに済んだ小判は、吹き所に詰めていた熟練の職人たちの技の結晶だった。

「銀を増やしたため、以前よりも白っぽくなりましたが、色揚げという磨きの技術を本郷の吹き所の職人たちが編み出し、慶長小判と同様の色味を実現いたしました」

綱吉は新しい小判を改めて舐め回すように眺めた。

「一〇日後、市中に出す布令でございます。お目通しのほどを」

重秀が言うと、小姓が素早く綱吉の前に書状を差し出した。

「どれ……〈金銀極印古くなり候につき、吹き直すべき旨……世間の金銀も次第に減じ申すべきにつき、金銀の位を直し、世間の金銀多くなり候ため、この度、これを仰せつけられ候こと〉

……なるほど、良いではないか」

重秀が起草した布令だ。

市中に流通する小判が古くなった上、金銀の資源も次第に減っているため、小判の中身を改めて一新し、世間に流通する小判を増やす……。かねてより考えていたことが、一気に実現する。

小判の改鋳時期については、佐渡から帰った年の冬に肺炎で亡くなった父・荻原種重の米相場の値付け一覧表を参考にした。

父の一覧表は米価だけでなく、野菜や酒など様々な物産の値段の高安の要因にも触れていた。ここ五〇年の間、周期的に冷たい夏が訪れ、関東一帯だけでなく、奥州や越後など日の本の米どころが相次いで凶作に見舞われた。

今後、あと二、三年で大凶作になる恐れがあった。世間の仕組みを一気に変えるには、冷夏による凶作が明らかになる前であることが肝要だと綱吉を説き伏せた。この年も長雨が続き、稲の生育が芳しくないとの報告が各地から入っていた。新しい政策へと舵を切ったのは決して間違いではない。

布令を記した書状を小姓に戻した綱吉が、おもむろに口を開いた。

「それで、吹き直しによる公儀の出目《でめ》（利益）はいかほどか？」

優秀な官吏の目付きで綱吉は重秀を見つめている。

「拙者の試算では五〇〇万両ほどになりまする」

「それでは、当面は公儀の金蔵も安泰じゃな」

「恐れながら、あくまでも急場しのぎでございます」

首を振りながら、重秀は本心から言った。

侍の社会は幕府が始まって以来、全く仕組みが変わらない。領地を報償とする制度の根幹を変えられないため、侍社会の中で回る金子は一定量でほとんど増えなかった。

一方、河村瑞賢のように公儀の大規模な河川改修などを請け負う商人が勃興している。紀伊国屋や越後屋といった様々な商品を扱う業者も着実に業容を拡大させ、商人の勢いは止まらない。このままでは、遠からず再び小判が足りなくなる日が来るのは明白だった。

「本音を申し上げてもよろしゅうございまするか?」

重秀が訊くと、綱吉は悠然と顎をしゃくった。頭を垂れ、重秀は話し始めた。

「小判というものは、酒の代金や手間賃を仲介する道具の一つにすぎませぬ。極論いたしますれば、公儀への信認が揺るがぬ限り、瓦礫《がれき》を集めて鋳り直し、葵の御紋を彫ったものでも立派に通用いたしまする」

一気に告げた後、重秀はゆっくりと視線を上げた。小判を握ったまま、綱吉は目を見開いていた。

「重秀、さらにもう一度吹き直しをいたすと言うのか?」

大きく額《ぬか》ずいたあと、重秀は言葉を継いだ。

「おそらく、あと二、三年の間に大凶作が起こりまする。台所が窮した小藩、飢えに苦しむ者を救うため、公儀から多大な支出をせねばならない機会が増えましょう。いつまでも小判の中にある金の比重にこだわるべきではありませぬ」

「うむ……重秀の考えは十分に理解しておる。だからこそ、権現様の定めを破ってまで吹き直しを行ったのだ」

一瞬だが、綱吉の顔が曇った。幕閣の中で、早くも吹き直しの弊害について耳打ちした者がいるのだろう。重秀が口を噤んでいると、綱吉は言った。

「古い小判を果たしてすべて回収できるのか、などと申す者がおるのじゃ」

「存じております」

金の含有率を三割も落とし、値段の安い銀を多量に使ったのだ。日本橋辺りの両替商は一斉に反発している。金をふんだんに使った価値の高い小判を、みすみす安物の銀が大半となった小判に強制的に切り替えさせられるからだ。農民であれば、年貢の比率が一夜にして二、三倍になったに等しい。ただ、こうした批判や不満は事前に予想していた通りだった。

「いかなる反対があろうとも、やり通さねばなりませぬ」

強い口調で重秀は言った。たちまち綱吉の眉根が寄った。

「理屈はわかっておる。ただ、甲府宰相まで嫌なことを言い出したのじゃ」

甲府宰相とは綱吉の甥の綱豊《つなとよ》だ。綱吉の嫡男・徳松《とくまつ》が夭逝《ようせい》したため、綱豊は次期将軍となる公算が高い。だが、重秀には別の懸念があった。

「正しくは、側に控える者が甲府宰相様に嫌なことを耳打ちされた、ではございませぬか?」

重秀の言葉に綱吉は頷いた。眉間にはくっきりと縦皺が刻まれていた。

うじゃ」

「……そうだ。余がよく知る木下順庵の弟子筋の男が、頻繁に綱豊に会い、知恵をつけておるよ

重秀の頭の奥に、融通の利かない総髪の男の顔が浮かんだ。

「新井白石という学者にございます。学問に費やした時間の多さを人前で恥ずかしげもなく誇るような男です。学問の多寡とご政道の舵取りは全くの別物にて、気になさる必要はありませぬ」

重秀は懸命に舌打ちを堪えた。

努力ややる気といった目に見えぬ力で、政道は動かぬ。まして、大飢饉でも起これば、公儀はなんとしてでも市中に金を融通し、飢えを凌がせねばならない。孔子のありがたい教えで、餓《かつ》えた民の腹が膨れることはないのだ。

頭の中に蓄えた堅苦しい理屈と、実際の世の中を動かすことは全く別物だということを白石は未だに理解していない。その上、甲府宰相に取り入り、現将軍の考えを惑わすような言葉を吐いている。

「しかしの、その白石と申す者はこのところの長雨は、吹き直しの祟《たた》りだと言っておる。余も将軍だ。権現様の定めを破ったため、多少は後ろめたさがあるのじゃ」

綱吉が珍しく弱音を吐いた。

たしかに長雨が続き、米の作況も芳しくない。ただし、その原因は決して祟りなどではない。雨や風は周期的に移り変わるもので、人間の都合などは一切関係ない。父の種重が遺《のこ》してくれた米相場の値付け一覧表をみれば、天候不順や地震は常に一定の確率で起こり得るものなのだ。

下腹に力を込め、重秀は言った。

「祟りが目に見えますか？　権現様の時代と我らが営む今の世は、全くの別物でございます。気に病むことなどかけらもありませぬ」

「しかし、実際こうも長雨が続くとな」

綱吉に強い視線を送りながら、重秀は説明を続けた。

「亡き父が遺した記録によりますれば、長雨が続く夏は周期的に訪れております。凶作によって米価が騰がることは長い歴史が証しを示しましょう。祟りなどと目に見えぬものを利用して戯《ざ》れ言《ごと》を申すのは、上様を公然と貶《おとし》めるも同然に心得まする」

「そうじゃの。あいわかった」

大きく息を吐き出し、綱吉が言った。

白石にはほとほと困り果てる。二〇〇〇年以上も昔の孔子の教えを暗記し、都合のいいように曲解して政道に当てはめる。それでは飽き足らず、今度は祟りまで持ち出す。呆れる以外ない。

「万が一、吹き直しへの風当たりを押さえ切れなくなった際はいかがいたす？」

嫡男の死後、勢いを増す甲府宰相の存在に悩む綱吉が、再度弱気の顔をのぞかせた。だが、吹き直しに対する不平不満は予想していた事態であり、対処方法も微に入り細を穿ち、考えていた。

「拙者に秘策がございます。既に、準備を整えております故、ご安心あそばされませ」

重秀の言葉に、綱吉は身を乗り出した。

「秘策とは、なにか？」

「恐れながら、上様にも明かすことができませぬ。いや、上様が関与なさっては後々まずいことになります」

重秀が告げると、綱吉は口元に笑みを浮かべた。

上州・沼田城の一件以降、重秀が数々の施策を成し遂げた背景には微行組の存在がある。もちろん、面と向かって綱吉にその存在を明かしたことは一度もない。だが、隠密廻だけでなく、御《お》城坊主《しろぼうず》あたりから薄らと綱吉の耳にも、重秀の裏で何者かが動いたという事情が通じているのは間違いなかった。

綱吉も表立って幕府非公認の隠密組織の存在を知ることの不利益は知っている。そのあたりの事柄を咀嚼《そしやく》する能力は、綱吉は幕閣の中でも一番高い。

「よきに計らえ」

重秀は平伏した。

広間の畳の細かい目の一つひとつが、佐渡島に打ち寄せる波しぶきに思えてきた。重秀は退席する綱吉の足音を聞きながら、肚を決めた。だが、綱吉にさえ、佐渡奉行兼勘定吟味役の己が、御用船を消すと明かすわけにはいかなかった。

二

総髪の男を伴い、柳田佑磨が深川の料理屋の座敷の襖を開けると、額と鼻に脂をたぎらせた町人が平伏していた。

「これは柳田様、お忙しい中おいでくださってありがとうございます」

典型的な猫撫《ねこな》で声が座敷に響いた。

「固い挨拶は抜きにしましょうぞ。こちらは、甲府宰相様の後見役となられた儒学者の新井白石殿だ」

柳田が白石を紹介すると、老年の町人はもう一度平伏した。

「日本橋の両替商・鴻池《こうのいけ》の番頭にございます」

大店の番頭は、柳田や白石という人間そのものではなく、北町奉行所の与力、そして何よりも甲府宰相の後見役という立場に傅《かしず》いている。

長年の与力生活を経て、人が立場や権威に頭を下げる場面に嫌というほど立ち会ってきた。今宵の相手の狙いが露骨であろうとも、傅かれているうちが花なのだ。そうされるためには、多少の無理をしてでも与力という立場を守る。役職がなければ、侍の世界では死んでいるも同然だ。奉行所の他の与力に陰口を叩かれようが、自分のやり方を変えるつもりなど一切ない。

柳田がそう考えているうちに白石は短く名乗り、床の間を背に座った。以前のような腰の低い態度は消え失せていた。次期将軍への講義を担当するという誇りが、自然に身のこなしに出ているのだろう。柳田は廊下に向かって声を張り上げた。

「おい、酒と膳を頼むぞ」

柳田は白石と並んで座り、鴻池の番頭を見据えた。顔を上げた番頭の口元に薄ら笑いが浮かんだ。

なんにせよ、この男は公儀の内部情報を欲している。大店の舵取りを担う番頭という仕事柄、いち早く公儀の動きを他の大店に先駆けて入手するのが一番の役目なのだ。感情の籠もらない愛想笑いなど不要という言葉を呑み込みながら、柳田は切り出した。

「荻原殿が近々、勘定吟味役から勘定奉行に昇進なさるそうだ。我らの見立てとは正反対だが、吹き直しの功績だと聞いた」

柳田が告げると、番頭は揉み手しながら口を開いた。

「ご出世は結構ですが、吹き直しは天下の悪業に他なりません。手前共商人が寝る間を惜しんで稼いだ利を、たった一枚の布令でひっくり返したのですから。わずか一分の利で小判を全部換えよとは、あまりに殺生です」

揉み手は続いているが、番頭の目付きは笑っていない。いや、この醒めた目付きこそ、競争相手をなぎ倒してきた商人の本性なのだ。柳田が番頭を見据えていると、横にいた白石がおもむろに口を開いた。

「左様。権現様の定めを破り、しかも上様をたぶらかしてまで吹き直しを強行しおった。昔から彦次郎は強引だったが、最近は目に余る。先の長雨も祟りに違いない」

酒も入らぬうちから、白石は顔を真っ赤にして怒りをぶちまけた。

「白石様の仰る通りにございます。噂によれば、荻原様は東照宮にも行かれたことがない不信心なお方とか」

番頭の言葉に、白石はさらに勢いづいた。

「さすがにそれはないが、いずれにせよ権現様を軽んじているのは明白である。けしからん男に相違ない」

強い口調で白石がまくしたてた。右手で白石を制すと、柳田は言った。

「酒を酌み交わしながら、あの男をなんとかする術を考えましょうぞ」

白石と番頭が頷いた。

「柳田殿、なにかしらの方策でも？」

白石が鋭い目をして訊いた。

「隠密廻の高木五郎衛門を中心に、荻原の不正行為を探し続けております。荻原を叩けば、必ずや埃が出て参りまする。折を見て、今まで集めた悪業の数々を読売屋に一斉に知らせます」

柳田は一気に告げた。

江戸市中で絶大な人気を得ている読売屋は常に新しい話を欲している。そのため、いつも奉行所の周りをうろつき、馴染みの同心や岡っ引きから話を聞き出している。柳田自身も何人か優秀な書き手を手なずけていた。

「その際は、ぜひ手前どもに事前にお知らせを。米相場やらが動きましょう。もちろん出目の一部は柳田様に」

番頭が抜け目のない表情で言った。生き馬の目を抜くような商いの世界で、長年生きてきた手練だけが見せる表情だ。

荻原を失脚させた上で、金子も得る。近いうちに必ず実行してみせる。

「これからも連絡を密にいたしましょうぞ。白石殿は引き続き甲府宰相様へのご注進を」

柳田の言葉に白石は無言で頷いた。

隠密廻が植え付けた御城坊主らによれば、嫡男を亡くした直後から、将軍綱吉は弱気になりがちという。

異例の出世を遂げている荻原にせよ、側用人の柳沢吉保にせよ、所詮は綱吉という後ろ盾があればこその存在だ。甲府宰相という新たな公儀の担い手をこちらの手の中に入れている以上、綱吉も荻原の申し出をすべて採用することはできまい。

こうして大店の番頭という商いの最前線に身を置く者から話も聞ける上、白石という切り札もある。

「必ずや荻原を打倒いたそう」

自らに言い聞かせるように告げると、柳田は一気に猪口の酒を飲み干した。

三

勝部真次郎が小網町の喜代松の二階の座敷から日本橋川につながる運河を眺めていると、河沿いから野太い男の怒声が響き始めた。

「ふてえ野郎だ。商売道具盗みやがって！」

縁側の欄干から顔を出すと、さらしを巻いた若い船頭が運河を下る船に向かって声を張り上げていた。

「全く物騒な世の中だい」

襖が開き、源平衛が言った。その後ろには、画塾の仕事を終えた稲葉平十郎も控えていた。

「どうした？」

真次郎が訊くと、源平衛が顔をしかめた。

「米問屋が船であちこちに配達していたら、船ごと盗まれたってさ」

「番人を置かねえからだ」

番茶を啜りながら、部屋にいた左平次が吐き捨てるように言った。

「長雨が続いて日照り不足だ。市中では米がなくなるとの流言が広がっているようだ」

縁側に立った平十郎が言った。たしかに真次郎も同様の噂をなんども聞いた。今までも長雨があったあとは、極端な米不足が一定の周期で訪れた。

「全く困ったもんね」

前掛けで手を拭きながら、お多恵が座敷に顔を出した。

「喜代松向けの米だったのか？」

真次郎が訊くと、お多恵は頭を振った。

「三軒先の小さな旅籠用だったみたい。うちは別の問屋から取り寄せているから」

「なんでも奉行所があちこち調べているようだが、一向に下手人は捕まらぬらしい。おそらく何人も同じような輩がいるのではないか」

平十郎がそう言うと、真次郎は手を打った。

「船を荷ごと盗む不届き者が増えている……奉行所も手を焼いている、か」

「旦那、どうした?」

源平衛が首を傾げた。

「御用船の御船手役《おふなてやく》、辻世五郎はどうしておる?」

真次郎は構わず、左平次に顔を向けた。

「霊岸島の御船手屋敷に帰ってるよ。二、三日前に吉原で姿を見た」

「そうか……」

米不足への懸念に端を発した船泥棒の頻発、そして奉行所の取り締まり強化。二つの出来事が、同時に、佐渡の宿根木《しゅくねぎ》の風景が真次郎の瞼の裏に蘇った。微行組の最大の仕事は、このやり方でいけるのではないか。

真次郎の頭の中で一つの実を結んだ。

「こんな考えを思いついた」

真次郎が小声で言うと、微行組の面々が真剣な顔で座敷の中心に集まった。

「やれるかい?」

源平衛が心配げに言った。

「やるしかあるまい」

真次郎が低い声で応じると、平十郎やお多恵が頷いた。

「まずは、慎重に人を選んだ上で、彦様に文の使いを出してくれ」

真次郎はそう言うと座敷の隅から文箱を引き寄せた。素早く紙を広げると、重秀に宛てて筆を走らせた。


喜代松の座敷で策略の絵図を描いた一〇日後、真次郎は深川の料理屋に世五郎を呼び出した。佐渡のときと同じように、真次郎は小間物問屋の番頭・真之介に化け、源平衛が手代を装って、花札を持ちかけた。

江戸に戻ってからも、源平衛には、なんどか世五郎と花札で博打を打たせていた。重秀との接触を控えながらも、御用船の詳細をさらに知る必要があったからだ。

「佐渡・相川《あいかわ》の借りは今日こそ返しますぜ、世五郎の旦那」

源平衛は威勢よく言ったあと、札を切った。

真次郎は付き合い程度で交じったが、世五郎の目付きは真剣そのものだった。それもそのはずだ。勝負が拮抗《きっこう》するよう、予め源平衛が手札の調整を済ませていたからだ。

「相川のときのような大勝ちはなかなか……今宵も調子が出ぬな」

配られた札を睨みながら、世五郎が唸った。

「手前は酒の追加を頼んで参ります」

真次郎がそう言って腰を浮かしかけたとき、世五郎が口を開いた。

「酒はもう要らねえよ。借りた舟を操ってここまで来たからな。酒が回って大川（隅田川）に落ちたなんて評判が立ったら、御船手役から外されちまう」

「それでは、茶を頼んでまいりましょう」

柔らかい口調で真次郎が告げた直後だ。数人が階段を駆け上がってくる足音が座敷まで響いた。

「何事だ？」

世五郎が顔を上げるのと同時だった。突然、襖が開いた。

「動くでない！」

鋭い声が座敷中に響き渡った。

「それがし南町奉行所同心の平稲十郎《たいらいなじゅうろう》である。これより、詮議いたす故、動くでない」

真次郎は世五郎に向け、顔をしかめてみせた。

「平様、ここは穏便に……」

真次郎は懐から巾着を取り出し、素早く小判を懐紙に包んで同心に差し出した。

「馬鹿者、博打の詮議ではない。先ほどこの一帯で舟が三艘《そう》盗まれた故、調べておるのだ」

同心が告げた瞬間、世五郎は立ち上がった。

「こうしちゃいられねえや」

世五郎が廊下に出ようとすると、同心は両手を広げ、行く手を阻んだ。

「邪魔するない！」

世五郎が怒鳴ると、平と名乗った同心が告げた。

「公儀の調べに背けば、それだけで縄をかけるぞ。この宿や付近一帯に舟泥棒が逃げ込んだとの知らせがあったのだ。おとなしく調べに応じよ」

　真次郎が秘かに目配せした。同心は小さく頷く。

「わしだって公儀の御船手役ですぜ。どいておくんなさい。仲間から借りた舟がどうなっているか見に行くだけでございます」

　青筋を立てて世五郎は抗弁するが、同心は引き下がらない。すべて事前に打ち合わせた通りだ。真次郎は慎重にやりとりを見守った。

「御船手役がこのような場所で内々に博打を打っておったのか、聞き捨てならぬ」

　同心が真次郎に目で合図を送ってきた。いつもの町人風の髷を同心と同じ八丁堀風に変えた平十郎だ。古着屋から手に入れた三ツ紋付の黒羽織を巻羽織《まきばおり》にして、右手には朱房の十手を握っている。

「そなたが御船手役だと証明できるものを持っておるのか？」

　平十郎が鋭い声で一喝すると、世五郎は顔をしかめ、下を向いた。

「いかがした？　できぬと言うなら、自身番にて詳しく事情を聴くまでだ」

「わかりましたよ……」

　そう言うと、世五郎は渋々胸元で麻紐をたぐり寄せた。

「刃物か？」

「証しをお見せいたしやす」

　さらに紐をたぐり寄せる世五郎に対し、平十郎は腕をつかんで制した。

「待て、奉行所の手の者に。匕首でも隠し持っているのではないか?」

平十郎がさらに力を込めると、顔を真っ赤に染めた世五郎は怒鳴り始めた。

「勘弁しておくんなさい!」

料理屋の座敷隅で、偽同心の平十郎と世五郎が揉み合いを始めた。

「まあまあ、お二人さん、穏やかにいこうぜ」

慌てた様子で源平衛が割って入った。だが、なおも世五郎は肩をいからせ、平十郎に突っかかった。

「平様。この辺で……」

真次郎は大げさに頭を下げた。

「世五郎殿も、さあ謝りましょう」

「そなたも動くでない!」

再度、平十郎が鋭い声を発した。左手で世五郎の右手を握った平十郎と、二人の間に割って入った源平衛がそれぞれ空いた手で互いを押し合っている。その周囲を、平十郎が集めてきた三名の偽岡っ引きが取り囲む。座敷はにわかに捕り物の様相を呈し始めた。

「おとなしくお縄をちょうだいしろ!」

偽岡っ引きが鋭い声で叫ぶと、世五郎が顔を向けた。その瞬間だった。真次郎の目の前で、源平衛が世五郎の首にかけた紐を抜いた。岡っ引きに食ってかかっている世五郎は、気付いていない。この間、源平衛は別の麻紐を世五郎の首にかけた。目にもとまらぬ早業だった。手妻(手品）の源平衛でなければできない仕事だった。

「離してくれ！」

偽岡っ引きに背中から羽交い締めにされた途端、世五郎が叫んだ。すると、平十郎が世五郎の首元に手を回し、麻紐を引っ張り出そうとした。

「触らないでくれ、御船手役だけが持つ御用船の鍵なんだ」

そう叫びながら、世五郎は抵抗を続けた。

四

料理屋近くの自身番に連行されると、世五郎はようやく観念した。小間物問屋の番頭に化けた真次郎はひたすら偽同心の平十郎に許しを請うたが、認められなかった。世五郎は最後まで麻紐を手放さず、ずっと懐中に御用船の鍵を収め続けた。

「御用船の鍵とやらを見せてもらおう」

今までとは打って変わり、平十郎が穏やかな口調で切り出した。真次郎がさらに許しを請うと、平十郎は偽岡っ引き三人を番屋の外に立たせ、言った。

「これなら文句はなかろう。拙者とそなた、それに連れだけだ」

平十郎の言葉に世五郎は渋々頷いた。

「わかりましたよ。ちゃんと葵の御紋が入ってるから、しっかり見届けておくんなさいまし」

世五郎は麻紐をたぐり寄せ、袋に入った黒い鋼の鍵を取り出した。

「あっ……」

「いかがした？」

「ご、御紋が……」

世五郎が鍵の握りを指した。先ほどの揉み合いの際、源平衛と平十郎は手の込んだ仕事を世五郎に仕掛けていた。

抵抗する世五郎に隙ができると、源平衛はその首から麻紐を巧みに抜き取り、事前に用意していた偽物と素早く入れ替えることに成功した。その速さは際立っていた。

その後、平十郎が大げさな動作で偽の麻紐に手をかけると、世五郎は激しく抵抗した。この時点で世五郎は、よもや鍵の入った袋が入れ替えられていたとは気付いていない。平十郎がわざと手をかけたことだけに記憶が集中していたのだ。平十郎と世五郎のやりとりを見ながら、真次郎は改めて感心した。

「御紋などないではないか。やはり、そなたは嘘を言っておったのだな？　さてはこの鍵は盗んだ舟の舟簞笥《ふなだんす》の鍵かなにかではないのか？」

平十郎が鋭い声で問うた。世五郎は必死に頭を振っている。すかさず真次郎は言った。

「世五郎様は断じて舟泥棒などではございません」

「しかし、御用船の鍵を持っておらんではないか？　下手に隠しだてすると、そなたも手代も一緒に縄を打たねばならん。正直に申せ、世五郎は舟泥棒ではないのか？」

畳み掛けるように平十郎が言うと、今まで強気だった世五郎の態度が一変した。

「違います、信じておくんなせえ。鍵をすり替えられたんです。勘定所に行って聞いてもらえればわかりますよ。わしは御船手役・辻世五郎に間違いないんです！」

いつの間にか、世五郎はひざまずき、両手を合わせて許しを請うていた。

「信じられんのう。現に、鍵に御紋が入っておらん以上、舟泥棒の嫌疑が一際強まったと言わざるを得まい」

平十郎は自身番の外に向け、大声を張り上げた。

「入って参れ！　一人は南町奉行所に急ぎ、応援の同心を呼んで参れ！」

「勘弁しておくんなせえ、本当に御船手役なんですぜ！」

世五郎がすがるような声を上げたとき、平十郎は突然口元に笑みを浮かべた。

「入れ！」

平十郎が再び声を発すると、偽の岡っ引き三名が番屋の戸を開けた。

「アレを」

「こちらにございます」

偽岡っ引きは懐から麻紐が付いた袋を取り出し、平十郎に手渡した。

「こちらが真の御用船の鍵だな？」

平十郎が麻紐をたぐると、黒光りする鍵が現れた。真次郎がかつて相川の小料理屋で目にした鍵だ。握りの部分に葵の御紋が見える。

「おお、そうでございます！　これです」

大きな声で世五郎は言った。だが、すぐに顔を曇らせた。

「なぜ、これが……」

世五郎が目を白黒させていると、平十郎が低い声で告げた。

「我らは南町奉行所の隠密廻である。佐渡奉行にして勘定吟味役の荻原様より命を受け、御船手役の素行を調べておったのだ」

平十郎は懐から書状を取り出し、世五郎の眼前にかざした。

「……たしかに佐渡奉行、荻原様の字だ……」

世五郎の声が上ずった。三日前、秘かに勘定所に使いを出し、重秀本人に書いてもらった書状だ。世五郎の言う通り、書状自体は本物だ。ただ、その意図を重秀は知らない。

「……御船手役の日頃の行いを監視し、間違いがないか検分されたし……」

世五郎はまだ話の内容をつかみかねていた。首を傾げながら平十郎を見上げている。

「世五郎は博打好きにて、常にその行いを見張っておったのだ。博打に気を取られておる故、先ほどのような騒動が起こったときに大事な公儀の鍵をすり替えられたことに気がつかんのだ」

平十郎が大げさな口調で告げると、たちまち世五郎は借りてきた猫のように萎れた。

「わしはこれで御役御免ってことですかい？」

「いや、あくまでもそなたの隙を失《な》くすことが荻原様のご本意だと承っておる。今後は博打を控えた方がよいのではないか？」

「あいすいません……」

可哀想なほど、世五郎の声は沈んでいた。真次郎は秘かに平十郎へ目をやった。

「わかればよい。では、鍵を大切にいたすのだ」

平十郎から鍵を受け取ると、世五郎は素早くしまい、平伏した。


真次郎と同心に化けた平十郎は、すっかり萎れた世五郎を深川の船着き場に連れて行った。

「それじゃ、わしは失礼しますよ」

猪牙舟に毛の生えたような小さな舟に世五郎が乗り込んだ瞬間、船着き場の奥から怒号が飛んだ。

「おい待て、そりゃ俺の舟だ」

声の主が慌てて駆け寄った。

「ほら、ここに俺の雇い主の屋号があるだろうが」

駆け寄った男は、提灯の灯を舳先《へさき》に向けた。すると、丸に大の印があった。

「すまねえ、慌てていたもんで」

首筋を掻きながら、世五郎は再度萎れた。

「舟をもやった場所を間違えたんだ」

世五郎は、対角線上にある地点を指した。

「気をつけて帰るのだ。今の間違いは勘定所には報告せぬからな」

偽同心の平十郎が鷹揚な声を出すと、世五郎はバツが悪そうに、別の舟の方に歩き始めた。

舟を出す世五郎を見送り、真次郎らは自身番に戻った。そこで、平十郎は町代《ちょうだい》（町役人）にたんまりと小遣いを配った。

「捕り物が大分板に付いてきたな」

元の料理屋に向けて源平衛と三人で連れ立って歩きながら、真次郎は平十郎に言った。

「無理矢理、所作の稽古をつけたのはおぬしだ。全く突飛なことを言い出しおって」

平十郎はわざと渋面をつくってみせた。

「そうだよ。なぜわざわざ回りくどいことを？　どっちにしろ同じ物は作れない鍵なんだ。あのまま頂戴しておけばいいじゃないか」

源平衛が不満げに言った。

「今まで世五郎は鍵の管理に絶対の自信を持っていた。そこが狙い目だ。世五郎の心の隙間に、南町奉行所の平という同心の顔を植え付けるためだ」

「たしかに、相川でも鍵は肌身離さずだったが……」

源平衛が首を傾げている。頷いてみせたあと、真次郎は言った。

「絶対だと思っていた自信が、平十郎が化けた同心によって粉々に砕かれた。これから、平という同心を見るたびに、世五郎の心に今宵の悪夢が繰り返し蘇り、揺れるのだ」

「そんなもんかい？」

源平衛はまだ不満げに言った。

「柔術の稽古での経験から思いついた。俺も若い頃は己の器量を過信しておった」

真次郎が二〇歳の時分だった。

師匠から免許皆伝を告げられ、他の道場に押しかけて腕試しを繰り返すような時期だ。

ある日、市中で酒を飲み、肩がぶつかった年老いた浪人と小競り合いになった。そのとき、相手は老人だと慢心していた真次郎は、あっという間に組み伏せられた。

「あのとき、浪人に言われたのだ。〈過信が着物を着て歩いている〉とな。要するに、俺は隙だらけだったのだ」

真次郎の言葉に、平十郎も頷いた。

「剣術も同じだ。相手の動きを見切って剣を打ち込んだはずが、一瞬の虚を衝かれ、喉元に切っ先を突きつけられる。俺も最初に打ちのめされた相手の顔を忘れられない。つまり俺は度々世五郎の夢枕に立つわけだ」

武術を心得る者として平十郎の言ったことは強く共感できる内容だった。

「へえ、なるほどね」

源平衛がようやく納得した。

「源平衛、おぬしもそうだ。俺にスリの現場を見咎められたのが初めての失敗と言っていたではないか」

真次郎が言うと、源平衛はバツの悪そうな顔で頷いた。

「それで、俺は再度、同心に化けるわけだな」

平十郎は真次郎の意図を理解した。

「そうだ。今度は佐渡でだ」

真次郎は己に言い聞かせるよう、力を込めて言った。

世五郎には博打という弱みがある。重秀という佐渡奉行が隠密廻を動員してまで自分の弱みを見つけ出したという負い目は、世五郎の心の中にずっと沈殿し続ける。偽同心の平十郎が現れた際は自らの失態を思い出し、必ずや冷静さを失う。いささかやりすぎともいえる芝居を打ったことが、確実な結果につながるのだ。

「それに、思わぬ収穫もあったではないか」

真次郎が言うと、平十郎は手を打った。

「そうか、奴は慌てて肝心の舟を間違った……」

「俺に一つ、良い案が浮かんだ。先ほどと同じ状況を佐渡でも作るのだ」

「偽同心が現れるってことだろう?」

「違う。もっと大掛かりにして、そして確実に御用船を奪うのだ」

真次郎の脳裏に、新たな策が湧いていた。

五

日本橋の小店で柳田が蕎麦をたぐっていると、卓の対面に着流しの町人が座った。

「そのままお食べください」

綺麗に月代《さかやき》を剃り上げ、流行の小紋を着ている遊び人風の男が言った。柳田はわずかに視線を上げた。町人に化けた隠密廻の高木五郎衛門だ。高木は店の奥にざる蕎麦を頼んだあと、小声で告げた。

「勝部真次郎ら一味ですが、再び不可解な動きをしておりまする」

丼を持ち上げ、出汁を一口舐めたあと、柳田は高木に目をやった。

「なにをやっておるのだ？」

「佐渡の御用船の御船手役相手に博打を行い、酒を飲ませておりまする」

「なに故、御用船なのだ？」

「……詳細は今も調べさせております。御用船といえば、佐渡奉行の管轄故、慎重に動向を探っております」

佐渡奉行と聞いた途端、鼻梁の高い男の顔が浮かんだ。

「荻原の指示で動いておるのか？」

柳田がさらに声を潜めると、高木は首を振った。

「わかりません。ここ数カ月、荻原が勝部ら一味と直接会ったことは一度もありません」

佐渡で金沢を殺めた一味だ。自分たちが隠密廻によって監視されていることを既に知っているはずだ。となれば、荻原本人との接触は回避するはず。文や人を使い、秘かに連絡を取っているのだろう。

「うむ。必ず奴らの目的を探り出せ」

「承知。あちこちに間者を埋め込んでおります故、必ずや突き止めまする」

高木がそう言ったとき、店の女中が蕎麦を運んできた。黙々と蕎麦をたぐったあと、高木は十数枚の一文銭を卓に置き、店を出ていった。

柳田は箸を置き、腕を組んだ。

すると、右手の先に懐中の財布が触れた。中には、小判が一〇枚ほど入っている。吹き直しを怨嗟《えんさ》する声が耳の奥で蘇った。

〈天下の悪業に他なりません。手前共商人が寝る間を惜しんで稼いだ利を、たった一枚の布令でひっくり返したのですから〉

指先から、大店・鴻池の番頭の言葉が体を這い上がってくるような気がした。

たった一分（四分の一両）の利を上乗せしただけで、荻原は古い慶長小判を回収し、吹き直しを経て著しく質が低下した元禄小判へ切り替えるよう強要している。

みすみす粗悪な物に替えられることがわかっていて、誰が布令に応じるものか。柳田自身、賂《まいない》として得た小判は拠出していない。鴻池ほどの両替の大店ならばなおさらだ。市中の抵抗は根強い……。

抵抗という言葉が頭に浮かんだ瞬間、柳田は改めて確信した。荻原は、勝部らを使って新たな企てを進めているに違いない。

なぜ御用船の周囲に荻原の一派が蠢《うごめ》いているのか。

今まで勝部らが動いた際は、他の役人よりも多く賂を受け取っていた者共がぐうの音も出ぬほど追い込まれた。そのときは、勝部らは賂の証しとなるような書状を写し取り、荻原が下す苛烈な処分の根拠としてきた。しかし、今度は御用船だ。佐渡奉行という要職を務めているならば、荻原自身が動けば苦もなく謀が進むはず。なぜわざわざ勝部らを動員する必要があるのか。

高木が真の狙いをつかんでいないのと同様、今の段階では柳田にも荻原の企みの内容はわからない。だが、なんらかの策略が秘かに動き出しているのは確かなのだ。

「今度こそ絶対に尻尾をつかんでやる」

唸るように言ったあと、柳田は豆板銀（銀貨）を卓に叩き付けた。

六

御座之間で重秀が平伏していると、頭上から不機嫌な声が降ってきた。

「小判の切り替えだが、予想以上に苦労しておるようじゃの。重秀らしくもない。なぜもっと素早くできぬのだ」

細かい畳の目を睨みながら、重秀は低い声で答えた。

「申し訳ございませぬ」

「謝ってほしいわけではない。余はなぜかと、そのわけを尋ねておる」

顔を上げると、切れ長の綱吉の目が一段と吊り上がっていた。吹き直しに反対だった老中あたりから嫌味を言われたに間違いない。

綱吉に嘘は通用しない。ここ数日、勘定所の部下たちを総動員して調べさせた結果を腹の中で復唱したあと、重秀は切り出した。

「両替商など大店を中心に、新たな小判への切り替えを渋っている者共が存外に多いために……」

「手をこまねいている、そういう意味か?」

重秀が最後まで言い終わらぬうちに、綱吉は訊いた。

一分の利を乗せただけで小判を切り替えさせる。部下たちは反対したが、重秀は譲らなかった。だが、現実は予想以上に小判の回収が捗っていない。大店が動かねば、他の中堅どころや路地裏の小さな店が動かぬのは当然だ。

「さにはございませぬ。大店の番頭らを毎日勘定所に集め、切り替えの捗り具合を訊いておりまする。ただ、その度に小判を運ぶ人足が足りないなどと……」

日本橋本石町周辺にある大店の両替商たちの動きが特に鈍かった。部下たちによれば、互いに連絡を取り合い、意図的に切り替えへの抵抗をしているという。

「そこをなんとかするのが、重秀の役目ではないのか?」

「仰せの通りにございまする」

切り替えに期日を設ける、あるいは意図的に応じない者共に対しては、重い罰則を加えるよう布令を出す準備を行っていると綱吉に伝えたが、将軍の気分が上向く気配は見えなかった。一通り説明を終えると、重秀は再び平伏した。

綱吉とは長年関わってきたが、この日は今までで最も機嫌が悪い。老中からの嫌味だけではない。重秀が他の要因を探ろうと顔を上げたときだった。

「このような戯れ言を書かれるとは、全くもってけしからん」

そう言って、綱吉が丸めた紙を重秀に投げつけた。左肩に当たって落ちた紙を拾い上げ、広げてみた。

「瓦版にございますか……」

戯《ざ》れ画《え》が真っ先に見えた。次いで綱吉に顔を向けると、口元が歪んでいた。頬や額の赤みが増していた。

「いつも好き勝手書かれておるが、これには我慢ならん」

〈金銀小判が銀金小判に逆立ちすれば、お犬様には金の御膳〉

金の含有量を大幅に減らしたことで幕府には膨大な出目が生まれた。幕府だけが富み、一般庶民の暮らし向きは一向に上向かないという趣旨だ。

文字の横には豪奢な膳の前に、無数の犬が涎《よだれ》を垂らしている風刺画がある。生類憐みの令に対する風当たりが強い中、小判の吹き直しにも着手したことは、重秀の予想を超えて市中の反発を買ってしまった。

吹き直しによって生じた出目が、生類憐みの令を支えるというのは全くの誤解だ。このままでは金銀山が枯れてしまい、小判そのものの製造ができなくなってしまう。増え続ける商品を買うには小判が要る。その小判自体がなくなってしまえば、物を買うことが物理的に不可能となり、市中は大混乱に陥る。

あと数十年、いや、早ければあと数年のうちに金銀山運営が行き詰まってしまう恐れがあるのだ。幸い、今は幕府の転覆を企てるような外様大名はおらず、戦乱の恐れもない。公儀に対する権威が盤石な今だからこそ、町方の商い拡大の手助けをするために、いや、商いをより円滑に進めさせることを目的に吹き直しを行ったのだ。なぜこのような簡単な道理がわからぬのか。

瓦版を滅茶苦茶に引きちぎりたい衝動を抑えながら、重秀は唇を嚙んだ。

「余は市中のことを第一義に考え、重秀の考えを支持した。違うか？」

綱吉の怒声が響いた。重秀は綱吉を見据え、言った。

「切り札を用いまする」

奥歯を嚙み締めながらそう言った重秀の脳裏に、佐渡の美しい風景が浮かんだ。

吹き直しに反対する幕閣内の不満は、確実に綱吉への圧力となっている。市中でも不平が渦巻き始めた。あと二、三年のうちに飢饉でも起これば、公儀に対する信認が一気に低下する恐れもある。

自分でも突飛だと考え、現実の策として用いるかどうか逡巡していた御用船を消し去るという計画だが、江戸の市中と公儀を守るために、着実に推し進める時が来たのだ。

「切り札という以上、今のような怠慢は許さん」

醒めた目をして綱吉が言った。有無を言わさぬ口調だった。重秀は綱吉を見返した。

「上様にご満足いただけるような切り札にございます」

睨みつけてくる綱吉に向け、重秀は言い切った。

「これが最後の機会である」

捨て台詞のように言うと、憮然《ぶぜん》とした表情で綱吉は立ち上がった。怒り肩を見送ったあと、重秀は小姓を呼び寄せた。

「すぐに文の支度をいたせ」

「ははっ」

「急ぎの文を二通出す故、表御祐筆之間《おもてごゆうひつのま》へ急げ」

「二通でございますか?」

小姓が首を傾げた。だが、重秀は構わず立ち上がった。

「そうだ。一通は江戸市中、もう一通は佐渡に出す」

「ははっ」

背中で小姓の声を聞きながら、足早に廊下を歩いた。急がねばならない。周囲の圧力により、綱吉は我慢の限界に近づきつつある。

己のみが公儀の危機を救う術を知っている上、その手綱を握っている。一刻の猶予も許されない。小姓が小走りで後に続く気配を感じながら、重秀は先を急いだ。

七

日本橋川近くの旅籠の裏木戸から、真次郎は川沿いの塀をつたって喜代松の裏口の土蔵に辿り着いた。日が暮れるのが幾分早くなった。ついこの前まで冷たい夏を恨むように鳴いていた蝉の声もすっかり絶えた。

土蔵の前で周囲を見回し、隠し戸を開ける蔦《つた》を強く引いた。すると、ゆっくりと本物の戸の横にあった甕《かめ》が動き、人ひとりがようやく通り抜けることができる隙間が現れた。真次郎が腰を屈めた直後、背後に人の気配があった。刀の柄に手をかけると、聞き覚えのある声が聞こえた。

「旦那、おいらだよ」

源平衛が周囲を見回している。

「三軒向こうの料理屋から来たな?」

「あたぼうよ。追っ手もいないぜ」

真次郎は隙間を通り抜け、土蔵の奥に設けられた座敷に向かった。北町奉行所の隠密廻を警戒し、喜代松に辿り着くまでの間、全く方向違いの場所を転々とし、半刻(一時間)ほどかけた。源平衛やこれから合流する平十郎と左平次にも同じように追っ手の存在を気にかけるよう強く注意を促しておいた。

薄暗い土蔵の中を壁に手をかけながら進むと、ようやく足元に小さな蠟燭の灯が見え始めた。

お多恵が新たに設えた微行組の密会用の座敷への入り口だ。

蠟燭の灯に導かれ障子戸に手をかけると、真次郎は源平衛とともに中に入った。部屋の隅には二つ行灯《あんどん》が置かれ、座卓が中央にある。

真次郎と源平衛が腰を下ろしかけたとき、土蔵を歩く足音が響いた。今度は薄明かりの中に平十郎の顔が浮かんだ。

「随分と難儀なものをこしらえてくれたな」

左平次を伴った平十郎が苦笑いを浮かべた。

「お多恵は?」

薄明かりの部屋を見つめながら、平十郎が目を細めた。

「店の得意客が重なったらしい。あとから来るそうだ」

真次郎が言うと、一同が頷いた。

「ここなら声が外に漏れる心配がないからな」

そう言ったあと真次郎は懐から文を取り出した。何人もの遣いの手を渡って辿り着いた重秀からの文だ。

「なんだいこりゃ?」

源平衛が目を凝らしている。視線の先には、漢字と平仮名、そして一から一〇までの数字が不規則にびっしりと並んでいる。平十郎と左平次も首を傾げた。

数字と漢字、平仮名が入り乱れた文を一同が睨んでいる。真次郎は口を開いた。

「伊賀の忍びの者たちが使った特殊な符牒《ふちょう》だ」

真次郎は懐からもう一枚、紙を取り出し先ほどの文の隣に置いた。数字や漢字の横に、〈い〉〈ろ〉などの平仮名が並ぶ。

「伝えたい文字をこの解読用の表から拾い出して読むと、書き手の真意がわかる仕組みだ。こちらの解読表がなければ全く意味をなさんように作ってある」

「万が一、使いの者が隠密廻に文を奪われたとしても、中身を知られないわけだ。考えたな」

感心したように言う平十郎に、真次郎は頷いてみせた。

「彦様から内々に届いた文なのだが、解読したところ、こう記されていた」

一旦言葉を区切ると、真次郎は平十郎、源平衛、左平次の順に目を向けた。

「……〈ごようせん　だっしゅ　せよ〉」

難解な文字の組み合わせを解いたとき、真次郎も息を吞んだ。今、眼前の微行組の面々と同じだ。いよいよ、最大の難関を突破せねばならぬ時が来たのだ。

日頃冷静な平十郎がごくりと唾を飲み込んだ音が聞こえた。左平次は左の掌に右の大きな拳をぶつけた。

「左平次、御用船が通常出雲崎を出る時期は存じておるか?」

「夏場だ。風が安定して吹いている上に、波も落ち着いている。冬が近くなると、時化ばかりになるからな。しかし、今年は彦様の差配で金銀の量目が一気に増えたから、秋の終わりに出るらしい」

熟練の船頭らしく、自信に満ちた口調で左平次は即座に答えた。

「それでは秋口である今から、渡海の準備を始めるぞ」

真次郎がそう言った直後、土蔵をひたひたと歩く足音が聞こえた。

「遅いぞ、お多恵」

座敷の入り口に向かって真次郎が言ったとき、障子戸が開いた。

「あいすみません……女将さんはまだ時間がかかります、そう言いつかって参りました」

白髪が目立つ中年の女、お多恵を補佐しながら喜代松の身代を大きくした女中頭のおよしだった。およしは、岡持ちから香の物と徳利を取り出し、座卓に置いた。

「お多恵にできるだけ早く来るよう伝えてくれ」

真次郎が言うと、およしは小さく頷き、部屋を出ていった。

およしが隠し戸を閉めて出ていったことを確認し、真次郎は改めて一同を見やった。すると、平十郎が口を開いた。

「御用船を奪い取るための具体的な策はあれだな?」

「ああ。御船手役の辻世五郎の一件だ」

真次郎が言うと、平十郎と源平衛が頷いた。

「平十郎が偽同心に化けた日、世五郎は相当に慌てておった」

一件のあと、真次郎は深川の船着き場に世五郎とともに向かった。そこには船頭付きや、世五郎のように自分で操舵《そうだ》してきたであろう小型の舟が二〇隻ほど停泊していた。あのときの様子を左平次は知らない。改めて説明する必要があると真次郎は考えた。

「あの日、世五郎は我らに別の側面から光明を与えてくれたのだ」

真次郎が言うと、左平次は首を傾げた。

「平の旦那の顔を思い出し、鍵を失くすことに怯えるという意味か？」

「それもあるが、また別のことだ」

そう言ったあと、真次郎は一同に顔を寄せるよう手招きした。小声で世五郎がとった些細な行動について触れると、左平次は手を打った。

「なるほど……御用船の御船手役ともあろう野郎が、自分が乗ってきた舟を見失ったわけだ」

「その通りだ。同じ状況を、佐渡の宿根木で再現するのだ」

真次郎が言うと、一同が頷いた。偽者にせよ、隠密廻まで動員して己の博打癖を調べられていたと知った世五郎は狼狽《うろた》えた。

偽同心の平十郎が精神的に追い詰めると同時に、源平衛が御用船の鍵を一時的に奪った。そのため、ひどく動揺した世五郎は自身番から船着き場に着いたとき、自分が借り受けて乗ってきた舟を間違えたのだ。あのとき、船着き場には似たような形の舟が多数あったことも幸いした。

真次郎らが納得する一方、番茶を啜っていた左平次は首を傾げた。

「世五郎ともあろう御船手役が慌てた事情はわかった。しかし、深川の船着き場と佐渡の宿根木は全く様子が違うぜ」

「その通りだ」

真次郎が答えると、平十郎が口を開いた。

「考えがあるのか?」

「ある。既に手配も行っている」

真次郎が明快に言うと、一同の視線が集まった。真次郎は左平次に目をやった。

「あとは腕の良い船大工、あるいは宮大工に心当たりはないか?」

「船大工なら、宿根木に何人も腕っこきがいるぜ」

「よし。佐渡に渡ったら、すぐに雇うのだ」

「それで大工をどう使うんだ?」

左平次が怪訝な顔で言った。

「日和見の櫓《やぐら》を作るのだ」

真次郎が日和見櫓の使い道を明かした。

「御船手役には世五郎の他にもう一人、加藤という者がおる。ということは、御用船も世五郎の船の他にもう一隻あるということだ」

真次郎が告げると、左平次は手を打った。

「なるほど、そういう仕掛けか。あっしら船頭の目を狂わせるなんて、旦那も悪い人だ」

「そうでもせねば、御用船は奪えぬ。実は左平次の言っていた廻船問屋の清十郎に文を出している。木材調達を頼んだ」

真次郎がそう言ったときだった。土蔵の隠し戸が開く音がして、下駄の音が近づいてきた。ほどなく、鰻の蒲焼きを携え、金之助が現れた。

「皆様、ご無沙汰しております」

鰻を載せた皿を置くと、金之助は頭を下げた。

「金之助、立派になったなぁ」

真次郎は素直な思いを口にした。月代を綺麗に剃り上げた金之助は、肩の張った立派な青年に成長していた。切れ長の目はお多恵にそっくりだ。

「男前になったもんだ。町娘に追いかけられておるのではないか？」

平十郎が軽口を叩くと、金之助ははにかんだ笑みを浮かべた。

「そろそろ母に引き合わせようと考えている娘はおります」

源平衛が驚いた。

「ほんとかい？　生半可な娘はだめだぜ。お多恵姐さんは、そりゃ厳しい人だから」

「とある魚屋さんの娘御です。真面目な両親の元に育った娘ですから、母も許してくれると思います」

「そうか、金之助が嫁をもらうような歳になったか」

真次郎が言うと、金之助は姿勢を正した。

「はい」

真次郎の瞼の裏に、剣玉や独楽《こま》に興じる幼い子供の姿が映った。重秀を支えるため、母親と引き離す時期が長かっただけに、金之助の成長には心の底から嬉しさが湧き上がってくる。

「金坊、いや、金之助。近いうちに、我らはまた海を渡る。もちろん、お多恵もだ」

真次郎は正直に告げた。おそらく、これが最後の仕事となり、お多恵は金之助と嫁、そして生まれてくるであろう孫と安泰に暮らす日を待つ身となる。

「どうか、道中お気をつけて」

「うむ。今度で、おそらく最後の旅になる」

真次郎が言うと、金之助は首を傾げた。

「今までで一番の大仕事であり、最も大きな危険が伴うことになろう。覚悟はよいか？」

真次郎の言葉に、金之助は口元を引き締め、頷いた。

「母に孫を抱かせてやりとうございます。どうか、お力添えください」

「……祝言を挙げねばならぬな。それに、必ずこの一同揃って江戸に帰ってくる故、しっかり所帯を構える準備をして待っているのだ」

真次郎が言うと、平十郎や源平衛がなんども頷いた。

「商売にも新しく作る所帯にも、ますます精進いたせ」

真次郎は、秘かに洟をすすりながら言った。

八

柳田佑磨は上座に一礼したあと、上役である北町奉行の川口宗恒《かわぐちむねつね》に書状を差し出した。日頃柔和な川口だが、書状を一読すると、たちまち眉根を寄せた。

「この微行組なる不届き者共が、再度佐渡に渡ると申すか？」

「左様にございます。勘定奉行の横暴を制するためにも、壊滅させるのが肝心かと存じまする」

川口は還暦を過ぎた老齢の侍だが、日頃から細かな執務に手抜かりがない優秀な官吏だ。微行組については、既に隠密廻の高木から概略は聞いていたようだが、柳田が新たに調べ上げた事柄を伝えると、表情が一段と硬くなった。

「かねてより微行組は隠密廻の真似事をいたし、荻原重秀の出世の後押しをしており申した。この間、何人もの命が絶えており申す」

柳田は北関東の代官の憤死や、勘定所内の大粛正を引き合いに出して訴えた。この間、微行組が香具師や画の心得のある者共を動員し、奉行所の与力や同心が呆れるような掟《おきて》破りの行いで賂など古くからの習慣を血祭りに上げたと付け加えた。

勝部真次郎ら食い扶持の途絶えた旗本が中心となり、荻原が異例の出世を遂げる影の立役者となったこと、また、河村瑞賢など大店の資金援助を仰ぎ、公儀の仕組みを意のままに変えようと企んでいるとも伝えた。

川口の顔が次第に険しくなっていくのがわかった。

「それがしも荻原殿の強引なやり口には閉口しておった。次期将軍・甲府宰相様も秘かに苦言を呈しておられる。だが、またもや騒動を画策しておるとは……」

柳田は、配下の信頼できる同心や岡っ引きを動員し、微行組の周辺を探った。

隠密廻の高木からの情報も加え、勝部真次郎ら微行組の一味が新たな行動を起こしそうだとの確信を持つに至った。

「具体的になにを企んでいるのかまではつかんでおりません。ただ、一つだけ言えるのは、荻原が治める佐渡にて、騒動を起こしそうだということです」

「佐渡という点については、甲府宰相様のお耳に入っておるのか？」

「隠密廻から秘かにお伝えしており申す」

川口が甲府宰相の名を持ち出したのも好都合だ。新井白石のおかげだった。眼前の川口が腕組み、口を真一文字に結んだ。荻原が画策する公儀の存在を危うくする謀略、そして微行組という具体的な手先の詳細を話したあとだけに、北町奉行所の最高責任者として憎悪の感情を抱き始めたのは明らかだった。

ここでもう一押しする必要がある。柳田は姿勢を正し、再び口を開いた。

「隠密廻の高木共々、この柳田を微行組討伐の専任にしていただけませんでしょうか？」

「あいわかった。専任ということになれば、そなたも佐渡に渡るのか？」

「そう指示していただきますれば動きやすうございます」

「存分にいたせ。幕閣内部でも吹き直しへの不満が高まっておる」

川口が吐き捨てるように言った。

「奉行様には、荻原成敗に向けた手土産を持参し、佐渡より戻る所存にございます」

「うむ。頼んだぞ。俺も出世に欲がないわけではない」

川口の顔は普段の優秀な官吏ではなく、幕閣の中枢に色気を出した男のものに変わっていた。奉行という立場上、川口は日頃、公正中立な姿勢で与力や同心たちに接する。ただ、柳田が予想していた通り、奉行職のみで満足する男ではないようだ。

大きく頷きながら、柳田は言葉を継いだ。

「微行組は既に隠密廻の手の者を殺めております。いざというときは斬ることをお許しいただきとうございます」

「公儀のためだ。そちの判断に任す」

川口は力強く頷いた。

町奉行直々の裁断を得た。これで一気に公儀と奉行所に盾突く輩たちを片付けることができる。厳しい沙汰で自死に追い込まれた奥貫藤十郎や、北町奉行所のために死んだ金沢佐太夫の無念を晴らしつつ、荻原の野望を打ち砕く。柳田は奥歯を噛み締めた。

川口の前から下がり、与力番所に続く廊下を歩いていると、用部屋の襖が静かに開いた。

「柳田様、少しばかりよろしいですか?」

薄暗い部屋から、無精ひげの高木の顔が浮かび上がった。周囲を二、三度見回したのち、柳田は足を踏み入れた。与力が文机や古い文書を保管している埃っぽい部屋だ。

「いかがした?」

「内通者よりの話です。勝部ら一味の佐渡行きが近《ちこ》うございまする」

「まことか? 詳しい日時はつかんでおるのか?」

「何月何日とまではつかみ切れておりませんが、奴らの動きが急に忙しくなっております。密会する際も我らの監視を気にして、相当回り道をしてから会っておるほどにて」

「わかった。あとは任す。絶対に日取りをつかむのだ」

「御意」

高木を部屋に残し、柳田は廊下に出た。いよいよ、全面的に勝部ら一味、そして公儀の町奉行という権威を壊そうと企む荻原と真正面から対峙する。与力番所に向け、柳田は大股で廊下を歩き続けた。

九

小木《おぎ》の港に着くと、真次郎は千石船の上から周囲を見回した。

採りたての海産物を売る海女や、今宵の投宿客を捉《とら》まえようとする旅籠の留女が目につくも、港に不審な者の姿はない。小木の賑わいは、四年前に初めて島を訪れたときと同じだ。

江戸を発ち、七日目だった。真次郎と平十郎、源平衛はそれぞれ夜を日に継いで歩き続け、お多恵と左平次は山駕籠《やまかご》を乗り継ぎ、別々に越後・出雲崎の港に着いた。

出雲崎では、近年体調の優れぬ河村瑞賢が、無理を押して特別に手配した千石船に微行組だけが乗り込み、船中で改めて御用船奪取に向けた方策を練った。

「左平次は宿根木にて船大工の手配を頼む。彦様によれば、真壁藤二郎殿という若い同心が手助けしてくれるそうだ」

真次郎は懐から書状を取り出し、左平次に手渡した。江戸で勘定所に使いを出し、重秀から佐渡奉行の署名と花押を捺《お》した正式な公儀の命令書を誂《あつら》えてもらった。

「その同心は信用できるのかい？」

左平次が怪訝な顔で言った。

「もちろん我らの本当の狙いは知らん。だが、彦様が佐渡奉行所内でただ一人信用している同心だ」

秘かに重秀から受け取った文には、佐渡滞在中に困ったことがあれば、遠慮なく真壁を頼れと記してあった。以前の金沢のように、奉行所内部に隠密廻の手の者が紛れ込んでいる公算もあるだけに、重秀は慎重に人物を吟味したはずだ。

「左平次はひとまず櫓に専念してくれ」

策を実行するため、急ごしらえで宿根木の港に新たな日和見櫓を建てる。費用はすべて佐渡奉行所が負担する。

「前々から千石船が混雑していた港だ。正真正銘の布令に逆らうバカはいない。早速取りかかるぜ」

懐中に書状を入れた左平次は船を下り、宿根木の方向に走り出した。逞しい後ろ姿を見送るうち、後戻りできない策が実際に動き出したことを実感した。近寄ってきたお多恵が口を開いた。

「真さん、あたしは相川の廓に厄介になるよ」

「しかと御用船に関する情報を集めるのだ」

「もちろんだよ」

襟元を直しながら、お多恵が言った。真次郎は今度も小間物問屋の番頭・真之介に化けた。周囲をもう一度見渡し、下船した。

親切な番頭を装いながら、港近くで駕籠を用立て、一足先にお多恵を相川に出発させた。お多恵の乗った駕籠を見つめながら、平十郎が口を開いた。

「いよいよだな……」

「感慨に浸っている暇はない。早速我らも役目を果たさねばならん」

「先刻承知。俺も宿根木に向かい、日和見櫓の普請を秘かに監視し、出来映えを随時相川にいる真次郎に伝える」

「それでいい。呉々も隠密廻には注意するんだ」

「ここまで来れば一安心だろう」

「宿根木で金沢佐太夫が果てたこと、よもや忘れてはおらんだろうな?」

真次郎がきつい口調で言うと、平十郎は顔を曇らせた。

「そうであった……」

「我らが佐渡に渡ったこと、既に隠密廻に察知されているとみて動かねばならぬ。ゆめゆめ油断するな」

「すまぬ……宿根木では旅の画師に徹しつつ、警戒を続ける」

「そうしてくれ。周囲に溶け込み、気配を一切消し去るのだ」

真次郎の言葉に平十郎は頷き、先ほど左平次が駆け出した方向にゆっくりと歩き始めた。

「旦那、おいらたちも行こうか」

「そうだな。我らも商人に成り切るのだ」

真次郎が源平衛に答えて、相川に向かう街道を顎で指したときだった。

「そなたらは小間物問屋の番頭・真之介どのご一行でござるか？」

海産物を売る露店の間から、若い侍が姿を現して言った。

「左様でございます」

真次郎が応じると、額に汗を浮かべた若侍が安堵の息を吐き出した。

「江戸より使いが参りましてな。勘定吟味役兼佐渡奉行の荻原様よりの書状をお持ちとか」

真次郎は秘かに源平衛に目配せしたあと、肩にした振分行李《ふりわけごうり》を波止場に下ろした。

「真壁様にございますね？」

「いかにも。佐渡奉行所同心、真壁藤二郎にござる」

若い同心は会釈したあと、はっきりした口調で告げた。源平衛は真次郎と真壁の顔を見比べ、首を傾げている。

「恐れ入りますが、これより荻原様が託された互いの合言葉を確認いたしとうございます」

真次郎が言うと、真壁は頷いた。

「……小網町、でよいな？」

「へえ、手前の符牒はブッ切りにございます」

真次郎が小声で言うと、真壁はもう一度安堵の息を吐き出した。

「これで、そなたが本物の真之介殿だと確認でき申した」

真壁は懐中から文書を取り出し、真次郎の目の前に広げた。紙には、見慣れた重秀の文字で、〈ブッ切り〉と書かれていた。末尾には花押がある。

「いったい、どういうこったい？」

源平衛が真次郎の耳元に顔を寄せ、訊いた。

「予め彦様と取り決めして、秘かに使いを出しておいた。河村瑞賢殿に依頼し、飛脚船で文の連携をしてもらっておったのだ」

真次郎が小声で言うと、源平衛はなるほど、と応じた。真次郎はまじまじと真壁の顔を見た。眉毛が濃く、瞳の大きな男だ。その目は透き通っており、同心特有の人を疑ってかかるような曇りがない。重秀が信頼する理由がわかる気がした。

「いかがなされた？」

真壁が怪訝な表情を浮かべた。慌てて手を振り、真次郎は非礼を詫びた。

「いえ、手前どもの手代には、この取り決めを申し伝えておりませんでした。あくまでも慎重を期す荻原様の手際の良さに、感服いたしておりました」

「それではこれより相川まで同道なされよ」

そう言うと、真壁は街道に向けて歩み始めた。真次郎は源平衛に囁いた。

「これで道中、隠密廻が不意打ちを仕掛けてくるようなことはない」

「旦那、考えたね」

「これほどの策を実行するのだ。寸分の間違いもあってはならん。慎重にも慎重を期して事を運んだまでだ」

真壁から少し間を置いて歩きながら、真次郎は説明した。

宿根木に日和見櫓を造ると同時に、佐渡奉行に身を守ってもらう術を真次郎は考え抜いた。以前の金沢のように、佐渡奉行所内に隠密廻が潜行している公算は大きい。昼夜を徹して出雲崎まで歩いただけに、重秀の書状の方が遅れて佐渡の奉行所に届いてしまう恐れもあったが、こうして実際に真壁という同心が出迎えに来てくれた。この数日間に策を実行するためには、真壁の登場は心強い。

「真之介殿はどのような経緯で荻原様の知己を得られたのか?」

先を歩く真壁が口を開いた。

「荻原様が懇意になさっている御用商人・河村瑞賢様と商売上の付き合いがございまして、そのご縁で荻原様のお屋敷に出入りを許されました」

「あの厳しいお方が許可されるとは、さぞかし真面目な商いをされておられるのだな」

感心したように真壁が言った。重秀の厳格な態度が奉行所の末端まで行き渡っているのだと、真次郎は改めて思った。同時にこのまま事がうまく運ぶよう、秘かに念じた。

一〇

柳田が座敷に上がると、既に小銀杏、着流し姿の高木が控えていた。

「相川という町は想像した以上に活気があるの。このような洒落《しゃれ》た料理屋まであるとは驚いた」

刀を帯から抜いた柳田は、精巧な細工が施された欄間や襖を観ていた。深川や日本橋の老舗の料理屋にはかなわないが、離島にも拘わらず贅を尽くした部屋だ。襖や壁は、京風の紅色に染められ、気分を華やかにさせてくれる。

「道中、ご無事でなによりでございました。今宵は少し趣向がございます」

高木がそう言った直後だった。襖の向こう側で衣擦《きぬず》れの音がした。

「ごめんくださいませ」

艶っぽい声が響いた。高木に目をやると、頷いている。

早速、道中の慰労をしようという心構えなのだ。日頃は職務に邁進《まいしん》する無粋な高木にこのような気配りができるとは思いもよらなかった。奉行所に入った直後、世間知らずで全く融通の利かなかった同心が、ここまで変わったのは、嬉しい誤算だった。

「ただの慰労ではございません」

高木が唇を歪めた。なにか特別な狙いでもあるのか。女を抱きたければ、遊郭に行くまでだ。それとも、座敷に呼んだ芸者になにか言い含めているのか。高木を見ると、口元に不敵な笑みが浮かんでいた。

「入れ」

高木が言うと、襖が静かに開いた。年増だが、たいそう色気のある女が控えていた。伏し目がちで切れ長の目が印象的だ。そう思った瞬間、柳田は高木を直視した。

まさかと思ったとき、意を察したように高木が頷いた。柳田は再び年増の女に目をやった。顔を上げた女が目を見開き、驚いている。間違いない。隠密廻が秘かに作った人相書で知った顔だ。

「なにをぼさっとしておる。まずは長唄でも」

高木が横柄な口調で言うと、三味線を持った年増の女はぎこちなく撥《ばち》を弦に当てた。女は江戸で流行《はや》っている長唄を歌い始めた。

「なにを考えておる」

柳田は小声で高木に訊いた。

「隠密廻の仕事にございます」

突然、高木が乱暴に手を打った。驚いた女は三味線を止めた。

「ようやく会えたな、お多恵」

高木にお多恵と呼ばれた女は柳田を睨んだ。しきりに下唇を噛んでいる。

「人違いでございますよ。あたしは、おつたっていう元深川の芸者ですよ」

女が頭を振った直後、高木が懐から素早く匕首を取り出した。おつたと名乗る女の眼前にかざす。

「この期に及んで嘘を申すな。それがしの一存で、大切な跡取り息子が死ぬぞ」

「金坊になにしようってんだい？」

柳田の眼前で、お多恵の顔が一瞬にして凍り付いた。

二

左平次と二人で、真次郎は夜の海に小舟を漕ぎ出した。相川の町の灯が次第に遠ざかっていく。

「お多恵姐さんは今晩もお座敷かい？」

「そうだ。船頭やら侍の座敷があったらすべて出ると廓の婆さんに頼んでいるらしい。今度の仕事にかける意気込みは、皆一緒だ」

真次郎がそう言ったとき、月明かりに映える水面に巨大な影が浮かび始めた。

「あれだな……」

真次郎はその影を見上げた。

「瑞賢の旦那も随分と張り切ったもんだ」

艪を漕ぐ左平次が感嘆の声を漏らした。

「瑞賢殿は七九歳。体調が優れずとも彦様のご意思に賛同されたからこその賜り物だ。行くぞ」

左平次の漕ぐ艪が速くなった。千石船の影がさらに大きくなっていく。

真次郎らが船の真下まで来たとき、左平次が指笛を鳴らすと、船上で蠟燭が灯り、同時に縄梯子が小舟に下りてきた。

「旦那、登るぜ」

左平次が縄をつかみ、素早く登り始めた。真次郎が縄を持つと、漕ぎ手を失った小舟は千石船から遠ざかっていった。左平次とは顔見知りなのだろう。船頭が何度も左平次の肩を叩いて再会を喜んでいる。

「急ぐぜ」

そう言うが早いか、左平次は艪に向かった。後についていくと、左平次は船頭と二人の水主《かこ》（船員）を差配し、轆轤を回して帆柱を立てさせ始めた。

「準備はよいな？」

左平次が訊くと、船頭は頷いた。

「菜種油は？」

「お沙汰通り、一〇〇升（約一八〇リットル）積んであります」

船頭の言葉を聞き、左平次は満足げに笑みを浮かべた。

「旦那、首尾は万全だ。小木の港を塞ぎに行こうじゃないか」

「頼んだぞ」

真次郎が言うと、左平次は船頭の顔になり、水主衆に矢継ぎ早の指示を飛ばし始めた。あと一刻（二時間）もすれば小木の港に着く。港の入り口近くで菜種油に火を放ち、巨大な千石船を沈める。これで、御用船は否《いや》が応でも宿根木に接岸させねばならぬ。奪取まであとわずかだ。

一二

「これは厄介なことでござる……」

佐渡奉行所から急行した同心の真壁は、水面に顔を出す千石船の残骸を前に唸った。

「水主衆はいかがされたのでしょう?」

真次郎扮する真之介が訊くと、真壁は首を振った。

「消火に努めたようだが、火の勢いが収まらず……皆無事だったそうですが。うむ、頭の痛いことで」

前夜、船のそこかしこに仕込んだ一〇〇升の菜種油に火を放ったあと、真次郎と左平次、水主衆は海に飛び込んだ。千石船の残骸は小木の内の澗、外の澗を塞ぐように流れていった。

「今回の件でお咎めは?」

真次郎は真壁に訊いた。

「やむを得ない事情があったと、水主衆から聞きました。誰もわざとやったのではないようですから、咎めはなしとしました」

淡々とした口調で真壁が答えた。若い同心の声を聞き真次郎は秘かに胸をなでおろした。御用船奪取に向けた策略はバレていない。

「数日のうちに御用船が入る予定であったが、これでは、内の澗《ま》も外の澗も使えぬ。いかがしたものか……」

真壁が残骸を見つめながらぽつりと言った。

「大変なことにございますな。それでは、江戸の勘定所に裁断を仰がねばなりませぬな？」

「無論、報せは出しまする。しかし、非常時は宿根木の港を使うよう、以前より取り決めがございましてな」

顔面蒼白の真壁は真次郎に一礼すると、波止場につないでいた馬に飛び乗った。走り去る馬を見つめながら、真次郎は左平次に顔を向けた。

「首尾は上々だ。それで、昨夜の面子は信用できるんだな？」

「例の船頭と水主衆はあっしが長年使ってきた連中だ。たんまり小遣いを与えたから、絶対に口を割るようなことはないよ。約束を守るのが船乗りの掟だ」

「ならば、日和見櫓の検分をいたそう」

そう言うと、真次郎は左平次とともに真壁が走り去った街道とは逆の坂道に歩み出した。

宿根木の船大工二〇人を動員した日和見櫓の普請は、御用画師に化けた平十郎が常に監視していた。万が一、何者かによる妨害があれば、即座に早馬で相川に知らせるように言い含めていたが、今のところ連絡はない。

緩やかな丘を越え宿根木に向かう下り坂を行くと、前方に真新しい板張りの塔が見えた。

「高いな」

「五〇尺（約一五メートル）あるからな。高くなければ日和見の意味がない」

左平次が得意気に笑い声をあげた。

真次郎が宿根木の港に着くと、白い御影石でできた船留めの近くに菅笠《すげがさ》を目深に被った男の姿が見えた。手には細い画筆がある。

「平十郎、変わりはないか？」

真次郎が訊くと、平十郎は笠を手で押し上げ、笑みを浮かべた。

「日和見櫓は順調に仕上がっている。それに、怪しい人影もない」

平十郎は傍らに置いた風呂敷の結び目を解き、中から半紙の束を取り出した。真次郎が取り上げてみると、人相書の束だった。

「港を訪れた人間は、すべて描き出してある。隠密廻の気配はなさそうだ」

平十郎は自信たっぷりに言った。人相書は三〇名ほどに上った。一つひとつめくっていくと、農民や船頭や水主が中心だった。

「わかった。ただ、油断は禁物だ。おぬしに近づいた娘のような先例もある」

「心得ておる。だが、この風景は、画師にとって浄土だ……」

そう言ったあと、平十郎は片目を瞑り、画筆を顔の真ん中にかざした。純粋に、画師として構図を取っているのだ。

「それでは、日和見櫓の中を見てくる」

平十郎に言い残し、真次郎は左平次とともに湾の中ほど、入り江の突端に立つ日和見櫓に歩み寄った。

鋸《のこぎり》を使う音や小槌《こづち》の音が周囲に響き渡る。鉢巻と下帯姿の船大工たちが忙しなく櫓の周辺を動き回っているのが見える。

「いつ完成するのだ？」

「あと二、三日もすれば出来上がる」

左平次は自慢げに言うと、塔の入り口に真次郎を招き入れた。

「随分と凝った造りだな……」

塔の基壇は六角形。櫓も同じく六角形で、それぞれの面に明かり取りの小窓が切られていた。中には人が二人ほど行き交える幅の通路があり、螺旋《らせん》階段が設えてある。階段に沿う形で打ち付けられた板は綺麗な曲線を描いている。手で触れてみると、精巧に木を折り曲げ、表面を丁寧に鉋《かんな》で仕上げてあった。

「船大工の仕事は丁寧で、速いぜ」

左平次が内壁となる板を叩いて言った。真次郎はさらに階段を上る。五階の最上部に辿り着くと、大きな窓の木枠が取り付けられているところだった。

一三

「そのほうの申す切り札は、いつ効果を表すのだ？」

重秀の頭上に綱吉の怒声が降り注いだ。

「今、懸命に手を尽くしておるところにございます。しばし、ご猶予を」

「余の手元に届いた瓦版は、相変わらず好き勝手なことを書き散らかしておる」

「あとしばし、お待ち願い奉りまする」

奥歯を嚙み締めながら、重秀は平伏した。

〈稲穂は減れど、小判の中身の銀増えて、お犬様には金がざくざく〉

冷たい長雨のあと、案の定、市中の米の値段が騰がり始めた。

重秀がみるところ、日本橋本石町の鴻池など大きな両替商が依然として慶長小判と元禄小判の交換を渋り続け、市中に出回る小判が減る兆しのあることの方が米価の値上がりを助長している。米問屋の大手が先を争って米を買い占めていることも価格高騰の一因だ。決して吹き直しが主因ではない。

「どの程度の日にちを待つのか、申してみよ」

「……あと一月の間には」

重秀は声を絞り出した。

「確かじゃな？　これが最後の機会と申したはずじゃ。今までの、切れ味鋭かった重秀はどこに行ったのじゃ？　もう下がれ」

綱吉の剣幕はついに収まらなかった。このまま言い訳を続ければ、己の首が飛ぶ。重秀は丁重に詫びを言い、綱吉の前から下がった。

勘定所内坐《ないざ》に向かう間、数人の御城坊主が蔑むような視線を送ってくるのがわかった。なんとでも言え。心の中でそう唱えながら歩いていると、不意に肩をつかまれた。

「吹き直しなどと天下の愚行を冒す故、長雨が続き市中の米の値段が騰がるのだ」

振り返ると、顔を真っ赤にした新井白石がいた。すぐ側には、甲府宰相のお付きの者たちが控えている。白石と同様に、重秀を見つめる視線は鋭い。怒気を通り越して、怨嗟の目付きともいえるものだ。溜息を吐いたあと、重秀は白石に言った。

「吹き直しと長雨に因果関係は一切ない。祈りや呪いのような気分の問題で公儀の政務は果たせぬ」

「祈禱《きとう》をバカにすると言うのか。それは思い上がりというもの。そのうち足をすくわれるぞ。いや、拙者が足を払ってやる」

白石の目に、憎悪の暗い光が宿っていた。綱吉に面罵されたこともあり、重秀は珍しく気分が高ぶっているのを感じた。白石など相手にするだけ時間の無駄と考えてきたが、今日は我慢できなかった。

「隠密廻を操り、甲府宰相様を煽った上に、上様に入れ知恵しているのはそなたか?」

「都合が悪くなると、他人のせいにするのか? 不埒《ふらち》な考えを持っているようだが、いずれ天罰が下るぞ」

「不埒な考えだと?」

訊き返すと、白石は不敵な笑みを浮かべた。漏れているのか。

「首を洗って待っておれ」

白石は捨て台詞を残して立ち去った。怒り肩の後ろ姿を見つめながら、重秀は考え込んだ。真次郎ら微行組に託した策略は、綱吉にさえ詳細を明かしていない。もとより、重秀と微行組だけの機密だ。絶対に漏れるはずはない。

白石のあの自信のある言いぶりの根拠はなにか。隠密廻が手を回し、微行組の誰かを組み伏せたのか。いや、それならば真次郎から急ぎの文が届くはず。遠ざかる白石の後ろ姿を睨みながら、重秀は考えを巡らせた。

一四

膳の猪口を取り上げたあと、柳田佑磨は一口で酒を飲み干し、言った。

「気の利いた長唄でもやってみよ」

対面でお多恵は横を向いていた。

「厠まで見張られていましたら、端唄《はうた》どころか、愚痴も出てこないよ」

深川の元人気芸者は吐き捨てるように言った。先ほどから一度も柳田の目を見ることがない。

「その気風の良さ、嫌いではないぞ。どうだ、一献」

柳田が猪口を差し出すと、お多恵は眉根を寄せ、頭を振った。

「そうか。あくまでも転ばぬと申すのだな」

お多恵を座敷に上げてから丸三日経った。廓の楼主と料理屋にそれぞれ一〇両ずつ払い、お多恵を事実上の貸し切り状態にした。

最初、高木は匕首をちらつかせてお多恵に微行組の狙いを訊いたが、お多恵は口を割らなかった。

〈それがしの一存で、大切な跡取り息子が死ぬぞ〉

三日前にそう言ったとき、お多恵の表情は一変した。強気一辺倒の元芸者の表情が、息子を慈しむ母親の顔になった。この瞬間、柳田は持久戦を決意した。

〈一筆書いて江戸に送れば、息子は一瞬のうちに殺される〉

そう脅しをかけたとき、お多恵は戸惑いながら気丈に言い返してきた。だが、柳田がさらに押すと、お多恵は口を閉ざした。

〈まさか、女中頭が甲賀者のくノ一とは知らなかっただろう。しかも瑞賢が紹介した女がそうとは考えもおよばなかったはず〉

微行組の拠点となる喜代松に対し、高木は七年前から女中という形で棘を植え込んでいた。房州の足軽の娘で、あちこちの料理屋で女中奉公してきたという経歴は、隠密廻が用意した綿密な計画の一部だった。あか抜けない女中頭を指導することにやり甲斐を見つけたお多恵は、次第に仕事を任せるようになった。すべては高木の発案だった。お多恵を信用させる術として、愛人である瑞賢を使ったのだ。瑞賢の贔屓にしている宿屋や酒屋に何人ものくノ一を植え付け、お多恵が人を雇い入れる機会を根気強く待った。

およしはそのうちの一人にすぎない。用心深い女を騙すには、何よりも辛抱が肝心だと、高木は粘りに粘ったのだ。

〈七年もかけてあたしを騙すなんて、あんたたちはどれだけ卑怯なんだい！〉

およしの素性を柳田が明かしたとき、お多恵は悔し涙を浮かべながら、叫んだ。

〈筆一本買うにも使いを出すような女だ。こちらもじっくりやったまで〉

柳田が告げると、お多恵は何度も下唇を嚙んだ。

〈くノ一にはわざと不器用なふりをして振る舞うよう指示した。お前はまんまと騙され、大事な倅の傍らに置くまでになった。すべてはこちらの狙い通りに事が進んだのだ〉

用心深いお多恵を騙してしまえば、あとは勝部ら微行組の面々を欺くのは赤子の手を捻るようなものだった。実際、くノ一がもたらした情報をもとに、こうして己と高木が佐渡に来ているのだと明かすと、お多恵はときに怯えた表情を見せるようになった。

「なぜ、宿根木の港に日和見の櫓を建てておるのだ？　小木の港で突然船が沈んだのはどうしてだ？」

「先ほど来、存じませんと申し上げておりますよ」

「そうか……微行組が御用船の御船手役をたぶらかしているのは存じておる。いったいこの佐渡でなにをやらかすつもりだ？」

柳田がドスの利いた声で訊いたが、お多恵は頑《かたくな》に口を閉ざし続けた。

ぷいと横を向いたお多恵を前に、猪口を口に運んだときだった。静かに襖が開き、着流し姿の高木が座敷に戻った。お多恵を一瞥した高木は、にこりともせずに柳田の傍らに寄り、口を開いた。

「微行組の連中がまた御船手役の辻世五郎の周辺をうろつき始めました」

高木はわざとお多恵に聞こえるように報告を入れた。

「いったいなにを企んでおるのかのう」

下を向いたお多恵は強く下唇を噛んでいる。

「微行組がなお一層不審な動きをしている以上、江戸に文を送らねばならぬの」

腰を浮かした柳田は、部屋の隅に置いていた振分行李に手を伸ばし、筆を取り上げた。お多恵の視線が自分の手元に注がれているのがわかった。

「本当に、なにをやっているのか存じ上げないんでございますよ」

懇願口調でお多恵は言った。

「知らぬはずはなかろう。実際、こうしておぬし自身が佐渡に渡っている以上、微行組の中でなんらかの役割を担っているはずだ」

柳田が強い口調で言うと、お多恵はわずかに顎を上げた。

「あたしはね、廓に出入りして、船の様子を探る役目を負っているのでございますよ。それだけです」

「船とは、商家が雇った廻船のことか？　それとも御用船か？」

「わからないよ……大きな荷が動きそうなとき、漏らさず報せろって言いつかっただけなんですから」

「そのような戯れ言を信じると思っておるのか？」

柳田が呆れ声を出すと、お多恵は再び口を閉ざした。そのとき、再び座敷の襖が開き、中年の町人が姿を現した。町人は高木を見て頷いた。

「柳田様、微行組がまた動き出したようにございまする」

町人はすぐに襖を閉め、姿を消した。高木の手下のようだ。

「こうしていても埒《らち》が明かぬ。こちらから仕掛けることにいたすか」

そう言うと、柳田は立ち上がり、床の間に置いた大小を腰に差した。

「どうなさるんです？」

お多恵が怯えた目付きで言った。

「おぬしには、餌になってもらう」

直後、柳田はお多恵の細い手首を強くつかんだ。

一五

相川の煮売り屋で若い水主衆に夕餉を振る舞っていた辻世五郎をつかまえたのは、半刻ほど前だった。真次郎は源平衛とともに、世五郎を相川の町でも値の張る料理屋に誘い出した。座敷に上がると、真次郎は懐から黒い箱を取り出した。

「久々にお相手をしていただけませんか？」

箱の中身が花札だと瞬時に察したのだろう、世五郎は相好を崩したが、すぐに顔を曇らせた。

「悪いな、船出が近い。陸で勝ったら、海での運を使い果たすような気がしてな」

そう言いながらも、世五郎の視線は黒い箱に釘付けとなっていた。真次郎は大げさに箱を懐に戻しながら、世五郎の顔を見た。

「ほう、それは失礼いたしました。近々、御用船が佐渡を発つということですな」

「ああ、明日の朝だ。風向きが良ければ夜明けとともに出航する予定だ」

真次郎は唾を飲み込んだ。すっかり心を許した世五郎は、真次郎に一番肝心な事柄をさらりと告げた。浮き立つ気分をなんとか押さえ込み、真次郎は源平衛に目をやった。

「それじゃ、世五郎の旦那と白黒つけるのは江戸でってことですかい？」

おどけた調子で源平衛が告げると、世五郎は頷いた。

「船乗りはげんを担ぐ生き物だ。悪く思うな。それに江戸でも難しいかもしれぬ。博打を控えるよう注意された隠密廻の一件を覚えているだろ」

「それでは、一杯だけ」

真次郎が銚子を傾けると、世五郎は猪口を差し出し、一口で飲み干した。

「いよいよ、あの鍵の出番ってことですな？」

おどけた調子で源平衛が言うと、世五郎は頷いた。

「さすがにお奉行様だ。今回も用心のために、二隻出すことになる」

「やはり荻原様ですな」

「ああ、そうだ。江戸もなにかと物騒だからだろう」

世五郎は真面目な顔で言った。

「こうしたご縁も商いには大事にございます。今後ともよろしくお願いいたします」

真次郎が秘かに目配せすると、源平衛は頷いた。

「うむ、いつもすまぬの」

そう言った世五郎が腰を浮かした。真次郎は懐紙に包んだ豆板銀を世五郎の手に握らせ、言った。

「これでお土産でも」

黙って頷くと、世五郎は紙の包みを懐に入れ、座敷を後にした。


「明日とは、急じゃないかい？」

「江戸で何事か起こったのかもしれぬ。吹き直しの評判が悪い故、彦様が御用船の出立を早められたのか」

「こうしちゃいられねえや。全くお多恵姐さんはなにをしていたんだ」

「そういえば、お多恵からはめぼしい情報が伝わってこないな」

首を傾げながら、真次郎は源平衛とともに料理屋を後にした。いずれにせよ、宿根木に使いを出し、平十郎を偽同心の平稲十郎に仕立てなければならない。

深川のときと同じように、世五郎の動揺を誘い、その隙に御用船の鍵を奪う。料理屋を出て、早足で歩き始めたとき、源平衛が唐突に立ち止まった。

「どうした？」

真次郎が顔を向けると、源平衛はまっすぐ行く手を見据えていた。

「あれ、姐さんだよな……」

源平衛の視線の先に目をやると侍がいた。その横には、肩をすぼめて歩く女の姿があった。

「まさか……北町奉行所の柳田ではないか」

とっさに小路に身を隠そうと真次郎が足を動かしかけたとき、中年の侍と目が合った。侍は女の手を引き、間合いを詰め始めた。

「どうするんだよ？」

「こうなったら、相手の出方を見極めるしかあるまい」

真次郎は源平衛に言って草履の鼻緒をつかむ足指に力を込めた。

前方の二人がどんどん近づいてくる。同時に人相もはっきりわかるようになった。下唇を強く嚙んだお多恵、そして額に脂をたぎらせ、窪んだ目を異様に光らせる柳田に相違なかった。

真次郎と源平衛が立ちすくんでいると、お多恵が突然口を開いた。

「金坊が……」

金切り声に近い叫びを聞いた途端、真次郎は事情を察した。微行組の全員が佐渡に渡っている以上、江戸には味方が一人もいない。小網町の喜代松はガラ空きの状態だ。隠密廻がどのような手を使ったかはわからないが、お多恵の必死の顔を見れば、状況が最悪なのは瞬時にわかった。こうしてお多恵が人質に取られた以上、もはやこちらの身分を偽ることも無用だ。真次郎は腹を括った。

「お多恵の大事な息子を人質に取るとは、北町奉行所もやり方が汚いではないか」

真次郎が低い声で告げると、柳田は口を歪めて言った。

「そのほうら、なにを企んでおるのだ。今、正直に拙者にすべてを話せば、金之助とやらの命だけは助けてやろう」

「汚ねえ……」

唸るように源平衛が言うと、柳田は舌打ちした。

「汚いか？　拙者は公儀の任務としてそのほうら微行組とかいう不埒な連中の調べを進めているのだ。なぜ、佐渡にまで渡ってきた？」

「北町奉行にあれこれ詮索されるような覚えはない。それに、与力に追いかけられるような悪事を働いた覚えもない」

「ほざくな。なぜ、御用船の御船手役をたぶらかしている？　すぐに佐渡奉行所より人を集める故、神妙にいたせ」

柳田がドスの利いた声を出したときだった。柳田の背後の小路から、若い侍が姿を見せた。向かい合う四人を見つけた若い侍は駆け寄ってきた。

「これは北町奉行所の柳田様、それに小間物問屋の番頭・真之介殿ではありませんか」

佐渡奉行所の真壁が、目を丸くしている。

真壁の姿を認めると、柳田が口を開いた。

「この者共は、北町奉行所の隠密廻が長年追っている不届き者だ。すぐに捕り手を集め、縄を打つように手配してくれ」

「不届き者?」

真壁の顔が曇った。

「いや、真之介殿とお連れは不届き者などではございませぬ」

真壁が答えると、たちまち柳田は眉根を寄せた。真次郎は祈るような気持ちで真壁の顔を見た。

「お二人は、勘定吟味役兼佐渡奉行の荻原様からの正式な文書を携えて来島された方々でござる。断じて不届き者ではございませぬ」

「たわけたことを申すな」

柳田が怒鳴った。だが、真壁はひるまなかった。

「拙者は、かつて江戸の勘定所下にある御金《おかね》奉行の配下として勤務しておりました。荻原様の書かれた書状には見覚えがございます。お二方が持参されたものは、間違いなく荻原様の筆跡でありました故、柳田様の指示に従うわけには参りませぬ」

真壁の言葉を聞きながら、真次郎は頭に浮かんだ重秀の顔に手を合わせる思いだった。

「そなたもいつかは江戸に戻る身だ。北町奉行所に睨まれてはなにかと肩身の狭い思いをいたすぞ」

柳田が思い切り声の調子を落として言った。だが、真次郎の目の前で、真壁は肩に力を込め、言った。

「脅しでござるか？　拙者は、自分の職務を全うするのみでござる。たしかに柳田様は与力様にて、拙者より上席。しかし、道理を曲げることはできかねまする」

真壁はひるむことなく言い切った。重秀が真壁に全幅の信頼を置く理由がはっきりわかった気がした。

「勝部、覚えておれ。微行組の動きは常に見張っておる。それにこの女と倅のこともな」

吐き捨てるように言うと、柳田はお多恵の手をつかみ、足早に引き返していった。

お多恵を引きずるように去る柳田を見やりながら、真壁が首を傾げた。

「勝部とは？」

「いや、あの与力様は人違いをしておられるのでしょう」

「そうですか。またなにか柳田殿に絡まれたときは、ご相談くだされ。佐渡は佐渡の奉行所の仕組みで動いておりますので、江戸の北町奉行所の言いなりにはなりません。では、それがしは湯に参ります故、これにて」

真次郎は真壁の顔を改めて見た。頰と額に泥が付いていた。

「ありがとう存じました。それより真壁様、お顔に泥が付いております」

「田舎の奉行所にて、同心といえども普請の手伝いをしておりましてな。それでは」

真壁の態度が急によそよそしくなったが、危機を救ってもらっただけで十分だ。

「旦那、どうするよ……」

「なんとしてでも、お多恵を取り戻す」

「そんなこと言っても、御用船の出立は明日の明け方だぜ」

「わかっておる」

そう答えたものの、明確な手立てはない。しばし腕を組んだあと、真次郎は口を開いた。

「ひとまず、左平次とともに宿根木に急ぐぞ」

「姐さんを見捨てるのかい?」

源平衛の目付きが一際厳しくなった。

「そんなことはない。我らが動けば、いずこかで隠密廻が見張っておる。奴らにとってもお多恵は切り札だ。絶対に同行させるはずだ。隙を見つけて取り返す」

「わかったよ」

不安な気持ちは同じなのだろう、口中でなにかをブツブツ言ったあと、源平衛は頷いた。

「おいら、左平次の兄貴を宿から呼んでくる」

源平衛は宿の方向に駆け出していった。

遠ざかる後ろ姿を見ながら、真次郎は再び腕を組んだ。隠密廻に隙などあるのか。柳田が佐渡にいるということは、必ず高木も近くにいる。

高木という名を思い出した途端、両腕が粟立った。慌てて周囲を見回すが、相川の町を行き交う酔客や客引きの中に、人相書で見た狼のような目付きの男はいない。

考えるよりも動け。己の頭の中に、光が走った気がした。先ほど、柳田は御用船とはっきり口にした。やはり、真次郎らが御用船を狙っていることを隠密廻は察知したのだ。ただ、柳田は御船手役をたぶらかしているとは言ったが、真の目的はつかんでいない。お多恵が口を割っていないのだ。

急がねばならない。陸路では間に合わぬ。相川の港から一気に宿根木に向かわねばならない。左平次を呼びに行った源平衛に命を下すため、真次郎は力強く土を蹴った。

一六

相川の港に向けて駆ける途中、真次郎は番所に駆け込み、真壁宛の文を書いた。文には、別封の文をできるだけ早く江戸に送ってほしい旨を書き込んだ。

別封は河村瑞賢宛だ。金之助が命を狙われている故、一刻も早く安全な場所に逃がすよう指示する内容とした。

番所の下役にたんまりと駄賃を握らせたあと、真次郎は息が切れるのも構わず波止場に駆け付けた。すると、左平次と源平衛が小型の舟に乗り込むところだった。

「遅いぜ、旦那」

顔をしかめた源平衛に、急ぎの文を江戸に託した旨を告げた。

「間に合うかい?」

源平衛の顔がにわかに曇ったのが暗がりでもわかった。

「間に合ってもらわねば困る。これから嫁をとろうという金坊に万が一のことがあってはならぬ。間に合う」

念ずるように言うと、左平次が口を開いた。

「行くぜ。もう後戻りできないぜ」

「もとより命は捨てておる。皆、頼んだぞ」

真次郎が言うと、左平次は艪を漕ぎ出した。

「夜中でも潮目が読めるのか？」

「もちろんわかるさ。艪に当たる波の力がスッと抜ける所を探していけばいいのさ。幸い、潮は良い方向に流れている。二刻もあれば宿根木だ」

ときに力強く、あるいは力を抜きながら、左平次は艪を操った。真次郎は改めて左平次を見やった。

「江戸から持ってきた例の大切な文書は忘れておらぬだろうな？」

真次郎は江戸を発つ直前に、重秀の元に秘かに使いを出した。御用船を奪う仕上げに向け、重秀に直筆の文書をしたためてもらうためだった。

「あたぼうよ。これがなきゃ御用船は奪えねえからな」

左平次は空いた手で強く胸を叩いてみせた。

「俺たちは鍵を取り上げることに専念する。あとは頼んだぞ」

「任せておけ」

自信たっぷりに左平次は言った。次第に相川の町の灯が遠ざかっていく。前回、千石船を沈めに行ったときは、妙な高揚感があった。だが、いざ御用船を奪うという段が近づくと、両腕から肩にかけて震えが遡ってくるような嫌な感覚に襲われる。

「旦那、寒いのかい？」

いつの間にか、源平衛が真次郎を見つめていた。真次郎は目線を体に落とすと、両腕で体中をさすった。

「旦那でも気が張るときがあるんだな」

「今度の策を実行するために、生きてきた。だが、不思議なもので、弱気の蟲《むし》が体中を這い回っておる」

偽らざる心境だった。小舟に乗った直後から、苦みばしった重秀の顔と、下唇を噛み締めるお多恵の顔が瞼の裏に映った。会えない分だけ、蘇った二人の表情が真次郎を弱気にさせているのかもしれない。

「なあに、今に息もできないほどの騒ぎを起こすんだ。蟲なんか関係なくなるよ」

左平次がおどけた口調で言った。たしかに、宿根木に着けば、一瞬一瞬が生死をかけた戦いとなる。相川で柳田と対峙したときに、〈御用船〉とはっきり言われた。宿根木には必ず柳田と高木が待ち受けているのだ。互いが信じて疑わない正義を全うするため、次に会うときは必ずや殺し合いとなる。この小舟に揺られているときが、最後の安息なのだと真次郎は思った。

宿根木に着いてから二刻半経った。真次郎が港近くの茶屋の陰に源平衛、左平次とともに身を隠していると、同心に姿を変えた平十郎が現れた。

「南町奉行所の平に化けたぞ。いよいよだな」

おどけた口調で平十郎が言ったが、軽口を返す者は誰もいなかった。

「あとわずかで金銀小判を積んだ馬の隊列が着く頃だ。一団の中に御船手役の世五郎がおる。油断するな」

真次郎が言うと、平十郎は頷いた。

「宿根木の人夫たちから秘かに聞いたところによると、一〇万両に上る金銀小判を背に積んだ馬の隊列は、馬子に引かれて真夜中頃、真次郎たちが小舟に飛び乗った時分に、相川を発ったそうだ」

画師に化けた平十郎は、わずかの間に宿根木に協力者を育てていたようだ。

真次郎は、宿根木の入り江に目をやった。扇を広げたような形の湾には、三艘の巨大な船の影がある。扇の付け根にあたる船着き場には、完成したばかりの日和見櫓がそびえ立っている。ほのかに、塔の頂に灯されている蠟燭の灯が見える。

日和見櫓を挟むようにして左右にそれぞれ二艘の御用船が係留してある。

「どちらに積むのだ?」

真次郎は平十郎に訊いた。

「左だ。海賊の襲来を警戒して二艘同時に港を出る」

「よし、世五郎の言った通りだな」

真次郎が言うと、平十郎は真面目な口調で言った。

「なに、俺だって画を描いて遊んでいたわけではないからな」

「それで、最後はどうするんだい？」

心配顔で源平衛が訊いた。

「勘定所の使いだと言って平十郎が世五郎の行く手を遮る」

真次郎が答えると、平十郎が言葉を継いだ。

「御用船警備のために江戸から来たと言えば、俺の顔を見た瞬間に信用するだろう」

感心したように源平衛が頷いた。

「なるほど。それで、日和見櫓の中へ、って寸法だな」

「そうだ。櫓の中はぐるぐるの螺旋階段だ。動揺した世五郎は、一時的に方向を見失う。そのために、あちこちに明かり取りの窓を設えておるのだ」

真次郎の言葉に、左平次を始め一同が力強く頷いた。

一七

夜霧が晴れるとともに、朝日が昇り始めた。真次郎が周囲を見回すと、相川から通じる街道の方向から蹄の音が聞こえてきた。

「来たぞ」

真次郎が言うと、左平次は早くも船着き場の方に歩み出した。鍵を奪ったあと、いち早く船に乗り込む心づもりなのだ。

やがて、緩い丘を下ってくる馬の隊列が見え始めた。

茶屋の陰で、一同は息を潜めた。馬の動きはゆったりしていたが、真次郎の目には、飛脚が街道を駆け抜けるような速さに映った。それだけ心にゆとりがなくなっているのだ。両手で頰を張り、真次郎は己に気合いを入れた。

「世五郎はどこにいる？」

真次郎が訊くと、遠目の利く源平衛が目を凝らし始めた。

「隊列の後ろ、馬子たちと一緒だ」

源平衛の声に、真次郎は馬の隊列の後方を見た。たしかに、しかめっ面の世五郎が歩いている。時折、周囲に目を向けている。おそらく、風向きを確かめているのだろう。

「段取りを再確認するぞ」

真次郎が小声で言うと、源平衛と平十郎が頷いた。

「まずは、水主衆が船に荷を積み込むのを確認する。そのあと、平十郎がいきなり世五郎の前に現れ、動揺を誘う」

「わかった……勘定所から依頼され、点検に来たと言えばよいのだな」

「そうだ。その後、新しい日和見櫓に誘い込む。この間、潜んでいた源平衛が鍵をすり替える。準備はよいな?」

「持ってきたぜ」

源平衛は、世五郎が持つ鍵入れの袋と同じような、麻紐を付けた袋を取り出した。中には、同じ目方の鉄の棒が入っている。江戸にいるとき、鍛冶屋に駆け込んで作らせた偽物だった。

「お多恵はどこにいる?」

不安げな顔で、平十郎が言った。真次郎はもう一度、荷を運ぶ一団に目をやった。北町奉行所の柳田や高木の姿は見えない。

「我らの動きを阻止するため、隠密廻は必ずやってくるはずだ。そのとき、お多恵を取り返す」

そうは言ってみたものの、果たして本当にお多恵を奪い返すことができるのか、真次郎に自信はなかった。


金銀を運んだ隊列が宿根木に着いてから半刻ほど、真次郎らは港の様子を慎重にうかがった。御用船の周囲を水主衆が忙しく動き回り、それを守るように佐渡奉行所の同心たちが取り巻いていた。

「守備は万全ということだな」

真次郎が言うと、源平衛は頷いた。

「簡単に近づけたら、盗賊の思う壺だからな」

源平衛がぽつりと言ったときだった。同心たちの中に、真次郎は知った顔を見つけた。

「源平衛、行くぞ」

そう言うが早いか、真次郎は茶屋から足を踏み出した。

「どうしたんだい?」

「真壁殿がいる。あの人を突破口にするのだ」

真次郎は足を速め、御用船に近づいた。もうこれで後戻りはできない。

七、八人の同心たちに近づくと、真次郎は思い切って口を開いた。
「真壁様」

水主衆の方を見ていた真壁が振り返った。

「これは真之介殿。いかがされた?」

「まことにすみませんが、こちらを世五郎様に」

真次郎は小さな包みを見せた。

「これは?」

「握り飯でございます。世五郎様には、相川でなにかとお世話になっておりますので、船出の前に渡しとうございます」

「なるほど、あいわかり申した。どうぞお通りくだされ」

真壁が他の同心たちに目配せしたのを合図に、真次郎は源平衛とともに歩き始めた。同時に、甲高い口笛を平十郎に向けて吹いた。

「世五郎様」

水主衆が忙しく波止場で十貫目木箱を御用船に運び込むのを、腕組みして見守っている世五郎に対し、真之介に化けた真次郎は揉み手で近づいた。同じく、源平衛も愛想笑いを浮かべ、世五郎のすぐ近くに立った。

「おお、真之介殿と源平衛ではないか」

「手前共の荷も、昼までに出雲崎に向かう予定です。こちらは差し入れの握り飯にございます」

「かたじけない」

相好を崩した世五郎が握り飯を受け取ると、真次郎は御用船の対岸の波止場に係留してある千石船を指した。

「今日は風も良いし、波もさほど高くない。昨夜、勝負を我慢した甲斐があったというものだ」

機嫌良さそうに告げた直後、百戦錬磨の御船手役の顔が曇った。

「それがしの顔を覚えておったようだの」

南町奉行所の同心に化けた平十郎が真次郎の背後から言った。平十郎は偽の十手をかざし、真壁らの間を無事通り抜けてきたのだ。

「平様、わざわざ佐渡まで?」

「左様。勘定所の依頼で、抜き打ちでそなたの働き具合を点検しに参った」

平十郎が淀みなく話すと、世五郎はたちまち萎れた。

「今日は、ちゃんとやっております。現に、昨晩も博打を我慢した次第です。なに、この二人が証人です」

消え入りそうな声で世五郎は言い、素早く真次郎と源平衛に目をやった。真次郎はそうだと相《あい》槌《づち》を打った。すると、平十郎は日和見櫓を見上げた。

「佐渡奉行所が新たに建てた日和見櫓、そなたは既に検分いたしたか？」

「いや……まだにございます」

「けしからん。船の行き来を円滑にしようと公儀が建てた物を、御船手役が見ないとは何事だ？」

平十郎が低い声で言った。存外に強い口調だったため、世五郎の顔が再び曇った。

「しかし、普段、御用船は小木の港を使っておりますので……」

「たわけが！」

世五郎が言い終えないうちに、平十郎は声を荒らげた。その声に佐渡奉行所の若い同心が反応し、こちらを見ているのがわかった。ただ、真壁が何度か頷くと、同心たちは再度周囲の警戒に戻った。真次郎は秘かに胸を撫でおろした。

「それがしは勘定所の代理で監督に参ったのだ。逆らうつもりか？」

「いえ、とんでもございません。では、早速、見て参りまする」

世五郎はなんども頭を下げて言った。

「平様、それほど声を荒らげずとも……」

真次郎が揉み手しながら言うと、平十郎はさらに大きな声をあげた。

「公儀の仕事に町人風情が難癖をつけると申すか?」

「いえ、とんでもございません。まあまあ、平様。世五郎様は荷積みの監督もなさっているわけですから」

「小間物問屋の番頭・真之介とか申したな。これ以上邪魔をすると、縄を打つぞ」

平十郎はこめかみに血管を浮き上がらせて怒った。

「滅相もございません」

真次郎は袂から小さく折り畳んだ紙包みを取り出し、平十郎の手に無理矢理押し込んだ。

「それがしを丸め込むつもりか?」

「いえ、世五郎様のことを……」

真次郎が懸命に頭を下げたが、平十郎は世五郎の背中を強く押し、日和見櫓に向けて歩き始めた。その歩みは存外に速く、小走りに近いものだった。世五郎が何度もつまずきそうになるのがわかった。二人の姿が日和見櫓の中に消えたときだった。

「これより大事な沙汰を伝える、水主衆の皆、聞いてほしい」

真次郎が振り返ると、真壁が左平次を伴って立っていた。

「江戸の勘定吟味役兼佐渡奉行の荻原様より、急ぎの沙汰が届いた。今回の搬送には、予定を変えて予備の御用船を使う」

真壁が文書を携え、大声で告げると、波止場で作業を続ける水主衆からどよめきが起こった。

「静まれ。大切な金銀故、万が一のことがあってはならぬとの佐渡奉行・荻原様からのお達しである。急ぎ、指示に従うのだ」

「そんな話、俺は聞いていないぞ」

水主衆の一人が大声で言った。

直後、真壁の声が波止場に響き渡った。

「今回のお達しの中には、この左平次殿の指示に従うよう、奉行の荻原様から伝えられておる」

真壁は文書を反論した水主衆に向け、強い口調で言った。真次郎は秘かに拳を握り締めた。江戸を発つ前、重秀に書いてもらった文書が着実に功を奏している。生真面目な真壁だけに、上役である重秀の指示には絶対に従う。真壁の毅然とした態度に接し、水主衆たちが動き始めたことを確認すると、真次郎は日和見櫓に向け、源平衛とともに駆け出した。

駆けながら、真次郎は策略を思い起こした。以前、深川の船着き場で平十郎が化けた同心に激しく叱責されたあと、世五郎は激しく動揺した。二〇艘ほどの小舟が係留された船着き場で、あろうことか自分が操ってきた舟を見誤ったのだ。平という同心に怒られたこと、また、御用船の鍵を見事にすり替えられたことによる心の揺れが招いた結果だった。

あのとき、世五郎は自分が乗ってきた舟とは対角線上の地点に係留された別の舟に飛び乗った。今回は偽同心の平十郎の叱責に加え、日和見櫓という新たな要素もある。世五郎の動揺は以前よりも確実に大きくなっているはずだ。さらに、船が変更されたことを世五郎は知らない。絶対にうまくいく……。

櫓に着いた真次郎と源平衛は階段を駆け上った。すると、平十郎の声が聞こえた。

「なにをしておる。早く上るのだ」

平十郎が世五郎を急がせている。真次郎はようやく先の二人に追いついた。

「へ、へい」

渋る世五郎の背中を、平十郎は強引に押した。

「平様、ここはひとつ穏便に……」

真次郎は精一杯、懇願の声色を作った。世五郎は櫓の中の踊り場で足を止めていた。なにか不穏な気配を感じ取ったのかもしれない。

「やかましい」

平十郎はもう一度、強く世五郎を押した。観念したように世五郎が上り始めたことを確認すると、真次郎は源平衛を伴い二人の後を追った。

「俺は先に行くぜ」

源平衛はそう言い残すと、小走りで上り始めた。

このままうまく事が運んでくれ……真次郎は心の中で強く念じた。

「もういいだろう。俺は持ち場へ戻る」

突然、真次郎の頭上の方面から世五郎の怒声が響いた。

「待たんか。そなたは本当に検分したのか?」

「俺は御用船の全責任を預けられている。こんな日和見櫓なぞ、一回見れば十分だ」

「おい待たんか」

世五郎とこれを諫《いさ》める平十郎の声が次第に真次郎に近づいてきた。

「二人とも、こんな狭い所で揉めるこたぁないじゃないか」

源平衛の懇願の言葉も聞こえた。

真次郎は急ぎ階段を上った。螺旋状の階段を駆け上がると、三階にあたる部分の踊り場に着いた。すると、上の階から世五郎を先頭に平十郎、源平衛が下りてきた。

「平様、もうこれ以上は」

真次郎は努めて優しい口調で言った。これを合図に平十郎はさらに声を荒らげた。

「世五郎、無礼であろう。仮にも拙者は勘定所代理の同心であり、佐渡奉行の荻原様の沙汰を受けて参ったのだ」

「もう待てないんだよ」

世五郎が強い調子で言い返したときだった。櫓の明かり取りの小さな窓から、左平次の声が響いた。

「そろそろ、こっちの船を出すぞ。皆、急げ！」

その声に、世五郎は敏感に反応した。

「言わんこっちゃない。どうなってんだ」

「待たんか、まだ検分は終わっておらんぞ」

窓の外に顔を出そうとする世五郎、これを力一杯制止しようとする平十郎が再度揉み合いとなった。

「まあまあ、お二人とも、穏やかに参りましょうぞ」

真次郎は商人の口調で言い、二人の間に割って入った。

「うるせえ、放せ」

「邪魔するでない」

世五郎と平十郎が互いにこめかみに青筋を立ててがなり立てた瞬間だった。背後から源平衛が忍び寄り、深川の料理屋と同じように世五郎の首にかかった麻紐を秘かに、そして凄まじい速さでたぐり寄せた。

「なにか様子が変だ。放せ」

依然として世五郎はがなり立てていた。その隙に源平衛は自分の懐に入れておいた偽の袋を取り出し、世五郎の首にかけた。

深川の料理屋での悶着《もんちゃく》でも、源平衛の手際は凄まじかった。

麻紐を瞬時にほどき、偽の麻紐を巧みに世五郎の首にかけた。今もあのときと同じ寸法だ。源平衛は世五郎に気づかれないうちにほどいた本物と偽物を入れ替えた。世五郎の懐中に、同じ重みの鍵がそのまま入っているよう錯覚させる技だった。

真次郎と平十郎が世五郎の注意を逸らし続ける間、源平衛は草鞋《わらじ》の紐を結ぶよりもはるかに速い動きで二つの紐を結び変え、鍵の入った袋を入れ替えた。ずしりと重みのある鍵とその偽物を扱っているが、源平衛の手さばきは花札を配るときのように軽やかだ。常人には、絶対に見えぬ速さだ。

「平の旦那、そろそろ世五郎さんを持ち場に返してやったらどうだい」

仕事を無事に終えた源平衛が懇願すると、平十郎はこれに応えた。

「わかった、わかった。世五郎、次からはきちんと拙者の言うことを聞くのだ。さもなくば、今度は容赦なく縄を打つ」

「ガタガタ言ってんじゃないよ」

吐き捨てるように言うと、世五郎は猛然と階段を下り始めた。真次郎は平十郎と源平衛に目配せすると、世五郎の後を追った。

万事うまくいった。御用船の鍵は、今まさしく微行組の手の内に落ちたのだ。腹の底から湧き上がる興奮をなんとか抑え込み、真次郎は先を急いだ。

螺旋階段の途中で、世五郎は必死の形相で窓から外を覗いていた。当初の手筈通り御用船の一隻が船留め石から太い縄を外し始めたはずだ。

「おい、なにやってるんだ！」

窓から顔を出した世五郎が鋭い声で叫んだ。日和見櫓の外では、左平次が手練の水主衆を動員し、舫《もやい》を解いている頃だ。

左平次が御用船の出発の指示を出すことは、先ほど世五郎以外の者には伝えてある。もっとも、今左平次が指示しているのは、海賊に狙われるのを防ぐため、空荷で出発する方の船だ。左平次の指示により、本来の御用船の水主衆は空荷の船に集められていた。

「俺が乗っていないぞ、待て！」

そう言うが早いか、世五郎はドスドスと足を踏み鳴らした。

「そんなに急いだら危のうございます」

勢いよく階段を下る世五郎の肩をつかみ、真次郎が言った。

「放せ、俺の許可なく船が出てしまう」

「旦那、万事、佐渡奉行所の同心様に任せておきましょうぜ」

源平衛がなだめたが、世五郎の動揺は止まらなかった。

階段を下りながら、真次郎は一連の計画を振り返った。偽同心に化けさせた平十郎で世五郎の心を混乱させる策は、以前から考えていた通りだった。

だが、今度は御用船の鍵だけでなく、船を確実に奪わねばならない。そのために、日和見櫓を建てさせたのだ。

事前に得た情報で、御用船は二隻同時に港を出ると知った真次郎は、櫓を思いついた。深川の船着き場で、世五郎は方向感覚をも失い、似たような造りの船着き場であろうことか対角線上の地点に係留されていた舟に乗った。

暗い螺旋階段を上り、同時に慌てさせることができれば、世五郎の心の乱れは最高潮に達する。

まさしく結果は、予想通りとなった。

「おい、待て！　俺が乗るまで船を動かすな」

先を急いだ世五郎が空荷の船にたどり着いたのだろう。世五郎の声は慌てふためいていた。

先を行く平十郎と源平衛の足音を追い、真次郎も懸命に階段を下った。パタパタという足音がだんだん近づく。転ばぬよう、両側の壁をつたい、懸命に駆けた。すると、唐突に足音が止まった。

「どうした、早く船に」

真次郎はそう叫ぶと、日和見櫓の出口に立った。足音が唐突に止まった理由がわかった。

「まさか、御用船そのものを狙っておったとはの。やることが大胆すぎるのではないか？」

野太い声が波止場に響いた。櫓を出て真っ先に真次郎の目に入ったのは、北町奉行所の柳田の苦り切った顔だった。

その横には、お多恵がいる。昨夜は柳田に手首をつかまれているだけだったが、今朝は腰に縄を打たれている。

「ごめんよ、真さん」

前髪がほつれ、頬がこけているが、お多恵は気丈に言った。

「うぬら、御用船の鍵を狙っておったのか」

柳田の視線の先を辿ると、源平衛の手元を凝視している。気配を察した源平衛が慌てて袂に鍵を隠すのが見えた。

無事に鍵を奪ったという興奮が、一気にさめる事態に直面した。しかも、目の前には捕らえられたお多恵がいる。どう動けばよいか、真次郎は必死に考えを巡らせた。

「すぐにお多恵を放せ！」

真次郎が怒鳴ると、柳田は気味の悪い笑みを浮かべた。

「微行組と不届き者・荻原の真の狙いがわかった以上、公儀の役目として阻止せねばならん。覚悟せよ」

そう言うと、柳田は脇差を抜き、切っ先をお多恵の喉元に突きつけた。

「真さん、あたしに構わず行っとくれ！」

金切り声でお多恵が叫んだ。

「結束の強さが微行組の身上だろう。よもや仲間を見捨てるはずはなかろう」

柳田が再び口元を歪めた。真次郎は奥歯を嚙み締め、二人を睨んだ。

一八

真次郎は傍らの源平衛と、水主衆たちの差配から戻った左平次に目をやった。

「早く船に乗れ！」

鋭く叫ぶと、左平次が源平衛から鍵を受け取り、船縁《ふなべり》に手をかけた。

真次郎は周囲を見回した。辺りに追っ手はいない。左平次が素早く船に乗り、船倉の方に姿を消した。

「源平衛も乗るんだ！」

「でも、姐さんが……」

「俺と平十郎でなんとかする」

真次郎が言うと、平十郎は太刀の鯉口を切り、柳田とお多恵との間合いをじりじりと詰め始めた。

「近寄ると、刺すぞ」

唸るような声で柳田が言い、脇差の切っ先をさらにお多恵の喉元に近づけた。反射的に平十郎の足が止まった。

そのときだった。御用船と岸壁の間から真っ黒な物体が飛び出し、平十郎の足元に転がった。

「ぐふっ」

平十郎が突然咽《むせ》んだかと思うと、その胸元から血しぶきが噴き出した。

「平十郎！」

真次郎が体を向けた瞬間、平十郎は顔面から波止場に倒れ込んだ。いかに平十郎が剣の遣い手であろうと、お多恵に意識を集中していた中では防ぎきれなかった。

「平さん！」

お多恵が金切り声をあげ、柳田の傍らでもがいた。すると、柳田はお多恵の肩を強くつかんだ。

「動くでない！」

真次郎は改めて黒い物体に目をやった。全身を黒い装束で包んでいる。手元には逆手に持った刀がある。柄は四角。伊賀か甲賀の手の者か。真次郎が睨むと、黒装束の男は口元を覆っていた鉄の仮面を外した。見覚えのある顔が現れた。狼のように鋭い目付き、隠密廻の高木だった。

「高木、おのれよくも……」

「偽同心を成敗したまで」

口元を歪め、高木が言った。その両目が不気味に潤み、鈍い光を発している。

人を斬った直後にも拘わらず、全く息が乱れていない。獣のような男だ。

真次郎は波止場に倒れ込んだ平十郎の顔に目をやった。

長年の仲間は腹から喉元まで、一気に斬り上げられていた。首元が鮮血に染まっている。平十郎は両目を見開いたまま、既に絶命していた。腰を屈めた真次郎は、平十郎の瞼に手を添え、そっと両目を瞑らせた。

「剣の遣い手とは、口ほどにもない」

異様に目をぎらつかせた高木が吐き捨てるように言った。

「おのれ……」

真次郎は懐中に忍ばせていた短刀を取り出し、鞘《さや》を捨てた。

「それ以上近づくと、女の命はない。仲間の船頭を御用船から下ろし、鍵を渡すのだ。次は容赦しない」

柳田が低い声で言うと、大量の血糊《ちのり》を付けた刀をかざし、高木が真次郎との間合いを詰め始めた。

真次郎は、ゆっくりと円を描くように高木と距離を取った。一方、柳田とお多恵とは今までと同じ間合いを保った。真次郎がじりじりと横に動くと、高木が一歩一歩間合いを詰める。

どうするか。このままでは、お多恵を取り返すことができない。柔術の受け身を使うか。右肩を中心に柳田の前に転がり出れば、足元から柳田を刺すことができるかもしれない。真次郎が草履を後方に脱ぎ捨てると、高木は素早く柳田とお多恵の前に移動した。

「おぬしの考えていることなどお見通しだ」

高木がふてぶてしい口調で言った。

「旦那、早くしろ！」

御用船から左平次の怒鳴り声が響いた。声の方向に視線を移すと、既に大きな帆が帆柱を昇り始めていた。微かに葵の御紋が見える。当初の段取り通り、左平次が日頃から使っている水主衆が乗り込んだのだ。世五郎と本来の水主衆たちは、もう一隻に乗船したあとだ。

「女を捨てていくような勝部ではないよの？」

獲物を前にした蛇のような目で、柳田が言い放った。真次郎が下唇を嚙み、次の出方を考え始めたとき、顔を紅潮させた若い侍が見えた。

「真壁様！」

真次郎はありったけの声で叫んだ。必死の形相で真壁が近づいてくるのがわかる。

「待たれよ！」

真壁が怒鳴った。柳田と高木は舌打ちした。

あっという間に真壁が真次郎らの前に駆け付けた。血溜《ちだ》まりの中に俯す平十郎を見やると、真壁の顔が険しくなった。

「佐渡にて人を斬り殺すとは……いくら江戸の北町奉行所の与力様とはいえ、理由を訊かねばなりますまい」

真壁は顔を真っ赤にして柳田に言った。

「偽の同心を斬り捨てたまで。やましいことなどないわ」

柳田は黒装束の高木に目をやり、言い放った。

「それより、この町人に化けた旗本に縄を打たねばならん。すぐに助太刀を」

柳田が強い口調で言うと、真壁は頭を振った。

「真之介殿は、勘定所に出入りされている商人でござる。隠密廻の任務の詳細は存じ上げませんが、無用の殺生は佐渡にてはお控えいただきたい」

真壁が言い返すと、柳田は再度舌打ちした。

「旦那、早くしてくれ!」

船上から左平次が鋭い声で叫んだ。一瞬目をやると真横にいる源平衛も不安げに頷いた。

「柳田殿、その女を放しなされ。佐渡奉行所の同心として、それがしが事情を訊きまする」

「たわけが」

柳田が真壁をにらみ返した。

お多恵の喉元には、依然として柳田の脇差の切っ先がある。

「旦那!」

左平次の声が響いた。真次郎の頬に強い風が当たった。宿根木の後方に控える低い丘から風が吹き出したのだ。

御用船の中に何人の水主がいるかはわからない。左平次の声には、艪を漕ぐ人数が足りない、との切迫感がある。真次郎は瞬時にそう悟った。風があるうちに、遠くに逃げねばならないのだ。

「すぐに参る！」

答えてはみたものの、依然としてお多恵を奪い返す妙案は浮かばない。もう一度、短刀を握り、間合いを詰め始めたとき、波止場に鋭い声が響き渡った。

「行っておくれ！」

お多恵が念ずるように叫んだのだ。

「だめだ、救い出す」

真次郎がそう言い返した直後だった。お多恵は喉元の脇差を右手でつかんだ。たちまち、細い指の間から鮮血が滴り落ちた。

一九

真次郎はお多恵を凝視した。下唇を強く嚙み、痛みに耐えている。その間も脇差から鮮血が滴り落ちている。

「やめろ、お多恵」

真次郎が言うと、お多恵は強く頭を振った。

「あたしはもう助からない。だから、ここで死ぬの」

「だめだ、一緒に江戸に帰るのだ」

真次郎が怒鳴ると、再度お多恵は強く頭を振った。

「こいつらに殺されるくらいなら、真さんが殺して」

お多恵が叫んだ。この間にも細く長い指の間から血が滴り落ちた。柳田が薄笑いを浮かべ、高木はじりじりと真次郎との間合いを詰め始めた。

「お願い、殺して!」

もう一度、お多恵が叫んだ。

「ダメだ、姐さん。帰るんだ!」

御用船から、源平衛が大声をあげた。だが、お多恵は脇差を離さない。

「殺してくれなけりゃ、自分で死ぬ。早く逃げて!」

脇差を握る手に力を込めたのだろう、小さな拳の間から血しぶきが吹き上がった。真次郎が右肩を動かし、柳田の足元に転がり込もうとする。高木が逆手で持った刀を威嚇するように振った。

もはや猶予はない。お多恵の顔がみるみる蒼白に変わる。なんとか柳田と高木を一度に斬り倒したとしても、お多恵の命を救える見込みは乏しい。

「金坊のことは任せろ」

そう叫ぶと、真次郎は握っていた短刀をお多恵の喉元めがけて力一杯投げつけた。

「ありがと……」

消え入りそうなお多恵の声が聞こえた直後、肉を切り裂く鈍い音が波止場に響いた。と同時に、お多恵の喉の真ん中に短刀がめり込んだ。

「お多恵、許せ」

真次郎が言うと、お多恵は目を見開いた。口元から、声にならない言葉が漏れたあと、お多恵の首ががくりと柳田とは反対方向に倒れた。

「おのれ！」

柳田が発した声で、真次郎は我に返った。裸足《はだし》のまま、波止場を駆け出した。背後から黒い物体が追ってくる気配がある。だが、真次郎は懸命に駆けた。このまま捕まってしまえば、命を落とした平十郎とお多恵に申し開きができない。

「逃がすな！」

柳田の野太い声が波止場に響き渡った。同時に、車立《しゃだつ》で重い碇《いかり》を引き上げる音が真次郎の耳に届いた。

なおも柳田の声が聞こえたが、真次郎は駆け続けた。

「逃げ切れると思っておるのか？」

御用船の船縁に手をかけたとき、右肩をつかまれた。振り返ると、鈍い光を宿らせた高木の両目があった。

「放せ！」

左手で船縁をつかみ、とっさに肩の手を払って、右手を高木の首に押し当てたあと、真次郎は力を込めた。

「放さんと、首を折るぞ」

「やってみろ」

高木は首を絞められながらも、逆手に持った刀をちらつかせた。このままでは、身動きが取れない。さらに右手に力を込めるが、高木はありったけの力でもがき続ける。

「大人しく手を放せば、命だけは助けてやる」

顔を真っ赤にしながら、高木が言った。常人ならば、とっくに落ちているはずだが、高木は依然としてもがいている。

「この期に及んで、命乞いなどせぬ」

真次郎は言いながら、渾身《こんしん》の力で高木の首を突き上げるが、抵抗はやまない。高木が振り上げた刀の先が、眼前に迫った。

「観念しろ！」

高木が絞り出すような声で叫んだ。もはや、これまでだ。源平衛に向け、出航するよう声をあげようとした瞬間、高木の顔に異変が現れた。真っ赤だった顔面が、たちまち血の気を失っていく。

「佐渡で無益な殺生をするなと言ったはずだ！」

真次郎が声のした方を見ると、佐渡奉行所の同心・真壁が高木の背中に刀を刺していた。

「早く行きなされ！」

真壁が顔を引きつらせ、言った。

「かたじけない」

意識が遠のき始めているのだろう、高木がぐにゃりと体を後方に反らせたとき、真次郎は反射的に右足で蹴った。大きな音を立て、高木は水面に落ちた。

「旦那、早く」

岸壁から船に飛び乗ると、源平衛が両手を差し出した。真次郎は差し出された手を強く握ると、踏立板《ふだていた》（取り外し式の甲板）を踏みしめた。

「真次郎の旦那は無事か？」

矢倉から左平次の怒鳴り声が響いた。

「生きておる！」

真次郎が返答すると、ゆっくりと御用船が動き始めた。時を同じくして、波止場の方向から悲鳴が上がった。

目をやると、宿根木の波止場に係留されていた千石船から一斉に黒煙が上がっていた。

「左平次の兄貴と相談して、菜種油を仕込んでおいたのさ」

源平衛が興奮した口調で言った。

「でかした。これで当分、追っ手が迫ってくる心配はないな」

次第に黒煙の量が多くなっていくのが船上からもわかった。

「旦那、微行組の仕事のためだ。仕方なかったのさ」

遠ざかる波止場を真次郎が見つめていると、隣に立った源平衛が言った。

「平十郎、お多恵……すまなかった」

二人の遺骸の前で、柳田と真壁が揉み合っている。遠ざかる微行組のかけがえのない仲間たちに手を合わせると、不意に涙が頰をつたい落ちた。

「必ず、生きて江戸に戻る。金坊に母親の最期を伝えねばならん」

思いが口を衝いて出た。

「姐さんの最期は立派だったし、平十郎の旦那も見事に役目を果たしたんだから。胸を張って彦様に報告しなけりゃ、二人に申し訳が立たねえ」

源平衛がそう言った直後、宿根木の丘の方から、一段と強い風が吹き付けた。葵の御紋を付けた特大の帆が目一杯風を受け、帆柱が鈍い音をたてて軋んだ。風を受けた直後から、みるみる船足が速まるのがわかった。

すると、船倉から勢いよく階段を上る音が響いた。

「それで、どこに逃げるんだ？」

左平次が神妙な顔で訊いた。

「今後、出雲崎や酒田など主立った港には布令が出るであろう。誰も考えつかない場所に参る」

真次郎が言うと、左平次は身を乗り出した。

「どこだい？」

「蝦夷地だ」

左平次が力強く頷いた。

二〇

顔を上げた途端、綱吉の口元に笑みが浮かんだ。

「重秀、思い切ったことを考えおったの」

「はて、拙者には身に覚えがございませぬが」

重秀が答えると、綱吉は大声で笑い始めた。次いで、小姓が一枚の紙を重秀の前に置いた。最新の瓦版だった。

「声に出して読んでみよ」

綱吉が強い口調で言った。

〈御用船帰還せず　佐渡の大波小波が隠す金銀小判一〇万両〉

庶民の度肝を抜く文字が連なっていた。命令通り、重秀は声に出して瓦版の見出しを読み上げた。

「御用船を奪う手筈を整え、小判不足を強く訴える。そのほうが配下に指示したのであろう?」

綱吉が身を乗り出して訊いた。重秀は瓦版に目を落としたまま言った。

「はて、仮に拙者がそのような策を講じたとしても、上様にご報告するような事柄ではございませぬ。拙者は、佐渡金銀山を監督する佐渡奉行、また公儀の台所を司る勘定吟味役を兼務いたしております る。御用船を奪うなどという大それたことを、企むはずはございませぬ」

努めて平静を装い、重秀は綱吉に答えた。

「わかったわかった。建前はよい。これで、吹き直しがうまく運ぶな。一〇万両も奪われたのだ。慶長小判と元禄小判の交換を渋る両替商連中に、公儀として強い態度で接することができるというものだ」

「御用船強奪という想像すらしない事態に直面したのは事実でございます。明らかに公儀始まって以来の危機に相違ありませぬ」

そう言って重秀が平伏すると、綱吉は高笑いしながら御入側《おんいりがわ》に姿を消した。綱吉が退出したことを確認し、重秀は安堵の息を吐き出した。

昨日の朝、佐渡奉行所の真壁から急ぎの文書が勘定所に届いた。一〇日前、小木の港が使えなくなったあと、やむなく宿根木で荷を積んだ直後に御用船が奪われたと簡潔に記してあった。

真次郎らは全員乗り込んだのか。真壁は御用船の件にしか触れていなかった。微行組の動向は気にかかったが、ひとまず策は思惑通りにうまく運んだ。重秀は秘かに瓦版屋を勘定所に呼び、御用船が奪取された一件を明かした。あとは真次郎らが戻るまでに、小判の吹き直しに集中するだけだ。早く勘定所に戻り、政務をこなす。重秀は腰を上げた。

綱吉と謁見する御座之間を出て、重秀が城中の廊下を急ぎ足で進んでいる最中だった。背後から聞き覚えのある声が響いた。

「待て、彦次郎」

振り向くと、こめかみに青筋をたてた新井白石が仁王立ちしていた。その手には、綱吉が持ってきたものと同じ瓦版が握られていた。

「天下の愚策を補強するために、まさか御用船を奪うよう仕組むとは、呆れて物も言えんわ！」

「なんのことだ？　それがしは勘定吟味役兼佐渡奉行だ。今も上様に今後の方策を説明していたところ。仕組むとはどういう意味か？」

重秀は平然と言った。

「とぼけるな。彦次郎が秘かに仕立てた盗賊が御用船を強引に奪い取ったとの報告が北町奉行所に入っておる」

「盗賊？　なんのことだ？」

「あくまでとぼける気だな。まあよい。奉行所の与力が江戸に戻った暁には、そなたの悪巧みがすべて白日の下に晒される」

白石は舌打ちしながら言った。

「この話は長くなるのか？　それがしは勘定所に戻らねばならぬ」

「よいか、よく聞け。北町奉行所の与力・柳田殿から急ぎの文が届いた。そこには、隠密廻が調べ上げた数々の証し、すなわち彦次郎と盗賊との結びつきを示すものがいくつもあるそうだ」

「ばかばかしい。それがしは急ぐ」

重秀が歩き始めると、白石は追いすがってきた。

「勘定吟味役が小判を満載した御用船の奪取を指示したのだ。これが天下に明らかにされれば、彦次郎は打ち首だぞ」

「御用船はたしかに盗られた。だが、その程度のことで、それがしの首は飛ばぬ」

「なんたる暴言。よいか、拙者は次の将軍様の政治後見役だ。今からでも遅くはない。話をよく聞くことだ」

「それがしは、誰に仕えようとやり方を変えるつもりはない」

重秀はそう言って白石を振り切り、廊下を進んだ。

白石の自信には裏付けがある。たしかに綱吉は加齢とともに病気がちとなり、万が一ということも考えねばならない。後継者である甲府宰相は、すっかり白石に感化され、代が替われば己が冷遇されるのは必至だ。だが、今取り仕切っている政務に間違いはない。重秀は廊下の先をまっすぐ見据え、先を急いだ。

二

険しい断崖が続く海岸線を抜けると、なだらかな砂浜が見えるようになった。真次郎が目をやると、左平次は頷いた。

「そろそろ着くぞ」

「どこに着けるのだ?」

「ましけだ。増す毛と書く」

「変わった名だな」

「元々蝦夷地に住んでいた者たちの言葉、鷗《かもめ》の集まる場所という意味があるそうだ」

「なるほどな。それで、着岸したあとはいかがする?」

「近江の生まれで、松前藩に重用されている商人で、岡田という者がいる。増毛の品物も手掛けようとしておってな。昔、北前船の荷で優遇してやった恩がある故、歓待してくれるはずだ」

「よろしく頼む」

そう言って真次郎は近づく陸地に目をやった。

佐渡の宿根木を出てから半月経った。

御用船は大佐渡を回り、一気に外洋を北上した。途中、二度嵐に遭った。また津軽海峡から蝦夷地にかけての沿岸は波が高かったが、左平次の巧みな操船により、一行は難を逃れた。

「なんだか、鷗もでかい気がするな」

上空を滑空する海鳥を指し、源平衛が言った。

「あれは鷗ではなく、海猫だ。猫のような鳴き声を出す鳥だ」

左平次が言うと、源平衛は感心したように頷いた。

「ところでさ、着岸する前にちょっとだけお宝を拝んでみないか?」

「盗人のようなことを言うな」

「でも、今頃江戸ではおいらたちは盗賊か海賊って扱いになっているはずだぜ。な、いいだろう？　一生に一回くらい、小判の山ってやつを拝ましてくれても」

「仕方あるまい」

真次郎は渋々答えると、船倉へ向かう階段を下りた。背後から源平衛の弾んだ鼻歌が聞こえる。

船を操る大きな舵と轆轤を見やると、手前に黒光りする箱が見え始めた。数にして一二〇箱。吹き直しと小判の切り替えを円滑に進めるため、一時的に姿を消したことになっている金銀小判の山に他ならない。

「鍵がかかっているぞ」

箱が連なる一角の前で真次郎が言うと、源平衛はニヤリと笑った。

源平衛は袂から細い鉄の棒を取り出した。

「船倉にあった鉄を、ずっと叩いて加工していたんだ」

慈しむように棒を眺めたあと、源平衛は黒い千両箱に近づいた。今までの軽口とは違う。源平衛の目付きは真剣そのものだ。

「それで開けるのだな？」

真次郎が言うと、源平衛は棒を鍵孔に挿し込んだ。二、三度棒の根本を揺さぶり、棒を奥に押し込む。

「開くか？」

「もう少し」

片目を瞑り、源平衛は息を詰めた。もう一度、源平衛が棒を押すと、カチリと小さな音がした。

源平衛の額に、薄らと汗が浮かんでいた。

「開いたぜ」

いつの間にか、左平次が真次郎の真横に立ち、源平衛の様子を見ていた。真次郎は一歩前に進み出て、十貫目木箱の蓋に手をかけた。

「積荷の確認をするだけだ。あくまでも公儀の小判。安全に陸へ運び込むのだ」

己に言い聞かせるように告げたあと、真次郎は両手で蓋を持ち上げた。

「なんだ、光っていないじゃないか」

拍子抜けしたような口調で源平衛が言った。三人の眼前には、木綿の布がある。柔らかい小判を保護するための布なのだ。佐渡奉行所の敷地内には、寄勝場《よせせりば》(選鉱場)でできた地金を小判に仕上げる後藤役所がある。製錬された金は存外に柔らかいものだと重秀から聞かされたことがあった。慎重に真次郎は布をめくった。

「……黒い?」

思わずそう口にした真次郎は、源平衛に目を向けた。

「小判が黒いって話は聞いたことがない」

源平衛が両手を伸ばし、箱一杯に詰まっている黒い物体をつかんだ。

「……こりゃ、鋼の塊だぜ」

源平衛が箱の中を浚《さら》った。黄金色に輝く小判は一つも入っておらず、すべてはどす黒い鋼ばかりだ。

「他の箱も改めよ」

真次郎が指示すると、先ほどと同じ要領で源平衛は細い鉄の棒で隣の箱の錠前を開けた。

「……こっちも鋼ばかりだ」

源平衛の声を聞くうち、真次郎の頭蓋の奥で重秀の声が響いた。

〈今朝も、奉行所の敷地にある御金蔵《おかねぐら》の裏手を調べに参ったのだが……〉

奉行所の金沢に監視されていた重秀が、動揺して相川の茶屋に真次郎を呼び出したとき、不意に漏らした言葉だった。

御金蔵の裏手……。重秀の声がなんども真次郎の頭の中にこだました。

二二

「着いたぜ」

左平次が憮然とした顔で言った。板敷きの簡素な波止場には、和やかな笑みを浮かべる男が立っていた。男に向け、左平次が太い縄を投げる。同時に、水主衆が重い碇を沈める音が辺りに響いた。

「全部の箱に鋼が入っていたとは、どういうことだ?」

「彦様の仕掛けだ……」

真次郎は、薄らと雪化粧した遠方の山を見ながら言った。考えてみれば、佐渡奉行の真壁という若い同心は、いくつか不思議な動きをしていたのだ。

「……みすみす御用船を奪われるというのに、宿根木の港で隠密廻の高木を刺し殺したのはなぜだ？」

〈早く行きなされ！〉

高木を刺した直後、真壁はたしかにそう叫んだ。生真面目な同心ならば、高木ともども真次郎も斬り殺すのが本来の役目のはず。それが早く逃げろと後押ししてくれたのだ。

「そうか……」

「それに、相川の町の中で最後に会うたとき、真壁殿は顔に泥を付けておった……」

真壁は、重秀が一番信頼する佐渡奉行所の同心だ。それ故、北町奉行所の柳田と対峙したとき、重秀が作成した出入り証明の書状が役に立ったのだ。

「一番信用する同心か。なるほどな、一〇万両もの金銀小判をみすみす洋上に捨てるようなお方ではない」

真次郎が笑い始めると、源平衛は顔をしかめた。

「おいらたちは、こんな二束三文の鋼を運ばされたのか？」

「そうだ。おそらく、本来の積荷は、佐渡奉行所の安全な場所にでも埋められておろう」

「……しかし、平十郎とお多恵は死んだのだぞ。それも、このようながらくた同然の鋼を守るために……」

左平次が声を震わせた。

「わかっておる……公儀の大義を守るためだ。致し方ない」

「公儀の面子がそんなに大事かよ！」

源平衛が怒鳴り散らした。真次郎は唇を嚙み、波しぶきを見つめた。己の頬を涙がつたい落ちるのがわかった。

「せめて、せめて二人には、大事な金銀小判を運んだと思わせてやってはくれまいか」

真次郎は踏立板に両手をついた。両目からこぼれ落ちた涙が、踏立板に小さな水溜《みずた》まりを作っている。

「二人は、金銀小判を守り切ったのだ」

目の前の小さな水溜まりに、はにかんだ平十郎と気風よく笑うお多恵の顔が映った。

二三

「殿様、表に虚無僧がいるのですが……」

座敷の文机に向かっていると、妻のみつが廊下で告げた。

「虚無僧？」

「はい。天蓋（深編み笠）を被られております。なんどかお声をおかけしたのですが、なにも語らず、ずっと立っておられます」

「わかった」

そう言うと、重秀は立ち上がった。あの日から半年経った。江戸に戻った柳田が申告したのだろう。老中の一人から、御用船強奪が明らかに微行組を指す一団による謀だと報告されたが、吹き直しを優先させる綱吉は取り合わなかった。佐渡奉行所の真壁からは、金銀小判は無事に保管してある旨の文書が届いていた。

残るは、微行組の安否の確認だ。真次郎らが御用船に乗ったことまでは確かめてあるが、その後の動向は把握していない。虚無僧は微行組の誰かが送った使者かもしれない。

廊下を急ぎ足で抜け、玄関に向かった。すると、虚無僧が足早に立ち去るのが見えた。やはり、真次郎らがよこした使者なのだろう。隠密廻の動向を気にしているのだ。草履をつっかけると、重秀は虚無僧が姿を消した方向に歩き出した。

大川の堤に至る小路を歩くと、小さな社の方向から尺八の音が響き始めた。重秀が角を曲がり、赤い鳥居をくぐったとき、尺八の音がやんだ。

「使いの者か?」

社の背後に回ると、白装束に袈裟《けさ》を着けた虚無僧が天蓋を脱いで振り返った。

「お久しゅうございます」

周囲を素早く見回したあと、虚無僧が口を開いた。頭を丸め、ひげを綺麗に剃り上げているが、見間違うはずはなかった。

「真次郎ではないか」

重秀が駆け寄ると、真次郎は口の前で指を立てた。

「……随分と遅くなりましたが、任務完了の報告に参上いたしました」

真次郎は深々と頭を下げた。

「皆は無事であるか？」

「平十郎とお多恵は身罷《みまか》りました……平十郎は隠密廻に斬られ、お多恵は……それがしが殺し申した」

そう告げたあと、真次郎は肩を震わせた。

「許せ……あのことも怒っておろうな？」

「いえ、公儀の大義を守るためにございます」

真次郎は消え入りそうな声で言った。

「真次郎ら身内さえも欺かねば、我が策は成し遂げられなかったのだ。許してくれ」

重秀は己の声が震え始めたことを感じた。

二四

「……そうか、死んだのか」

平十郎とお多恵の死に様を語ると、重秀は天を仰いだ。両肩が激しく揺れていた。真次郎は涙を堪えて続けた。

「これから、金坊に会いに行きます。その後は蝦夷地にて新たな生活を始めます。彦様にお会いするのもこれで最後。なお一層のご活躍を」

真次郎の言葉に、重秀が応えた。

「褒美を取らす。源平衛と左平次の分もだ。しばし江戸に留まれ」

「いえ、これ以上姿を晒せば、隠密廻に見つかってしまいます。褒美は平十郎とお多恵に」

「しかし、二人は……」

「宿根木の船着き場に、特上の御影石の船留め柱を作って供養してくださいませ。それで充分にございます」

「あいわかった。真次郎、ひとつだけよいか?」

今まで洟をすすっていた重秀の口調が変わった。

「なんでございましょう?」

「俺は真次郎を欺き、あげく平十郎とお多恵を殺してしまった」

重秀が深い息を吐いた。

「運が悪かっただけにございます」

真次郎の言葉に、重秀が強く首を振った。

「これだけはわかってくれ。何の働きもしない武家の社会と、町民たちの生活を守るために、微行組は最高の仕事をしてくれた。上様になりかわり、礼を言うぞ」

そう告げた直後、重秀は深く頭を下げた。

「もったいのうございます」

慌てて真次郎は、重秀の肩をつかんだ。

「おぬしたちは、日の本を救ったのだ」

重秀は唸り、再び天を仰ぎ見た。

「まことにありがたきお言葉」

真次郎の返答に、重秀はようやく落ち着きを取りもどした。

「新しい生活とはどのようなものか？」

「蝦夷地ではたくさんの鰊《にしん》が獲れます。松前藩の御用商人である岡田という者とともに、商いをして暮らして参ります」

一方的に告げると、真次郎は足早に境内を後にした。

なぜ事前に積荷を入れ替えたことを伝えてくれなかったのか。粗末な鋼を守るために、平十郎とお多恵は命を落とした。

重秀が無表情なままであれば、素手で首を折る覚悟を胸に秘めてきた。

だが、重秀は心の底から涙を流した。死んだ二人に、重秀が悔し涙を流したと報告することができる。いつの日か、千石船に乗り、宿根木の御影石に必ず報告する。

早足で歩き続けると、いつの間にか見覚えのある日本橋川の近くに来ていた。天蓋の隙間から周囲を見回す。馴染深い喜代松の黒塀が見える。

「お前は帳場で仕入れの数を調べておくれ」

裏木戸に回ると、金之助が店の者に指示を飛ばしている声が響いた。もう一度周囲を確認し、追っ手がいないことを確認すると、真次郎は裏木戸の小さな扉を開けた。

額に汗を浮かべ、たらいから鰻を選り分ける青年の後ろ姿が見えた。

「金坊、いや、金之助」

小さな声で呼ぶと、金之助が振り返った。

「真次郎のおじ様」

天蓋を外すと、お多恵そっくりの、切れ長の目の青年が相好を崩した。

「おっかさんの話をしよう」

真次郎は、自分より背が高くなった金之助の肩に腕を回した。

終章　消失・その弐

二〇××年五月。

新潟新報社の若手記者桜田香子《さくらだかおるこ》は、佐渡市相川にある丘の上で車を停めた。復元された佐渡奉行所の敷地に向け足を踏み出すと、日本海から心地よい風が丘の上に吹き上げ、セミロングの髪を揺らした。桜田はジャケットのポケットからヘアゴムを取り出し、髪を束ねた。

〈地中レーダで調べたら、異物反応があった。なにか出てくるかもしれない〉

昨夜遅く、両津《りょうつ》の佐渡支局に市の埋蔵文化財係の主事から連絡が入った。前任地の柏崎から赴任して三カ月、めぼしいネタにありついていなかっただけに、思わず歓声をあげそうになった。佐渡には在京大手紙が二社支局を構えている。桜田は、恐る恐る他社に報せたのかと切り出した。

〈熱心だったのは桜田さんだけだから〉

日頃ぶっきらぼうな主事の言葉が存外に嬉しかった。

急ぎ支局ビル三階の仮眠室に行き、ベッドに入ったが、なかなか寝付けなかった。頭の中には、様々な見出しと、記事の要約部分であるリードが浮かんでは消えた。記者になってから五年で一番の大ネタかもしれない。主事の言う「なにか」の正体はわからない。だが、日頃冷静な主事が興奮気味に告げたことがどうしても気にかかった。

翌朝、社名が入った小型車を飛ばし、桜田は夜明けと同時に相川の、復元された佐渡奉行所に入った。すると、作業着姿の主事が目で合図した。

主事の視線の先には小型のパワーショベルがある。既に地表から四メートルほど掘った跡があり、赤土の湿った塊が端に寄せてあった。主事の許可を取ったあと、桜田は一心不乱にニコンのデジタル一眼レフのシャッターを切った。

「木箱に保管された書状が出てきた。以前大量に出土した鉛板とは違う形式だ」

作業服の主事が大きな声で言った。カメラを首にぶら下げると、桜田は慌ててメモ帳を取り出し、訊いた。

「どんな書状ですか?」

「元禄期の佐渡奉行兼勘定奉行だった荻原重秀の名前と、部下の真壁という同心がここに何かを埋めたと記されていた。詳しいことはこれから大学の先生たちと分析するよ」

どこかで聞いたような名が出てきた。身を乗り出し、桜田はさらに訊いた。

「荻原って、誰ですか?」

「中央では、新井白石に失脚させられた不届き者という評判が一般的だけど、佐渡では『近江守《おうみのかみ》様時代』と非常に慕われていた奉行様のことだよ」

以前、金銀山の取材に出かけた際、パンフレットの片隅に出ていた名前だった。桜田は懸命に記憶を辿った。佐渡の小さな港町・宿根木でも老婆から同じ名を聞いたことがあった。

「荻原重秀……そうか、小判の改鋳を強行してハイパーインフレを起こした人でしたよね？　たしか、晩年の行動は謎だらけとか」

「そうだけど、実際はそんなにインフレは酷くなかったようだし、ケインズよりも二〇〇年以上も前に貨幣経済の仕組みを見通した先鋭的な官吏だったようだよ。最近、多数の歴史学者の間で再評価されている人物だ」

「そんな有能な人が何を埋めていたんでしょうか？」

「わからないけど、もしかすると、とんでもないモノかもしれない」

主事がそう言った直後だった。今までけたたましい排気音を響かせていたパワーショベルの動きがやんだ。

桜田は掘削現場に目をやった。ショベルの運転手が座席から降り、掘り起こした穴をこわごわ見つめている。

「主事、黒い箱が出てきましたよ」

ショベルの近くにいた若い職員が主事に駆け寄って言った。

「金属探知機は？」

「最大限の反応です。手持ちの検査機で調べたら、箱の中にこんなシルエットが現れました……主事、これは十貫目木箱ではないでしょうか」

若い職員の手にはタブレット端末がある。レントゲン写真のような画像を桜田が覗き込むと、箱の枠組みと俵形の白い物体が見えた。

「まさか、例の幕府の隠し金ってことですか？」

「そうだとしたら……これは日本、いや世界中を驚愕《きょうがく》させる発見になるかもしれない」

主事の声がわずかに震えているのがわかった。

桜田は若い職員を押しのけ、巨大な掘削跡に走った。息を切らせながら、桜田は姿を現した黒い箱に向けてシャッターを押し続けた。

参考文献

『勘定奉行荻原重秀の生涯』（村井淳志・集英社新書）
『貨幣の鬼　勘定奉行　荻原重秀』（高任和夫・講談社文庫）
『江戸の経済システム　米と貨幣の覇権争い』（鈴木浩三・日本経済新聞社）
『佐渡金山』（田中圭一・教育社）
『江戸幕府・破産への道　貨幣改鋳のツケ』（三上隆三・ＮＨＫブックス）
『佐渡　金山と島社会』（田中圭一・日本放送出版協会）
『大名の家計簿　〝崖っぷち〟お殿様、逆転の財政改革』（山下昌也・角川ＳＳＣ新書）
『江戸の税と通貨　徳川幕府を支えた経済官僚』（佐藤雅美・太陽企画出版）
『江戸時代の生活便利帖』（三松館主人／著・内藤久男／訳・幻冬舎）
『江戸の町奉行』（石井良助・明石選書）

本作は下記の新聞に連載された作品に加筆・修正したものです。

デーリー東北、秋田魁新報、下野新聞、新潟日報、信濃毎日新聞、静岡新聞、紀伊民報、大阪日日新聞、日本海新聞、神戸新聞、山陽新聞、徳島新聞、愛媛新聞、佐賀新聞、熊本日日新聞、大分合同新聞、宮崎日日新聞

〈著者紹介〉
相場 英雄　1967年新潟生まれ。2005年、「デフォルト 債務不履行」で第二回ダイヤモンド経済小説大賞を受賞。『震える牛』が読者から大きく支持され、『血の轍』は第二十六回山本周五郎賞、第十六回大藪春彦賞候補作となる。他の著書に「みちのく麺食い記者・宮沢賢一郎」シリーズ、『越境緯度』『双子の悪魔』『ナンバー』『鋼の綻び』『共震』『トラップ』『リバース』など多数。

GENTOSHA

御用船帰還せず
2015年9月15日　第1刷発行

著　者　相場英雄
発行者　見城 徹

発行所　株式会社 幻冬舎
〒151-0051 東京都渋谷区千駄ヶ谷4-9-7

電話:03(5411)6211(編集)
03(5411)6222(営業)
振替:00120-8-767643
印刷・製本所:図書印刷株式会社

検印廃止

万一、落丁乱丁のある場合は送料小社負担でお取替致します。小社宛にお送り下さい。本書の一部あるいは全部を無断で複写複製することは、法律で認められた場合を除き、著作権の侵害となります。定価はカバーに表示してあります。

©HIDEO AIBA, GENTOSHA 2015
Printed in Japan
ISBN978-4-344-02822-7 C0093
幻冬舎ホームページアドレス　http://www.gentosha.co.jp/

この本に関するご意見・ご感想をメールでお寄せいただく場合は、
comment@gentosha.co.jpまで。